Katriana paralisou, segurando o edredom nas laterais do quadril.

— Ander, por favor...

— Ah, já passamos do ponto de implorar — disse a ela, puxando meu cinto pelas presilhas. — Abra as pernas, ômega.

Ela não obedeceu, seu instinto de se rebelar era muito forte.

Romper esse hábito levaria tempo.

Felizmente para nós dois, a paciência me vinha naturalmente.

Larguei o couro no chão e abri o botão da calça.

— Você vai descobrir que não gosto de me repetir, Katriana. — Seus olhos seguiram meus movimentos enquanto eu baixava o zíper. — Você também está prestes a descobrir o que acontece quando uma ômega se comporta mal.

Os lobos mantinham a hierarquia por um motivo. Alfas no topo, Betas no meio e Ômegas na base, embora fossem tesouros estimados e protegidos por seus companheiros alfa.

Katriana era minha.

Para punir.

Transar.

Engravidar.

Proteger.

E não poderia prosseguir com o último se ela estivesse decidida a ignorar meus comandos.

Tirei as botas e meias, seguidas por minhas calças e fiquei só com a cueca que era muito apertada para minha crescente excitação.

Os olhos de Katriana se arregalaram.

— Não — ela murmurou.

— Vai caber — prometi a ela. Apesar de suas formas pequenas, ômegas eram construídas para acomodar o pau de seu alfa.

Mas ela balançou a cabeça e puxou os joelhos até o peito.

— *Não* — repetiu em um rosnado.

Contraí os lábios.

Ela não era a única que podia fazer esses sons.

Respondi seu estrondo com um dos meus, que tinha propriedades especiais. Uma espécie de chamado que uma ômega não poderia negar.

Ela estremeceu violentamente em resposta e os pelos de seus braços se arrepiaram em apreciação.

— *Ah, Deus.*

A SÉRIE X-CLAN

TERRITÓRIO ANDORRA

Um romance do X-Clan

AUTORA BESTSELLER DO USA Today

Lexi C. Foss

Território Andorra

Lexi C. Foss

Copyright de Andorra Sector © Lexi C. Foss.

Copyright da tradução © 2023 por Andreia Barboza.

Revisão: Luizyana Poletto

Capa: JMN Art

Capa Photography: CJC Photography

Capa Models: Riley Rebecca & Taylor Taylor

Texto revisado segundo o novo Acordo Ortográfico da Língua Portuguesa.

eBook ISBN: 978-1-68530-293-1

Paperback ISBN: 978-1-68530-294-8

Para Katie, por todas as longas conversas, brainstorming, por me fazer companhia em longas viagens de carro até a Flórida e por ser uma amiga incrível. Estou tão feliz que o destino nos apresentou e estou ansiosa pelos anos que virão. Ah, e obrigada por me emprestar uma variante do seu nome. Este é para você. <3

TERRITÓRIO
ANDORRA

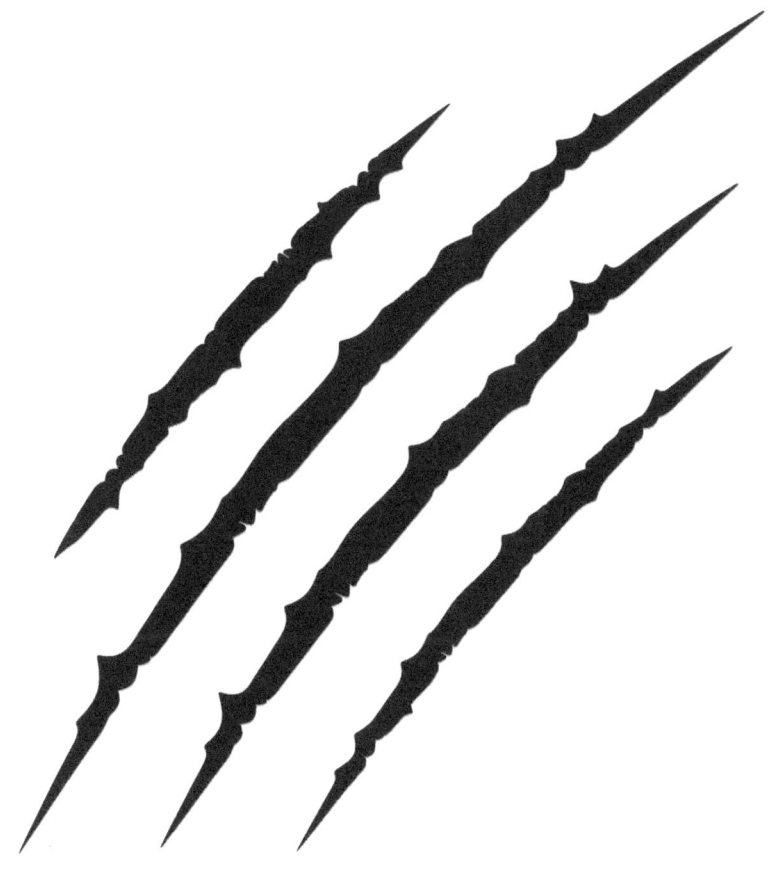

TERRITÓRIO ANDORRA

UM ROMANCE DO X-CLAN

Katriana Cardona

Minha vida acabou no momento em que o X-Clan me
encontrou.

Fui mordida.
Transformada.
E reivindicada por ele.

Meus marcadores genéticos me rotulam como uma ômega
rara. Mas por dentro, sou toda fêmea alfa. E não vou me
ajoelhar. Nem mesmo para o Alfa de Andorra.

Ander Cain me promete proteção.
Um novo mundo de prazer e dor.
Mas ele quer tudo de mim em troca.
Mesmo que isso signifique me tomar à força.

Mas não vou desistir da minha luta interior. Passei os
últimos vinte e um anos lutando contra os mortos-vivos.
Esses lobos não saberão o que os atingiu quando eu
terminar.

Ander Cain

Minha vida começou no momento em que a encontrei,
minha querida companheira. Ela é a força da natureza que

o Território Andorra precisa para nos dar esperança de um futuro. Um motivo para continuar e proteger nossas terras da infestação de zumbis.

No entanto, ela se recusa a seguir nossas regras.

Nascida em uma época em que os humanos faziam qualquer coisa para sobreviver, ela não está acostumada com a hierarquia do bando ou com as leis que nossa espécie segue. Mas ela vai aprender. E vou gostar muito de ser o responsável por treiná-la.

Katriana Cardona pode lutar comigo o quanto quiser, mas no final ela será minha. Ela se submetendo ou não.

Nota da autora

Cada série que escrevo é ditada e trabalhada pelas vozes na minha cabeça. Esta veio até mim em uma colina nevada no meio de Andorra.

A voz começou a sussurrar sobre um mundo no futuro, atormentado por uma doença humana que transformou 90% da população em criaturas semelhantes a zumbis. Ela os chamou de infectados. Eu andei por aí, ouvindo essa história se desenrolar em minha cabeça. Ela era uma humana sobrevivendo nas cavernas da montanha, se escondendo dos infectados e de todos os sobrenaturais do mundo. Até que um lobo a encontrou e mudou tudo.

A história dela cresceu da noite para o dia no Território Andorra. Floresceu em um mundo totalmente novo para minha cabeça brincar.

No momento, tenho três livros planejados espalhados por esse mundo. Todos apresentando lobos e a sobrevivência deles neste universo distópico cruel.

É mais sombrio. Sexy pra caramba. E não foi feito para os fracos de coração.

Se o consentimento duvidoso te deixa desconfortável, considere pular este universo. Porque meus lobos acreditam na troca total de poder. Os Alfas fazem as leis.

Sou apenas o receptáculo de suas vozes, e esta é a história deles ganhando vida...

Aproveitem.

Com amor,
    Lexi

PRÓLOGO

ANDER

Queridos humanos,

Minha sociedade é diferente da de vocês. Nós temos regras. Os alfas lideram. As ômegas se submetem. Betas têm sorte de sobreviver. Se você não gosta de troca de poder, no seu lugar, eu pararia de ler. Mas se quiser ler a história sobre como deixei a minha gatinha de joelhos, siga em frente e vire a página. Atreva-se.

Não se preocupe, ela dá tanto quanto recebe.

Ander Cain

KAT

— O QUE é que você estava pensando? — questionei, me escondendo atrás de um abeto.

Nós estávamos fodidos.

— Cale a boca e se mexa! — Maxim retrucou, descendo a colina nevada.

Xinguei baixinho e corri atrás dele com Molly e Peter ao meu lado. Eles estavam tão zangados quanto eu. A fúria deles contra nosso líder era como uma onda de calor que pouco ajudou a dissipar o frio do ar da tarde.

Já havíamos perdido Jack e Serif há um quilômetro, onde aconteceu a emboscada.

Atacar um transporte de alimentos com destino ao Território Andorra, pensei. *Ele perdeu a cabeça.* Quando Maxim alegou ter encontrado uma fonte de alimento, aproveitei a oportunidade para ajudar, pensando que iríamos *caçar*. Não roubar de um clã de lobos.

Se conseguíssemos passar por isso, eu iria...

Ouvi um barulho de tiro, que zuniu por cima do meu ombro. Me inclinei e rolei, sentindo a próxima bala passar muito perto da minha cabeça.

Então um lobo gigante parou na frente de Maxim, nos cercando.

Ah, merda...

Baixei a cabeça, sabendo que não deveria desafiar o metamorfo diante de nós. Ele devia ser apenas um Beta, mas não importava. Uma humana como eu não tinha chance contra os lobos do Território Andorra.

E era exatamente por isso que Maxim possuía um desejo de morte. Se eu tivesse percebido o que ele pretendia fazer, nunca o teria seguido. Mas era tarde demais para me arrepender.

Molly se ajoelhou no chão ao meu lado e Peter atrás de mim. Enquanto Maxim permaneceu de pé e com a postura rígida. *Idiota*.

A neve caía ao nosso redor enquanto mais metamorfos em forma de lobo e humanos saíam das árvores. Mantive o olhar fixo na neve, não querendo desafiá-los.

Precisávamos de uma desculpa. Um plano. Algo que explicasse por que pulamos naquele caminhão. Além do óbvio: queríamos a comida que estava ali dentro.

O inverno era sempre pior para procurar comida e viver nas montanhas significava ficar enterrado na neve. Não podíamos nos arriscar nas cidades. Havia muitos infectados vagando por lá. E residir perto de Andorra sempre nos deu uma sensação de segurança. Os lobos assustavam os outros predadores do mundo. Mas eles próprios eram predadores e não gostavam de humanos vagando por aí. E a estação atual diminuiu nosso suprimento de alimentos.

Daí o nosso desespero.

— Bem, bem, o que temos aqui? — uma voz profunda falou lentamente.

Engoli em seco quando um par de botas apareceu na neve. Ergui de leve o olhar e vi jeans pretos agarrados a pernas grossas e musculosas.

Com certeza era um alfa.

Eu não tinha dúvidas.

4

Só esperava que não fosse *o* Alfa. Ander Cain. Só de pensar em seu nome sentia um arrepio. Nunca o tinha visto, nem queria. Sua reputação de crueldade e liderança sob punho de ferro era bem conhecida, mesmo para nós, humanos, que viviam fora do bando.

O ar formigou com poder quando o bando começou a nos circular, e senti a intenção maliciosa.

Engoli em seco. *Não reaja*, disse a mim mesma. *Não corra. Não...*

Maxim se moveu e vi um flash prateado piscar na luz do sol, espreitando por entre as árvores, seguido por um rosnado.

Molly gritou quando nosso ex-líder caiu no chão sob o peso de vários lobos. O sangue espirrou na neve, junto com um revólver que caiu perto do sapato do alfa.

O idiota tentou atirar em um deles.

Contive um revirar de olhos, me forçando a permanecer imóvel enquanto a carnificina se desenrolava a menos de um metro e meio de mim. Molly me segurou, mas foi puxada por um homem que estava rosnando, dizendo para ela calar a boca.

O que provocou Peter.

E mais sons de rosnados e lutas ecoaram.

Permaneci de joelhos e de cabeça baixa, fazendo o possível para não me encolher diante da violência que se espalhava ao meu redor. Sim, eram meus amigos. Mas não sobrevivi por tanto tempo apenas para me tornar comida de lobo.

O alfa deu um passo à frente e ergueu a mão para passar o dedo pelos meus fios ruivos emaranhados.

Inspire, um, dois, três.

Expire, um, dois, três.

O problema com minha instrução interna era que seu cheiro amadeirado me dominava a cada inspiração. Um aroma tão selvagem e masculino, e muito diferente de todos os rapazes de casa.

Um cheiro limpo também. Outra característica anormal para esta época do ano, pois era difícil tomar banho ao ar livre quando todos os riachos estavam congelados. Claro, isso não era um problema para o Território Andorra.

— Você parece ser a única inteligente do grupo — ele murmurou, passando o dedo em minha mandíbula. — Me diga o que você estava fazendo e talvez eu te deixe viver.

Como ele já sabia nosso objetivo, não tive nenhum problema em contar a verdade. Mesmo que eu duvidasse muito que ele realmente fosse me deixar viver. Mas jogar era minha única opção.

Melhor tentar que desistir.

Pigarreei.

— O Maxim nos disse que encontrou uma fonte de alimento. Ele só não disse quem eram os donos dessa fonte, algo que o resto de nós descobriu tarde demais. — As palavras saíram mais roucas que eu queria, principalmente devido à corrida inesperada pela floresta no auge do inverno.

— E quem é Maxim?

Muito lentamente, fiz um gesto em direção à pilha ensanguentada à minha direita, onde os lobos ainda estavam remexendo.

— Ele.

— Entendo. — Ele desceu o dedo e apertou meu queixo. Puxou meu rosto para cima, observando, analisando e acariciando minhas feições até a altura dos joelhos. — Você é bonita.

Meu coração acelerou, não apenas por causa de suas palavras, mas por causa do brilho sombrio de interesse que floresceu em seu olhar. Lobos machos não pediam permissão. Eles pegavam o que desejavam, quando o desejavam. E ainda que preferissem cruzar com sua própria espécie, não era inédito que um metamorfo escravizasse um humano.

Ele inclinou minha cabeça para um lado e depois para o outro.

— Qual é o seu nome, humana?

Levei um momento para responder, sentindo a língua muito grossa.

— Kat.

— Kat — ele repetiu, curvando os lábios. — Que apropriado. Você me lembra uma gatinha curiosa — ele disse, fazendo uma referência ao fato de que meu nome significava filhote de gato em nosso idioma. Ele olhou por cima da minha cabeça. — Gosto de felinos ronronando.

Risadas ecoaram com seu comentário, fazendo meus braços se arrepiarem.

— Levante-se, gatinha — ele exigiu, soltando meu queixo. — Quero dar uma olhada em você.

Ele estendeu a mão.

Não a segurei, optando por confiar em minha própria força para ficar de pé.

O sorriso em seus lábios carnudos me dizia que ele aprovou e achou minha sugestão de desafio divertida. Talvez eu devesse ter segurado sua mão.

— Vire-se — ele instruiu, usando o dedo para fazer um movimento circular no caso de eu não entender seu comando.

Idiota.

Engoli em seco e fiz o que ele exigia, tentando ao máximo não notar a carnificina ao meu redor.

Mas era difícil deixar de ver todo o sangue.

Eles estão todos mortos.

Até Molly.

Quando disseram para ela calar a boca, pensei que ela tivesse ouvido. Mas, não. Eles a silenciaram. Para sempre.

Eu estava completamente sozinha e cercada por pelo menos vinte metamorfos. Talvez, mais.

Não havia dúvidas quanto ao meu destino. Se eu sobrevivesse, não seria porque me permitiram ir embora.

Novo plano, decidi enquanto enfrentava o alfa novamente. *Colabore. Fuja quando puder.*

Eu conhecia bem as paredes da cúpula, sabia onde ficavam todas as entradas e saídas. Porque passei a vida evitando-as. Pela primeira vez, estaria procurando por elas, mas para fugir.

— Humm... — Seu olhar da cor da noite cintilou com curiosidade e algo mais sombrio. Algo que fez meu estômago revirar.

Ele poderia me matar com um golpe de pata, e a intensidade que irradiava de sua expressão confirmava que ele estava considerando isso.

— Você afirma que Maxim foi o organizador deste ataque estúpido — ele disse em tom reflexivo. — Infelizmente para ele, não podemos verificar a verdade. — Ele se aproximou, me forçando a inclinar a cabeça para trás para continuar olhando para ele. — Me explique isso, linda. De que fonte de alimentos vocês esperavam roubar, senão do Território Andorra? Somos a única colônia em um raio de mais de trezentos quilômetros.

— Não sabíamos que era um carregamento de comida. — Limpei a garganta, esperando dissipar a rouquidão da minha voz. Manter o olhar no dele exigia um esforço grande. Meus instintos rugiram para que eu me ajoelhasse e olhasse para suas botas. Mas eu precisava que ele visse a verdade em minha expressão. A única maneira de ele poder permitir que eu vivesse era se ele acreditasse na minha inocência.

E eu era, de fato, inocente.

— Pensei que íamos caçar — continuei com a voz rouca. — Não sabia que nosso alvo era um caminhão até chegarmos à estrada.

O Alfa me considerou em silêncio. Doía fisicamente continuar olhando para ele. Meu interior me implorou para ceder.

Muito grande.

Muito forte.

Dominador demais.

Pisquei, sentindo meu lábio inferior começar a tremer.

Ele não disse nada e seu bando se manteve tão quieto quanto ele.

Meus membros tremeram.

Minha frequência cardíaca acelerou.

Até que não aguentei nem mais um segundo. Um suspiro me fez entreabrir os lábios enquanto minhas pernas cederam em uma onda de submissão infalível que me levou ao chão.

Senti meus joelhos doerem ao bater na terra. A calça jeans fez pouco para proteger minha pele, e o cheiro de sangue se espalhou no ar. Talvez fosse meu. Talvez pertencesse ao massacre ao meu redor. Eu não sabia, pois minha mente estava consumida pela intoxicação inebriante do macho alfa.

Eu não era uma loba, mas *sentia* seu domínio em minha alma. Embora eu não estivesse familiarizada com sua espécie, nunca estive tão perto de um metamorfo, muito menos de um clã deles.

Preferia enfrentar um exército de infectados. Pelo menos eu sabia como matá-los: com uma bala entre os olhos.

Metamorfos eram animais completamente diferentes.

Literalmente.

— Você se submete de um jeito lindo — o alfa elogiou, acariciando meu cabelo. Seus dedos alcançaram meu pescoço, com um toque enganosamente gentil. — Admito, estou curioso para explorar a cor que pinta sua pele.

Estremeci.

Ele se referia as minhas tatuagens. Elas decoravam meu lado esquerdo, acrescentando pigmento à minha pele de alabastro. Cada desenho tinha um significado único, e ele acariciou a mais importante de todas, que ficava contra meu pescoço. Era uma flor desabrochando em garras, um desenho que minha mãe fez pouco antes de sua morte.

— *Linda, mas mortal, essa é a minha Katriana* — ela disse. — *Combina com você.*

— Devemos ficar com ela? — O alfa perguntou ao bando, passando a mão pela parte de trás do meu pescoço em um aperto puramente dominante. — Acho que ela seria uma bela escrava para a unidade de fronteira. Ela pode até ronronar.

Ouvi rumores concordando com sua proposta, cada um reverberando na minha coluna e fazendo meu estômago doer.

Jogue junto, sussurrei para mim mesma. *No um contra um, terei uma chance melhor.*

Lutei contra criaturas mortas-vivas nas últimas duas décadas de minha vida e, embora os infectados pudessem não ser tão inteligentes ou fortes quanto os lobos, os mecanismos defensivos eram universais em uma luta.

Posso fazer isso, jurei. *Só vai levar...*

Algo duro bateu na lateral da minha cabeça, me derrubando.

Minha visão ficou turva e a dor ricocheteou em meus membros.

Até que tudo ficou preto.

ANDER

Elias bateu uma vez antes de entrar em meu escritório. Sabia que era ele porque ninguém mais faria um movimento tão ousado, mas meu Segundo em comando não tinha medo de mim. E era exatamente por isso que ele atuava como meu braço direito.

— Alguma complicação? — perguntei sem tirar os olhos da tela.

Meu melhor amigo se sentou no sofá de couro e apoiou os pés em cima da mesa de centro. Era um hábito que ele sabia que me irritava muito.

— Uma menor envolvendo os Renegados.

Levantei uma sobrancelha para o comentário inesperado, desviando meu olhar para ele.

— Sério?

Ele deu de ombros.

— Estamos no auge do inverno e eles estão morrendo de fome. Isso fode com as faculdades mentais.

O desespero deles não foi a parte que me surpreendeu.

— Como eles sabiam sobre a remessa?

— Ainda não sei, mas coloquei alguns homens para investigar — ele confirmou, provando seu valor como meu Segundo. — O vazamento só pode ser de dentro, considerando a proximidade.

Sim, porque os Renegados não tinham tecnologia ou meio de se comunicar com nossos fornecedores.

Os humanos só sobreviveram porque permitimos que eles ficassem nas cavernas da montanha. Eles forneciam uma caçada ocasional para nossos lobos e serviam como a primeira linha de defesa contra os infectados. Ouviríamos seus gritos muito antes que os filhos da puta comedores de cérebro caíssem sobre nós, proporcionando tempo suficiente para erguer nossas defesas.

Os zumbis eram mais incômodos que qualquer coisa, já que lobos não eram suscetíveis ao vírus que transformou quase noventa por cento da raça humana em mortos-vivos. Mas preferia manter minhas ruas limpas e intocadas. Já era bastante difícil manter a ordem sem a adição de criaturas irracionais.

Voltei o foco para a tela, revisando as especificações técnicas de Drake, o líder da equipe de pesquisa.

— Imagino que você tenha lidado com os humanos de forma apropriada. — Não era uma pergunta, apenas uma afirmação. Porque Elias sabia como eu me sentia sobre os Renegados. Eles só tinham permissão para uma coisa: permanecer do lado de fora.

— Matamos cinco, mantivemos um — ele disse, me fazendo piscar para o monitor.

— Mantiveram um? — repeti, voltando meu foco para ele. — Por que é que você manteria um?

— Duas palavras: ruiva submissa.

Revirei os olhos.

— Pelo amor de Deus, cara. — A última coisa que precisávamos era outra boca para alimentar por aqui.

— O Doc a está examinando agora para determinar se ela é viável para a transformação. — Ele olhou para o relógio. — Na verdade, ele já deve ter injetado nela. Então pretendo entregá-la à patrulha da fronteira como um brinquedo. Considere isso um presente para as tropas.

— Um que você pretende experimentar primeiro — murmurei.

— Claro. — Ele sorriu. — Quer iniciá-la adequadamente comigo?

Bufei. Elias adorava compartilhar seus brinquedos femininos. Isso servia como uma forma de colocar para fora um pouco de sua agressividade alfa. Se isso ao menos funcionasse para mim.

— Ela se despedaçaria entre nós.

— Provavelmente — ele concordou, entrelaçando os dedos atrás da cabeça, os cachos castanhos escuros contrastando fortemente com sua pele clara. — Mas isso é parte da diversão.

— A última vez que transamos com uma Renegada, ela morreu antes de terminarmos. — O que arruinou completamente o momento.

— Sim, uma década atrás — ele zombou. — E ela ainda era humana.

— É por isso que eu não transo mais com Renegadas — eu o lembrei. Os mortais eram muito frágeis para satisfazer minhas necessidades.

— E também foi por isso que pedi ao Doc para injetar nela — ele apontou. — Metamorfos, até mesmo Betas novinhos em folha, são mais difíceis de destruir.

Eu me inclinei para trás na cadeira.

— Você está mesmo entediado — apontei.

— Falando em tédio... — Ele arqueou uma sobrancelha. — Já terminou o acordo com os Lobos Ash?

Meu humor azedou no mesmo instante. O Alfa do Território das Terras Sombrias estava conduzindo uma barganha difícil.

— Ele quer dez veículos – terrestres e aéreos – por ômega.

Elias assobiou baixo.

— Merda.

— Sim. — Segurei a parte de trás do meu pescoço e olhei para a tela novamente. — Drake elaborou as especificações para mim. Vai ser um investimento caro. — Mas certamente curaria meu Segundo em comando de seu tédio. Também curaria o meu. Assumindo que uma delas fosse uma companheira em potencial.

Esfreguei a mão no rosto, balançando a cabeça.

— Ele sabe que não temos escolha — acrescentei, incapaz de esconder minha irritação.

O Território Andorra não tinha o nascimento de uma ômega há mais de cinquenta anos, apesar dos inúmeros testes e tratamentos de fertilidade de nossos pesquisadores. As poucas que restaram foram mantidas em cativeiro protetor por seus companheiros alfas. E, infelizmente, todos os seus pares produziram apenas descendentes alfas ou betas.

— Ele concordou em enviar as amostras biológicas na próxima semana — continuei. — Mas quer um adiantamento na forma de dez veículos para mostrar boa-fé primeiro.

— E se os Lobos Ash se provarem incompatíveis com a genética do X-Clan? — Elias rebateu.

— Então vamos ter um problema — rosnei. Porque nenhum dos Territórios dos Lobos do X-Clan nos enviaria suas ômegas valiosas para acasalamento. Nem mesmo meu pai tinha cedido do Território Nórdico. O que não me deixava escolha a não ser tentar lidar com o bando de Dušan. A estrutura hierárquica deles era diferente da nossa; no entanto, os princípios gerais eram aplicados. Eles tinham Alfas, Betas e Ômegas, assim como nós.

— Faça uma contraproposta — Elias falou. — Diga a ele para enviar uma ômega para o primeiro carregamento de veículos. Podemos pegar nossas próprias amostras.

Contraí os lábios.

— Essa é a mensagem que enviei a ele há trinta minutos. Ainda estou esperando uma resposta.

Elias riu.

— Aposto que ele amou...

Um alarme estridente o cortou, fazendo com que nós dois ficássemos de pé.

— Vem do laboratório — Elias disse, já se dirigindo para a porta do escritório.

— Vá.

Ele não precisava do meu comando porque já havia partido.

Verifiquei os monitores, procurando a origem do problema, e encontrei na câmera de segurança uma ruivinha usando apenas uma bata de hospital.

Ergui as sobrancelhas quando ela derrubou dois pesquisadores com um bisturi. Sua habilidade era admirável para um ser humano. Que ela tenha conseguido subjugar dois metamorfos só me impressionou mais. Claro, eles não eram combatentes treinados como meu guarda ou a patrulha de fronteira.

Ela se encostou na parede de cimento, olhando ao redor antes de se lançar para a próxima câmera.

Cruzei os braços, achando graça. Talvez Elias estivesse certo sobre querer destruir essa. Ela certamente exigia alguma disciplina.

A moça se escondeu em uma sala de exame quando dois sentinelas apareceram, me fazendo bufar.

— Jogada ruim, pequena. — Ela efetivamente se prendeu.

Suspirei. *Tanto para esse entretenimento.*

Comecei a me sentar, quando o cabelo ruivo brilhou na tela novamente, respingando sangue enquanto a moça derrubava dois oficiais assim que eles cruzaram a soleira.

— Bem, merda — murmurei, segurando a mesa.

Ela já estava correndo de novo.

Rastreei sua trajetória, calculando para onde ela iria, quando ela parou para se apoiar contra uma parede, com a palma da mão no abdômen. Aumentando o zoom, procurei por qualquer sinal de ferimento. Todo o sangue em sua bata tornava difícil dizer, mas ela parecia estar com dor. Dado que tinha acabado de enfrentar dois guardas machos Beta, eu poderia entender o porquê.

Sua expressão era determinada enquanto ela se forçava a seguir em frente.

— Tudo bem, linda. Você tem minha atenção — eu disse a ela, me afastando da mesa e saí do escritório. Só havia um lugar para onde ela poderia ir em seu caminho atual. E eu ficaria feliz em encontrá-la no final.

Falando através do dispositivo em meu pulso, ordenei que todos parassem, inclusive Elias.

Esta pequena transgressora pertencia a mim.

E lamentaria o dia em que intrigou o Alfa do Território Andorra.

Você é minha agora, escrava.

KAT

Cinco minutos antes

ARGH... eu não tinha ideia com o que esse alfa idiota me acertou, mas meu crânio doía.

Me deixar inconsciente também não era necessário. Eu teria jogado junto. Temporariamente, de qualquer maneira.

Eu não tinha ideia de onde estava. Algum tipo de sala hospitalar sendo espetada e cutucada. Me deram banho. Eu poderia dizer porque meu cheiro estava mil vezes melhor. Doce como frutas. Ou talvez o cheiro viesse do cara, assumi que era um homem pelo tamanho de suas mãos, que espetava alguma coisa em meus braços.

Meu torturador médico mudou de posição e o som que ecoou da bandeja sugeria que ele havia lançado a última agulha. Foi preciso um esforço considerável para permanecer calma e manter os olhos fechados, mas eu sabia que minha única saída era através do elemento de surpresa.

O calor ao meu redor mudou quando o homem se levantou e ouvi seus passos ecoarem no espaço clínico.

Ouvi um rangido.

Parecia uma porta.

O clique confirmou.

Esperei, tentando sentir se alguém mais permanecia na sala.

Nada.

Nem mesmo uma respiração além da minha.

Não pode ser tão fácil. Tinha que haver câmeras ou um guarda na porta, *alguma coisa* para garantir que eu ficasse ali. Claro, na cabeça deles eu era só uma simples humana. Como eu poderia ser uma ameaça?

Bem, eles estavam prestes a descobrir.

Espiei o ambiente, encontrando somente equipamentos médicos. Uau. Eu nunca tinha visto um espaço tão intocado. A medicina no novo mundo consistia principalmente em sobreviver aos infectados. O que realmente significava apenas uma coisa: não seja mordido.

Porque era a única coisa necessária para o vírus se espalhar, e isso transformou os seres humanos em zumbis de verdade.

Havia rumores de que humanos foram sequestrados e levados para laboratórios em busca de uma cura, mas há muito tempo entendi que isso era algo parecido com os contos de fadas, algo criado apenas para ajudar a fornecer esperança.

Não havia cura.

Apenas morte.

Hoje não, pensei, rolando da mesa. Meus membros protestaram, sugerindo que eu fiquei apagada por um tempo. Senti um puxão da agulha em meu braço, o que chamou minha atenção para alguma engenhoca a que eu estava conectada. *Bomba intravenosa*, reconheci. *Hum. Acho que os livros de pesquisa que minha mãe me fazia ler quando criança finalmente foram úteis.*

Olhei para a área e puxei a agulha. Encontrei uma fita para colocar sobre a ferida... a última coisa que eu precisava era do cheiro do meu sangue chamando a atenção para mim.

Preciso encontrar minhas roupas.

Era óbvio que não estavam aqui.

Peguei dois instrumentos afiados da mesa e me encostei na parede ao lado da porta, respirando fundo. *É agora ou nunca, Kat.*

Agora.

Abri a porta e me encolhi quando alarmes ecoaram no corredor.

Que maravilha. Parecia que havia algum tipo de código para sair sem alertar todo o prédio.

Pelo menos, não havia guardas. *Ainda.*

Corri à medida que dois homens de jalecos brancos viraram o corredor. Não pensei. Só agi.

O bisturi cortou as gargantas deles, que reagiram como o esperado: levando as mãos aos pescoços para pressionar as feridas. Isso não os mataria, já que presumi que eram lobos, mas os atrasaria bastante.

Continuei correndo, seguindo por outro corredor e me encostei na parede. Este lugar era como um labirinto. Quando encontrasse uma saída e pudesse ver o céu, eu ficaria melhor. As montanhas me guiariam. Porque a cúpula tinha paredes de vidro. Bem, não era vidro de verdade. Era alguma tecnologia aprimorada que mantinha os lobos felizes e seguros de influências externas enquanto ainda permitiam que eles vissem o cenário do outro lado.

Dando uma olhada ao redor, encontrei um espaço vazio e dei um passo. O eco das botas que atingiu o piso de concreto alcançou meus ouvidos, me forçando a entrar na sala mais próxima.

A audição aprimorada dos lobo e o olfato apurado deram minha posição.

Talvez eu tivesse vinte segundos.

Olhando ao redor da sala, encontrei apenas mais dispositivos médicos. Peguei outro bisturi e o que parecia ser uma espécie de serra, me agachei atrás da mesa de exames e esperei.

Os dois metamorfos invadiram a sala e os rosnados alimentaram minha determinação. *Hoje não, filhos da puta.* Minha única força tinha a ver com a falsa percepção do meu tamanho: todo mundo me subestimava.

Assim como esses dois fizeram agora, me identificando a alguns metros de distância e compartilhando um olhar confuso que dizia: *é sério?*

O que eles não perceberam era que ser pequena me tornava rápida e flexível. O que me permitiu deslizar pelo chão entre eles. A serra atingiu os ligamentos de um dos tornozelos enquanto o bisturi na outra mão cortou a parte de trás do joelho do outro.

Enquanto os guardas caíam, enfiei os instrumentos afiados no peito deles e corri pela porta.

Rápida.

Veloz.

Eficiente.

A adrenalina corria em minhas veias, me impulsionando para a frente até que uma cãibra atingiu meu abdômen com tanta força que bati na parede.

Apertei o tórax com um gemido. Verifiquei meu estômago, procurando por sinais de um punção ou ferida e não encontrei nada.

— O quê...? — murmurei, me encolhendo quando a dor se intensificou.

Seria algum tipo de mecanismo de defesa no ar?

Preciso me mover, disse a mim mesma, me forçando para a frente em um tropeço. *Ignore isto. Respire. Corra.*

Porque o alarme ainda estava tocando alto e eu não tinha dúvida de que mais guardas estavam chegando.

Essa era minha única chance.

Desisti do meu jogo muito cedo. Em retrospectiva, eu deveria ter permanecido naquela sala e me permitido ter uma melhor compreensão do ambiente.

Tarde demais para reconsiderar.

Eu tinha que continuar. *Agora ou nunca*, disse a mim mesma novamente, me forçando a seguir.

Os alarmes foram desligados tão repentinamente quanto começaram, me fazendo parar. Franzi os lábios. *Não fui eu quem os acionou?*, me perguntei, olhando de um lado para o outro no corredor vazio. *Não. Coincidências não acontecem.*

O que significava que alguém havia desligado o barulho estridente.

Por quê?

Segui em frente, com os sentidos em alerta quando outra pontada excruciante me atingiu e quase me jogou no chão.

O que é que está acontecendo comigo?

Meus joelhos ameaçaram ceder enquanto eu continha um suspiro.

Isso não pode... eu preciso...

Pontos negros apareceram diante dos meus olhos e o mundo embaçou.

— *Puta merda* — murmurei, tremendo quando me forcei a dar um passo à frente, apenas para voltar à parede novamente. — *Que merda é essa?*

— Você está passando pela transformação — uma voz calma informou. Era tenor profundo, como um cobertor gelado que cobria meu interior. — Deveria ter permanecido no seu quarto. O soro teria facilitado o processo.

Tremi e olhei para cima para encontrar quem havia falado. Ele entrou e saiu de foco. Seu grande corpo estava relaxado enquanto se inclinava contra a parede em frente a mim. Eu nem o ouvi se aproximar.

Definitivamente um alfa.

E não um qualquer, mas um alfa impiedoso, se a frieza em seus olhos dourados era alguma indicação.

Senti o estômago pesar, levando meu foco de volta ao chão enquanto lutava para ficar de pé. Correr não era mais uma opção. Não em minha condição atual. Não com o predador em frente...

Senti dedos acariciarem meu cabelo e o homem se mover em passos silenciosos mais uma vez. O calor fez arder minha pele gelada enquanto ele me pegava. Senti a respiração quente contra o meu pescoço.

Ergui a mão, que ainda estava segurando um bisturi com firmeza, mas ele pegou meu pulso com facilidade, estalando a língua quando me forçou a largar a arma.

— Você vai se arrepender disso, pequena.

Eu já me arrependia.

Porque agora ele estava me prendendo de encontro à parede. Senti espasmos dolorosos me consumirem, me fazendo xingar e questionar *por quê*. Ele disse que eu estava passando pela transformação. O que é que isso significava?

Eles não teriam...

Um grito agonizado escapou da minha garganta quando caí no chão, sentindo meu interior se revoltar.

Ouvi grunhidos no corredor, uma ameaça que o homem respondeu com um rosnado. E então o inferno começou.

Sangue.

Gritos.

Uivos.

Caos.

Choraminguei, me enrolando em uma bola, aterrorizada e sozinha. *Isso dói.* Como se fogo e gelo estivessem acasalando em meu sangue, provocando um turbilhão de sensações no meu baixo ventre.

Fraca.

Destruída.

Não posso respirar.

Parecia que eu estava morrendo.

Senti dor inúmeras vezes, mas nada como isso. Minha alma parecia estar desapegada do meu corpo, dando à luz a uma nova forma. Só que permaneci humana o tempo todo, enquanto meus membros tremiam com violência.

O calor me envolveu, fazendo pouco para acalmar meus dentes que rangiam.

Minhas costas vibravam.

O ar flutuava embaixo de mim.

De forma vaga, entendi que estava sendo carregada, mas estava tudo muito escuro.

Palavras flutuavam sobre minha cabeça.

Ordens.

Uma aura geral de descrença.

Tentei me concentrar, ouvir, mas minha mente não conseguia focar além da sensação estranha que me envolveu. *O que havia naquelas agulhas?* me perguntei, delirante.

Passando pela transformação...

Em lobo?

Ou me infectaram?

Apoiei a cabeça nos músculos muito firmes de um homem quente.

O alfa?

Por quê?

Tentei piscar, desejando ver. Mas permaneci em um mar de preto, o ambiente se acalmando a cada segundo.

Até tudo o que ouvi foi o meu batimento cardíaco.

Tum-tum.

Tum-tum.

Tum-tum.

Tummm...

ANDER

HUMM. Pressionei o nariz no pescoço da fêmea delicada, inalando profundamente. *Perfeição viciante*.

Ela não se mexeu nos meus braços. Seu corpo estava exausto. Sobreviver à mudança química em seu sangue exigia força e nutrição constante. Ainda que ela possuísse a primeira, cortou a última quando removeu o soro do braço.

Honestamente, ela teve sorte de sobreviver.

Eu esperava vê-la morrer no corredor.

Até que seu cheiro começou a evoluir.

Era como um soco no estômago. Seu aroma natural mudou de padrão para um único em um picar de olhos. Os resultados foram instantâneos: seu sangue cantou para todos os homens disponíveis no laboratório subterrâneo e os trouxe em sua direção.

Se eu não estivesse lá, os resultados teriam sido catastróficos.

Os machos teriam arrancado membro por membro para reivindicá-la.

Uma ômega rara e *não acasalada*.

Fiquei maravilhado com o presente em meus braços. Sua presença era um milagre que jamais pensei ser possível. Todos os metamorfos quimicamente induzidos eram betas. Era parte da razão pela qual raramente transformávamos seres humanos. Qual era o ponto? Já tínhamos muitos betas.

Mas ela, de alguma forma, desafiou a ciência, se transformando em um lindo tesouro.

Inspirei seu cheiro mais uma vez, me deleitando com a beleza de sua existência. Meus instintos haviam se manifestado com sua dor, forçando meu lobo interior a agir. Ela precisava de conforto e, por isso, dei a ela. O estrondo suave que irradiava do meu peito era a única razão pela qual a mulher dormia profundamente nos meus braços.

Ela ainda precisava se transformar, aceitar sua loba, mas o pior havia passado.

Quando ela acordasse, seria uma nova versão dela.

Uma metamorfa.

Minha futura companheira.

Senti o ar mudar atrás de mim e a presença que se aproximava arrepiou os pelos dos meus braços.

— Você veio para me desafiar? — perguntei em voz alta enquanto acomodava a ômega em minha cama, banhando-a propositadamente no meu perfume.

Minha pergunta ficou sem resposta. Elias estava parado de pé na entrada do quarto.

Não precisava ler mentes para saber o que ele estava pensando.

— Sei que você a encontrou — eu disse, puxando os lençóis até o queixo dela antes de me virar. — Mas estou reivindicando-a.

Um músculo tensionou em sua mandíbula, e seu debate interno ficou refletido nas profundezas sombrias de seus olhos.

Ele era meu amigo mais antigo. Meu *melhor* amigo. Meu Segundo. Mas também era um alfa em seu auge, assim como eu. E a ômega na minha cama era não reclamada, madura para ser tomada.

Estalei o pescoço, preparado para fazer o que precisava.

Esta fêmea me pertencia. Meu lobo decidiu o destino dela no momento em que seu cheiro atingiu meus sentidos.

Elias semicerrou os olhos, mas levantou as mãos, dando dois passos para trás. Em seguida mais dois. Até que ele ficou no corredor que levava à área de estar.

— Boa escolha — eu disse a ele, seguindo-o até a porta do quarto, incapaz de me mover para longe. — Qual o nome dela? — Na minha pressa de levá-la à segurança, não consegui pegar nenhum de seus registros.

— Kat — Elias grunhiu, levando a mão à parte de trás do pescoço, e começou a andar de um lado para o outro. — Puta merda. Eu *sabia* que havia algo nela. Pensei que era apenas sua energia mal-humorada. Agora entendo. — Ele parou e olhou para mim com uma ferocidade que era todo alfa. — E se houver mais, Ander? E se pudermos transformar outras?

— Você sabe tão bem quanto eu que isso é raro — respondi, cruzando os braços. — Quantos humanos testamos ao longo dos anos? Todos eram Betas. A maioria foi morta por causa das rações. — Não podíamos alimentar todos, não com nossas extensões de vida prolongada e os problemas que os infectados infligiram ao mundo. — Além disso, quase não restam humanos.

— Se eu a tivesse reivindicado primeiro, você não estaria dizendo isso — ele rebateu com um rosnado em seu tom. — Estaria vasculhando a costa, procurando por mais, apenas para ver se alguém atendia aos critérios.

Ele estava certo, então não me incomodei em discutir.

— Ceres já está exigindo amostras — Elias continuou. — Todo o conselho vai querer que ela seja geneticamente devorada para ver como podemos fazer mais. Especialmente Artur e Enzo.

Um rosnado vibrou em meu peito em resposta à ameaça muito real que estava no ar.

— Esses dois velhos idiotas podem se foder. Eles não vão tocar no que é meu. — E se quisessem me ameaçar com uma revolução novamente, que assim fosse. Eu os aniquilaria como fiz durante o último desafio que eles propuseram para minha posição.

Elias passou a mão no rosto.

— Puta merda, Ander. *Cacete.* — Ele balançou a cabeça então e retomou a caminhada de um lado para o outro. — O Artur e o Enzo vão defender testar os seres humanos em um acordo com os lobos Ash. E acho que vários outros vão concordar.

Era por isso que o mantinha como meu Segundo. Ele fornecia as duras verdades que eu precisava. Mas, com relação a isso, eu me recusava a ceder.

— Vou lidar com eles.

— Mesmo? — Ele bufou uma risada. — Quando? Porque acho que você está prestes a ter as mãos cheias com essa. — Ele gesticulou sobre o meu ombro com o queixo. — Ela derrubou dois pesquisadores e dois guardas.

Ainda que eu tivesse visto através dos monitores de segurança, não comentei.

— Merda. — Elias deu um soco na parede, xingando novamente. Em seguida, repetiu o movimento com mais intensidade.

— Vá dar uma volta — eu disse a ele.

Ele balançou a mão, como se estivesse descartando minhas palavras, mas fez exatamente como eu sugeri, saindo da suíte rapidamente e batendo a porta com um estrondo que fez as paredes vibrarem.

Suas palavras ecoaram em meus pensamentos, cada uma de suas declarações com uma variação da verdade.

Ninguém gostou do acordo que propus aos lobos Ash, apesar de nossa necessidade de ter mais ômegas. Havia uma chance muito boa de as mulheres não seriam compatíveis. Eles também não eram a mesma raça de metamorfos.

Todo o objetivo da vida de uma ômega era procriar com alfas. Não poderíamos acasalar com betas. Elas não eram construídos para lidar com o nosso nó. Se os lobos Ash fossem geneticamente diferentes, haveria um ponto discutível no acordo.

E agora tínhamos outro caminho em potencial.

Olhei por cima do ombro para a fêmea adormecida em minha cama. Seus deliciosos cabelos castanhos acobreados estavam espalhados em meus travesseiros.

— Há mais de você? — pensei em voz alta, indo em sua direção. — Mais humanas com uma predisposição para submissão e acasalamento?

Meu pulso começou a vibrar e o nome de Ceres apareceu no ar em uma onda de eletricidade.

Eu o ignorei, mantendo o foco na minha pretendida. Seu rosto estava franzido, mas as linhas de expressão desapareceram quando comecei a murmurar novamente. Parecia mais um rosnado baixo e era o equivalente a um ronronar de lobo. Como esperado, isso acalmou sua angústia.

Eu sorri. *Humm, seu corpo já reconhece seu destino.*

Fazer sua mente aceitar, no entanto, seria outra tarefa.

— Você vai lutar comigo — reconheci em um murmúrio baixo, enquanto afastava uma mecha de cabelo do seu rosto. — Mas vou ganhar no final. — Me inclinei para pressionar os lábios em sua têmpora antes de me aproximar de seu ouvido. — Vou gostar de te domar, pequena.

Esfreguei seu pulso, sentindo meus incisivos se alongarem com o desejo de encontrar sua carne. Seria tão fácil tomá-la, reivindicá-la agora. Mas eu queria fazê-la implorar.

E ela também ia gostar disso.

Elas sempre gostavam.

— Você vai se submeter no final — prometi a ela. — Porque você já é minha.

PERMITIR que outro homem tocasse em *minha* ômega foi o maior desafio de autocontrole que já enfrentei. O fato de Ceres ser um beta foi provavelmente a única razão pela qual permiti que ele continuasse respirando.

Elias estava logo no limiar no corredor, com os braços cruzados, aguardando o veredicto.

Ele não ousaria chegar mais perto, não com a agitação em meus ombros. Só permiti essa besteira para pacificar Enzo. Aquele alfa filho da mãe seria expulso em breve, se continuasse a testar meus limites de liderança. Ele conseguiu manter a maioria dos votos, me forçando a sujeitar minha companheira pretendida a esses testes.

Rosnei, não pela primeira vez, irritado com a demonstração de desrespeito do conselho. Outro problema para eu consertar depois de lidar com o problema do Omega.

De alguma forma, Ceres conseguiu manter uma calma profissional enquanto pegava outra amostra de sangue de minha futura companheira. Rosnei, descontente com a ideia de ele fazer testes em sua genética. Mas isso era a possessividade do meu lobo.

O líder em mim entendia que isso era um momento avançado em nossa pesquisa. Se essa humana pudesse se tornar uma loba ômega do X-Clan, quantas outras por aí podiam ser transformadas de maneira semelhante?

Tínhamos que descobrir mais sobre ela.

E foi exatamente por isso que pretendia autorizar o ataque de Elias em sua casa. Se ela tivesse irmãs ou irmãos, eu os queria. Quanto aos outros em sua caverna, bem, eu permitiria que Elias use seu julgamento. Confiava nele como o Segundo por um motivo: ele nunca falhou comigo antes, e duvidava que ele o faria agora.

Por isso, dei a ele um aceno sutil, reconhecendo o pedido com o qual ele havia chegado e lhe dando permissão para prosseguir.

— Mas ainda vou dar andamento ao acordo com os Lobos Ash. Pelo menos o preliminar. — Dušan não ficou satisfeito com minha contraproposta. No entanto, a razão e a necessidade venceram o orgulho e ele capitulou. — A garota chega na próxima semana.

A aprovação irradiava dos olhos escuros de Elias.

— Cobrindo todas as suas bases, como sempre.

— O dia que eu parar, pode me desafiar pela liderança.

Ele bufou.

— Como se eu quisesse seu trabalho.

Curvei os lábios enquanto eu olhava para a beleza deitada na minha cama.

— Há benefícios em estar na minha posição.

— Assim como há benefícios em estar na minha — ele respondeu, me dando um olhar conhecedor.

A loba Ash que chegaria na próxima semana pertenceria a ele – assumindo que ela atendesse aos nossos requisitos. Assenti em confirmação.

Seus lábios se curvaram.

— Vou reunir todas as informações que puder sobre sua nova companheira.

Olhei para ela, curioso sobre a garota chamada *Kat*, que parecia bastante ágil com um bisturi.

— Sim. Faça isso. — Foquei o olhar no médico. — E quero um relatório completo sobre o sangue dela ao anoitecer. — Ela estava inconsciente há doze horas. Remover o soro e cortar a solução que corria em suas veias era a causa. Se ela fosse uma mera beta, teríamos deixado que ela enfrentasse as consequências.

Mas eu não poderia fazer isso com uma ômega.

Por isso trouxemos toda a tecnologia e soros disponíveis para garantir que ela sobrevivesse à transformação. Depois que ela acordasse, eu corrigiria seu mau comportamento de forma adequada. Então procederíamos a partir daí.

Incluindo entregar sua transformação final de humana para loba.

E depois disso, eu poderia induzir seu estro.

Só de pensar, fiquei excitado. Nunca tive uma ômega, mas sabia o que elas poderiam suportar, que *ela* suportaria.

O futuro nunca parecia tão brilhante.

Vamos determinar seus limites, pequena. E então vou empurrá-la além de cada um deles, um a um. Passei o dedo em sua bochecha, acariciando-a com um sorriso. *Bem-vinda ao Território Andorra.*

KΛT

Estiquei os braços sobre a cabeça, sentindo as articulações dos ombros estalarem de um jeito que me surpreendeu.

Estava envolta em branco, me lembrando de uma nuvem. Estava quente demais para ser neve. No entanto, o leve toque de pinho zombou do meu nariz.

Funguei.

Pinho e algo masculino.

Algo *bom*.

Rolei em busca do cheiro intrigante, desejando mais, e o encontrei ao meu redor, nos lençóis desordenados. *Hum.* Me virei, me deleitando com o aroma glorioso. Queria pintar minha pele no paraíso desta cama, gravá-la em meu próprio ser.

Com um suspiro satisfeito, sorri para o teto alto, notando as vigas prateadas e o teto de vidro. Levava a outro, que se misturava com o céu azul, e nas laterais, as montanhas, cobertas por uma mistura fresca e invernal.

Lindo.

Nunca me senti mais viva ou contente. Era um contraste tão gritante com...

Me sentei na cama e suspirei.

Espere...

Olhei ao redor do quarto muito moderno, sendo deixada pelos vestígios do meu estado de sonho em favor da realidade que eu não conseguia lembrar.

O caminhão.

Maxim.

Estar rodeada de lobos.

Acordar no laboratório.

Dor excruciante.

Verifiquei meu abdômen, procurando por sinais de ferimentos e encontrei apenas minha pele macia. A camisola de hospital havia sumido e eu estava nua, coberta com lençóis brancos de algodão.

Onde estou? me perguntei, tentando me lembrar de qualquer coisa que pudesse responder à minha pergunta.

Olhos dourados frios brilharam em minha mente, me assustando. Me arrastei para trás na cama, batendo na cabeceira.

Não.

Não, não, não.

Por que ele me traria até aqui?

Apreciei a vista mais uma vez, notando que estávamos no quarto mais alto da torre, dominando a cúpula.

Ander Caim.

Esse lugar tinha que ser dele. Todo o Território era, mas este espaço especificamente...

— Oh... — Engoli em seco, puxei os lençóis em volta de mim para fazer um vestido improvisado e tentei ficar de pé.

Mas tropecei na janela.

Meus membros protestaram e meu corpo se curvou quando comecei a tremer com violência. *Estou caindo*, pensei assim que meus joelhos bateram no carpete macio com um baque surdo.

Me enrolei em uma bola e meu estômago protestou ao mesmo tempo em que um gemido saía de meus lábios.

Um estrondo ecoou em meus ouvidos, seguido por um aroma rico e masculino que fez minhas entranhas se apertarem. *Quero... Ah... Quero muito.*

Apertei as mãos no carpete, rosnando para a voz em minha cabeça e para as estranhas sensações que torturavam meu corpo. Senti o fogo lamber minhas veias, provocando um calor no baixo ventre que sangrou em minhas coxas.

Molhada...

— O que está acontecendo comigo? — rosnei, tremendo com a confusão e algo mais... algo quente.

— Sua loba quer brincar — uma voz profunda respondeu e o som pareceu acariciar meus sentidos de todas as maneiras certas.

Me inclinei para ela sem pensar, sentindo meu corpo se submeter ao poder sombrio que permeava o ar. Um gemido escapou dos meus lábios quando encontrei a fonte. A seda de suas calças provocava meus dedos, escondendo a força por baixo que eu desejava desesperadamente.

O gemido ficou preso em minha garganta quando a razão começou a penetrar em meus pensamentos.

O que estou fazendo?

Cravei as unhas no tecido enquanto forçava minha cabeça para trás, para encontrar um par de olhos dourados divertidos.

— Já implorando? — ele perguntou, arqueando uma sobrancelha escura. — E eu que pensei que você representaria um desafio.

Gelo substituiu o fogo dentro de mim, me fazendo me afastar vários metros até que minhas costas batessem em uma das janelas.

— O-o que você fez comigo? — A pergunta saiu rouca, muito diferente do rosnado de antes.

Por quantos dias fiquei desacordada?

Por que tudo parece tão brilhante?

Por que ele é tão cheiroso?

Ander se agachou diante de mim, e vi que as mangas de sua camisa estavam enroladas até os cotovelos.

— Está com fome, Katriana?

— Eu... — Senti o estômago revirar, provocando um espasmo entre minhas pernas que me deixou estremecendo contra o vidro. Um gemido escapou da minha boca, aumentando a intensidade que crescia em meu abdome.

Sim. Eu estava com fome.

Mas não de comida.

Fechei os olhos, lutando contra o desejo que ele despertou em meu corpo sem permissão. Era o *cheiro* dele.

Não, sua proximidade.

Seu tamanho.

Aqueles olhos dourados penetrantes.

Cabelo preto grosso.

Ombros largos.

Cintura afunilada.

Ah, eu o queria nu. Se contorcendo. Gritando meu nome.

Franzi a testa. *Meu nome.* Ele sabia meu nome.

— Como? — perguntei, sem fôlego. — Como você sabe meu nome? — Ninguém me chamava de Katriana, exceto minha mãe. Todo mundo sabia que eu preferia ser chamada de Kat.

— Tive três dias para descobrir tudo sobre você, Katriana Cardona — ele murmurou, passando os dedos pelo meu queixo para inclinar meu rosto para si. Um brilho predatório dilatou suas pupilas, provocando um arrepio na minha coluna. — Vinte e um anos. Nascida em uma caverna, assim como todos os humanos da minha região. Mas ouvi dizer que você é bastante habilidosa com arco. Gostaria de ver isso em algum momento.

— C-como? — exigi. Embora minha voz parecesse não ter a força que eu pretendia originalmente. A rouquidão em meu tom era estranha para mim. Assim como as sensações dentro de mim.

— Elias precisava de uma distração, assim como vários de meus homens. Então eu os enviei para investigar sua casa.

Me sentei ereta, afastando o queixo de seu toque.

— Não. — Balancei a cabeça. — Não. Eles não tinham nada a ver com o plano insano de Maxim para roubar comida. Nenhum de nós sabia o que ele pretendia. Juro. — Puta merda, se aquele idiota já não estivesse morto, eu mesma o mataria.

Por causa dele, os lobos tinham nossas famílias como alvo.

A minha já estava morta, mas as outras... Estremeci, meus ombros caindo. Eles não teriam chance contra uma alcateia de lobos raivosos.

Eu não estava lá para defendê-los, para ajudá-los, porque estava aqui. Fazendo o quê? *Dormindo.*

Ander acariciou minha bochecha, inclinando minha cabeça para trás novamente para olhar em meus olhos.

— Você está ciente de que, como lobos, podemos farejar uma mentira?

— Se isso for verdade, então você sabe que não estou mentindo.

— Sim, assim como Elias quando te interrogou após o ataque.

Ah, então esse era o nome do alfa de olhos escuros. Elias. Ele deve servir como Segundo em comando de Ander, imaginei. Era uma avaliação baseada no poder que senti irradiando de Elias

37

na floresta. Quase rivalizava com a presença de Ander agora, mas não exatamente. Os dois juntos, porém, seriam uma força da natureza.

Sim, evite isso, decidi.

Ander inclinou a cabeça, vendo demais com aqueles olhos dourados e não revelando nada ao mesmo tempo.

— Pelo que entendi, você é filha única.

Sua mudança de assunto me fez franzir a testa.

— Sim, meus pais não estavam muito interessados em trazer vida para o inferno do nosso mundo. — Não que eu conhecesse meu pai. Minha mãe o mencionava esporadicamente, em geral com um olhar melancólico antes de retornar ao assunto para algo relacionado a treinamento. Ela queria que eu tivesse as ferramentas necessárias para lidar com a crueldade que nos cercava, e muitas vezes afirmava que esse era seu objetivo principal como minha mãe.

— *Eu te criei. É justo que eu te ensine a sobreviver* — ela costumava dizer.

Nosso mundo era um purgatório literal para um ser humano.

Trazer vida para este inferno servia apenas para torturar os jovens, a maioria dos quais tinha pouca ou nenhuma chance de sobrevivência a longo prazo.

A maioria dos meus amigos morreu na adolescência. E nossos pais tiveram a sorte de viver até os quarenta anos. Minha mãe havia sobrevivido mais que a maioria, morrendo aos quarenta e oito anos. Ela serviu como uma espécie de matriarca.

Meu pai, no entanto, nunca conheci.

Ander desceu a palma da mão para a parte de trás do meu pescoço.

— Venha. Você precisa comer. — Ele me puxou para cima, não me dando a chance de agir por conta própria.

Oscilei, piscando enquanto pontos pretos brilhavam diante dos meus olhos. *Muito rápido. Demais. Ahhh...* Balancei a cabeça, tentando clareá-la, e agarrei sua camisa para me equilibrar.

Ele me envolveu em um calor que me fez enrolar nele com um suspiro. *Macho forte e poderoso*, pensei, pressionando o nariz contra seu peito. Seu tamanho superava o meu, me fazendo sentir pequena e protegida em seus braços.

Até que ele me ergueu no ar e começou a andar.

— Ei! — protestei, tentando sair de seu aperto.

E, ah, caramba, estou nua.

Passei os braços sobre seus ombros, como se de alguma forma pudesse alcançar o lençol que deixei no chão. *O que foi que deu em mim?* A presença dele de alguma forma dominou meu bom senso, despertando desejos e sensações estranhas que eu nunca havia sentido antes.

— O que você fez comigo? — exigi, finalmente encontrando a determinação em minha voz. — E me coloque no chão!

A diversão provocou seus lábios carnudos.

— Você está me deixando excitado, linda. Sugiro que pare antes que eu lhe dê meu esperma em vez de comida na outra sala.

Suspirei. Quem dizia algo assim para alguém que nem conhecia? E que homem bruto. Meu Deus.

— Eu não tomarei tal coisa. — O rosnado em meu tom me surpreendeu. Essa é a minha voz?

— Ah, você vai — ele respondeu com um estrondo que fez minhas coxas se apertarem. — E vai gostar também.

Soltei palavras ininteligíveis, porque eu não tinha ideia do que dizer em resposta a isso além de "Não" e um monte de xingamentos.

Uma profusão de imagens me veio a cabeça, me

fazendo suspirar por um motivo totalmente diferente. Este macho seria potente, completo e, ah...

Argh!

Eu precisava que minhas entranhas parassem de formigar.

Qualquer feitiço que ele tivesse tecido sobre meu corpo estava pregando peças em minhas partes femininas. De forma alguma eu deveria me sentir atraída por Ander Cain. Sua crueldade e superioridade eram lendárias, e não de uma forma admirável.

Ele me colocou em uma cadeira, diante de uma mesa longa no que devia ser a área de jantar e disse:

— Coma.

Havia um prato diante de mim ao lado de uma caneca fumegante de algo marrom.

Cheirei o conteúdo, preparada para recusar por princípio, até que meu estômago roncou em resposta.

Meu lado desafiador queria lutar contra seu comando e exigir pelo menos uma camisa. No entanto, o lado mais inteligente reconheceu o benefício de comer uma refeição. Eu não tinha ideia de quando comi pela última vez, mas estava morrendo de fome.

Tanto que eu comia nua, sentada na cadeira enquanto ele me observava com aqueles olhos insondáveis. Ele não revelava nada, mantinha os lábios carnudos planos e a mandíbula parecia praticamente esculpida em pedra. Ele se sentou ao meu lado na cabeceira da mesa, com os dedos entrelaçados à sua frente, em silêncio.

Quando não aguentei mais, empurrei o prato para longe e cruzei os braços para cobrir os seios. Ele não foi o primeiro homem a me ver nua. Tomávamos banho em grupos durante os meses de verão, para ter segurança em números e tudo mais.

Mas nunca estive sozinha com um homem dessa maneira.

Nunca recebi tanto escrutínio de um. Ele parecia estar memorizando cada centímetro da minha pele em exibição, mesmo através da mesa. E não gostei de como isso me deixou quente em vez de fria.

— Por quê? — finalmente perguntei. — Por que estou aqui?

Ele inclinou a cabeça.

— Porque eu te trouxe.

Lutei contra a vontade de revirar os olhos. Este homem de respostas curtas e comentários estoicos estava começando a me irritar.

— Por que você me trouxe?

— Porque você é minha.

Ergui as sobrancelhas.

— O quê? — Eu entendia, em princípio, que todos os assuntos abaixo de sua cúpula pertenciam a ele de alguma forma, mas o comentário anterior sobre eu beber dele, ah...

Minhas bochechas esquentaram.

Não termine esse pensamento.

Não.

Não vai acontecer.

Eu também não estava bem em ser dele da maneira que eu suspeitava que ele estava se referindo.

— Estou começando a questionar sua inteligência — ele falou. — Ou talvez sua audição. Vou pedir a Ceres para investigar. — Ele se afastou da mesa e estendeu sua enorme palma. — Venha, escrava. Você precisa de mais descanso antes de começarmos nosso acasalamento.

Minha boca se abriu, depois fechou e abriu novamente.

Ele arqueou uma sobrancelha, com impaciência em suas feições.

— *Agora*, Katriana.

— Você não pode dizer algo assim e esperar que eu obedeça — rebati, pulando da cadeira para o lado oposto de onde ele estava.

Ele semicerrou o olhar.

— Acredito que viver tão perto do Território Andorra lhe ensinou sobre a hierarquia dos lobos?

— Ah, estou bem ciente de sua posição no topo, *Ander Cain*. — Esperei para ver se ele negava minhas suspeitas sobre sua identidade. Quando ele não o fez, acrescentei: — Mas isso não significa que eu o respeite. — Quase podia ouvir minha mãe reclamar de minha audácia, suas acusações de me ter me educado melhor. Mas que se dane essa merda. Eu não ia a... a... *acasalar* com esse idiota.

Ele deu um passo à frente.

Então dei um para trás.

Felizmente, me senti muito melhor depois de comer. Na verdade, me senti mais que melhor. Me sentia incrível.

— Cuidado, ômega — ele me alertou em um tom letal que me arrepiou. — Você está excitando meu impulso predatório.

Eu bufei.

— Você é um metamorfo. Esse é o seu impulso constante. — E um macho alfa, para completar. Pelo que entendia, ele queria constantemente transar, mutilar ou matar.

O brilho em seus olhos agora confirmava essa avaliação, o que deveria ter me aterrorizado. Mas, em vez disso, tudo o que senti foi uma emoção de fuga potencial.

Como todos os homens, ele subestimaria meu tamanho e minhas habilidades. O fato de eu estar nua só aumentava minha vantagem, pois podia usar meu corpo para distraí-lo.

Ele observou meus movimentos enquanto eu contornava a mesa, com as narinas dilatadas.

— É assim que você agradece seu protetor e companheiro pretendido? Desafiando-o?

— Protetor? — repeti, sem tocar na parte de *companheira pretendida*. — Você quer dizer sequestrador, certo? Não me lembro de ter pedido sua proteção ou que me trouxesse para cá.

— Não, você estava muito ocupada, *morrendo* — ele retorquiu.

— Morrendo? — Não me lembrava dessa parte, apenas de uma dor em meu abdômen diferente de qualquer outra que já havia experimentado.

E Ander chegando para dizer que eu estava no meio da...

Arregalei os olhos.

— Você me transformou — falei em voz alta. Olhei para minhas mãos e braços, descobrindo...

Senti minhas costas baterem na parede com uma lufada de ar que me fez gritar. Agarrei a mão que envolvia minha garganta e chutei os pés enquanto meus dedos mal tocavam o chão.

Íris douradas capturaram meu olhar, me deixando sem fôlego contra a parede.

— Não é assim...

Ele soltou um xingamento e seu aperto enfraqueceu, quando meu joelho se conectou perfeitamente com sua virilha. Me contorci entre ele e a parede, e corri em direção à saída.

Ou o que *pensei* que era a saída.

Infelizmente, me levou a outro cômodo.

Merda!

Me virei, procurando o ponto de saída, mas bati com a cabeça no peito de Ander. Ele me segurou pelos quadris e me jogou na cama antes de bater a porta atrás de si com o salto da bota.

— Tudo bem, ômega. Tentei o jeito suave. Mas posso ver que não vai funcionar com você. — Ele começou a desabotoar a camisa. — Então, vamos tentar de outra maneira.

Me arrastei para trás na cabeceira da cama.

— Espere...

— Considere isso uma introdução ao seu lugar em nossa sociedade... que é na base. — Sua camisa caiu no chão, revelando um torso repleto de músculos sólidos. E ele levou a mão ao cinto. — Agora abra suas pernas como uma boa ômega e talvez eu pegue leve com você.

ANDER

KATRIANA PARALISOU, segurando o edredom nas laterais do quadril.

— Ander, por favor...

— Ah, já passamos do ponto de implorar — disse a ela, puxando meu cinto pelas presilhas. — Abra as pernas, ômega.

Ela não obedeceu, seu instinto de se rebelar era muito forte.

Romper esse hábito levaria tempo.

Felizmente para nós dois, a paciência me vinha naturalmente.

Larguei o couro no chão e abri o botão da calça.

— Você vai descobrir que não gosto de me repetir, Katriana. — Seus olhos seguiram meus movimentos enquanto eu baixava o zíper. — Você também está prestes a descobrir o que acontece quando uma ômega se comporta mal.

Os lobos mantinham a hierarquia por um motivo. Alfas no topo, Betas no meio e Ômegas na base, embora fossem tesouros estimados e protegidos por seus companheiros alfa.

Katriana era minha.

Para punir.

Transar.

Engravidar.

Proteger.

E não poderia prosseguir com o último se ela estivesse decidida a ignorar meus comandos.

Tirei as botas e meias, seguidas por minhas calças e fiquei só com a cueca que era muito apertada para minha crescente excitação.

Os olhos de Katriana se arregalaram.

— Não — ela murmurou.

— Vai caber — prometi a ela. Apesar de suas formas pequenas, ômegas eram construídas para acomodar o pau de seu alfa.

Mas ela balançou a cabeça e puxou os joelhos até o peito.

— *Não* — repetiu em um rosnado.

Contraí os lábios.

Ela não era a única que podia fazer esses sons.

Respondi seu estrondo com um dos meus, que tinha propriedades especiais. Uma espécie de chamado que uma ômega não poderia negar.

Ela estremeceu violentamente em resposta e os pelos de seus braços se arrepiaram em apreciação.

— *Ah, Deus.*

— Ander — eu corrigi, apoiando um joelho no colchão. — E isso é só o começo, querida. — Permiti que outro rosnado seguisse, e sua excitação respondeu com um perfume sedutor no qual eu queria me enterrar.

Ela apertou as coxas quando um gemido a fez entreabrir os lábios.

— O-o que...? Como?

— Você é uma ômega — murmurei, andando em direção a ela na cama. — *Minha* ômega. Seu corpo sempre responderá ao meu chamado. — Segurei seus joelhos. — Agora, *abre as pernas*.

Ela abriu, sem resistência, e vi sua pele rosada encharcada. Meu pau pulsava, me garantindo que ela já estava preparada e exigindo que eu a tomasse.

Ainda não.

Eu me orgulhava do controle e, embora quisesse ensinar uma lição à minha gatinha, sabia que ela não poderia lidar comigo em seu estado atual. Primeiro, ela precisava experimentar a transição completa para realmente se tornar uma loba do X-Clan. Então, e só então, ela estaria pronta.

— N-não — ela choramingou, tentando se afastar e balançando a cabeça como se estivesse tentando clarear a mente. — P-pare.

— Você é minha, Katriana. — Agarrei suas coxas para colocá-la na posição que queria, com a boca acima de seu núcleo quente e inalando seu doce perfume. — Humm, nunca provei a boceta de uma ômega antes. Talvez eu fique aqui embaixo por um tempo.

Ela ficou tensa, a parte inferior do seu corpo travou no modo de luta.

Rosnei mais uma vez, bem contra seu clitóris.

Katriana gritou, arqueando as costas para fora da cama.

— Não lute contra, gatinha — eu disse baixinho, acariciando os pelos entre suas coxas. — Seu corpo foi feito para o meu. Me deixe te mostrar.

No que dizia respeito às punições, havia coisas muito piores que eu poderia...

Dedos finos se entrelaçaram no meu cabelo e puxaram minha cabeça para o lado com força. O movimento me pegou desprevenido, permitindo que Katriana girasse debaixo de minhas mãos.

Ela não foi longe, pois aumentei meu aperto e fiquei por cima. Prendi seus pulsos acima da cabeça e encostei meu nariz no seu enquanto acomodava meu quadril entre suas coxas encharcadas.

— Continue a me desafiar, pequena. Atreva-se.

Ela cuspiu na minha cara.

Semicerrei os olhos.

— Você vai limpar.

— Vá se foder — ela rosnou, se movendo debaixo de mim.

— Não, querida. Eu vou *te foder*. — Segurei seu pescoço com a mão livre, mantendo seus braços presos com a outra. — Cansei de tentar te explicar a hierarquia do bando. Em vez disso, vou te mostrar.

Finalmente, uma pontada de medo permeou o ar, um cheiro inebriante que se misturava com sua crescente excitação. Porque, por mais que tentasse, ela se sentia atraída por mim. A genética nos tornou compatíveis. Sua loba ansiava pelo meu, assim como o meu ansiava pela dela.

Ela abriu a boca – provavelmente para discutir – e eu a silenciei com um beijo.

Não foi delicado ou gentil, mas dominante e forte, que exigia sua submissão. Seu som de protesto se transformou em um gemido, agradando imensamente minha besta interior.

É isso, gatinha. Me aceite.

Sua língua tocou a minha com timidez, e a carícia era doce de uma forma feminina. Explorando. Buscando. Permiti, deixei que ela me provasse antes de assumir e definir o ritmo que eu preferia.

Ela ficou mais úmida, encharcando minha cueca e provocando meu pau a responder.

O calor consumiu meu ser, a necessidade de reivindicá-la alimentou meu fogo e me inflamou a alturas que eu ainda não havia experimentado.

Esta fêmea era *minha*.

Eu queria mordê-la.

Destruí-la.

Tomá-la.

Fazer um ninho com ela.

Destruí-la e trazê-la de volta.

Pressionei o pau na suavidade de suas coxas, xingando o tecido entre nós e quase rasgando-o.

Seus seios eram o paraíso contra o meu peito. Os pequenos mamilos rígidos imploravam por minha boca, língua e *dentes*. Cedi ao instinto, beijando seu pescoço e memorizando sua pele macia ao longo do caminho.

Tão colorida, pensei, observando os desenhos intrincados que cobriam sua pele.

Um dia, eu exigiria que ela me contasse a história por trás das tatuagens.

Mas hoje, só queria explorar cada centímetro dela com a língua.

Ela estremeceu quando levei um mamilo duro à boca, roçando os dentes na pele macia. Soltei seus pulsos, mas a observei com atenção, em busca de sinais de rebelião. Ela entreabriu os lábios em um gemido, movendo a cabeça de um lado para o outro, com a batalha interna entre sua mente e corpo.

Eu sabia qual deles iria ganhar.

Éramos animais por uma razão.

Nossos lobos dirigiam nossos instintos, não nossa propensão humana para pensar demais.

Ela agarrou os travesseiros debaixo de sua cabeça e um som estrangulado saiu de sua garganta. Ah, minha ômega tinha espírito. Tinha que reconhecer. Mesmo agora, ela tentava lutar.

— Você não vai ganhar — avisei enquanto deslizava para baixo novamente para o prêmio real. — Você se tornou minha no momento em que se aproximou daquele caminhão, gatinha. Meu território, minhas regras. E eu quero você, então vou te ter. *Do jeito que eu quiser.*

Encostei a boca na área sensível. Ela se curvou para fora da cama com um grito que foi direto para minha virilha.

— Humm, é isso — eu a encorajei baixinho, minhas palavras eram um sussurro contra sua pele úmida. — Ouça seu corpo. Apenas sinta.

Ela choramingou, se debatendo embaixo de mim e arqueando no ritmo de cada uma das minhas lambidas e mordidas. Um lisonjeiro tom rosado cobriu suas feições pálidas, seu prazer crescendo e florescendo diante dos meus olhos.

Fantástica.

Em quase um século de existência, experimentei muitas mulheres no auge da paixão, mas nenhuma tão bonita quanto esta. A de Katriana era crua, com surpresa e inocência apropriada, que incendiou ainda mais minha alma.

Ômegas eram feitas para o sexo.

Tive a prova disso na forma como ela se desfez abaixo de mim. Seu êxtase era um afrodisíaco que cobria o quarto em pura luxúria.

Ela gritou enquanto seus membros tremiam e seu peito arfava com o esforço. A eletricidade zumbiu sobre sua pele, carregando o ar.

Me inclinei para trás e arqueei as sobrancelhas em surpresa.

Ela se virou de lado e seus gemidos se transformaram em sons de dor quando a transformação vibrou em sua forma. O quarto se encheu de terror à medida que seus membros começaram estalar.

Me ajoelhei ao lado da cama, tentando nos colocar ao nível dos olhos.

— Você está forçando — rosnei, irritado.

Ela chamou sua loba, algo que suspeitava que havia sido feito de propósito para desmantelar a química sexual que se formava entre nós.

Mulher teimosa.

Eu poderia forçá-la a voltar a forma humana com um comando, e sua loba seria obrigada a seguir. Ignorar a ordem de um Alfa, não apenas verbal, repleta de poder, ia contra a nossa natureza.

Mas ia doer muito parar a mudança agora e coagi-la a se transformar de volta, embora a agonia serviria como um castigo digno por sua rebelião.

Não. Eu permitiria que ela mesma se punisse.

— Faça do seu jeito, pequena — falei com um suspiro, me afastando da cama. — Mas eu não vou te confortar.

Deixei a porta aberta e caminhei até a cozinha para me servir de um copo de conhaque, que bebi em dois goles.

Seus lamentos no quarto de hóspedes me fizeram balançar a cabeça.

— Você é responsável por isso — eu disse a ela, preparando outro copo.

Se transformar pela primeira vez como adulto era bastante agonizante. Ela acabaria se acostumando depois de algum tempo. E meu ronronar poderia ajudá-la, mas ela não merecia.

Então fiquei na cozinha e esperei, ouvindo sua respiração ofegante e gritos. Foi por isso que permiti que ela progredisse – virar as costas doeria muito mais e, embora eu estivesse irritado com o desafio, não queria ser a causa de sua dor.

A culpa de seu sofrimento era dela, não minha.

Coloquei o copo de lado e apertei um botão no relógio para abrir uma tela. Ah, como a tecnologia havia melhorado nos últimos cem anos.

O Território Andorra abrigava alguns dos melhores pesquisadores do mundo, muito antes do vírus zumbi assolar a população humana. Era nossa reivindicação à fama entre os lobos do X-Clan, nossa capacidade de avançar por meios técnicos. A sobrecarga da cúpula era um exemplo brilhante. Nosso transporte era outro. E dispositivos de inteligência, como aquele em meu pulso, eram meu avanço favorito de todos.

Repassando as imagens, trouxe a tela do meu computador do escritório e comecei a vasculhar as mensagens.

Dušan havia definido um horário de desembarque. Bom.

Pulei a lista para o resultado do exame de sangue de Katriana, enviado por Ceres, e minhas sobrancelhas arquearam lentamente enquanto eu lia.

Mas fui interrompido por um rosnado feroz da minha ômega.

Olhei por cima da tela para a linda loba vermelha rosnando na entrada da cozinha.

— Sim? — perguntei, sabendo que ela poderia me entender perfeitamente, apesar de sua forma peluda. — Gostaria de um espelho para se admirar? — Porque ela era lindíssima com todo aquele pelo ruivo, mesmo que estivesse arrepiado por estar me desafiando abertamente.

Ela deu um passo à frente, sua intenção clara.

Com um movimento do pulso, a tela desapareceu.

Katriana queria minha atenção? Ela tinha.

Eu a encarei, mostrando os dentes de maneira semelhante.

— Você cometeu muitos erros tolos hoje, ômega. Eu a encorajo fortemente a reconsiderar.

Sua cauda se contraiu, tornando o ar agressivo.

— Experimente — desafiei.

Ela podia ser feroz, mas não tinha chance, mesmo na forma de lobo. Ela não era apenas nova, mas também pequena. E um rosnado meu a faria choramingar em um canto.

Mas eu a deixaria tentar se a fizesse se sentir melhor.

Desviei da primeira investida.

Ela pulou na ilha da cozinha para tentar novamente, pousando com habilidade no tampo de mármore. Levantei a sobrancelha quando ela bateu nos armários.

— Você vai se machucar.

Ela me ignorou, é claro, tentando pular atrás de mim e falhando.

— Você é uma loba, não uma gata — eu a lembrei.

Seu rosnado fez meus lábios tremerem.

Ela tentou mais uma vez e caiu de bunda.

Eu me agachei, capturando seu olhar.

— Terminou? — Eu não podia permitir que seu desafio ficasse sem resposta. Ninguém atacava um alfa sem pagar por isso. Especialmente a mim. Eu possuía toda essa cúpula por uma razão.

Ela estalou sua mandíbula para mim, me fazendo sorrir.

— Ah, Katriana. Você tem muito a aprender.

Sua resposta foi outro rosnado antes de ir para a sala e começar a destruir os móveis. Eu pulei da ilha e cruzei os braços, observando enquanto ela tinha um acesso de raiva.

Ficou óbvio que a fêmea queria morrer.

Ela começou a andar pela cobertura, procurando por

53

janelas, portas e quartos. Como se eu fosse permitir que ela fosse embora. Ela não se afastaria mais que três metros deste edifício sem um bando de Alfas tentando montá-la, mesmo em forma de loba.

Eu não a tinha reivindicado ainda.

Isso a deixava disponível e fértil, uma combinação letal para uma ômega.

Meu pulso vibrou com uma chamada recebida. Uma tela translúcida preencheu o espaço diante de mim quando a aceitei.

— Estou um pouco ocupado no momento, Elias.

Naquele momento, a cadeira da minha sala caiu no chão, a loba vermelha furiosa com metade da almofada na boca.

Virei a tela para mostrar a confusão.

Ele assobiou.

— Force-a a se transformar de volta.

— Isso passou pela minha cabeça — admiti. Mas, apesar de seu comportamento malcriado, não queria machucá-la. Não dessa maneira. — Você precisa de algo com urgência ou pode esperar?

— Só liguei para te dar uma atualização: dos três candidatos viáveis, apenas um sobreviveu à transformação.

— E?

— Beta.

Balancei a cabeça.

— Não estou surpreso. — Principalmente depois do que li no relatório de sangue de Katriana. Minha lobinha tinha algumas explicações a dar.

— Nem eu — Elias respondeu. — Mas os outros querem continuar procurando.

Por "outros", eu sabia que ele se referia a Enzo e seu alegre bando de seguidores.

— Impeça-os. — Precisava de tempo para processar o

que descobri nos exames que Ceres fez antes de me dirigir ao conselho Alfa. — Ocupe-os com a preparação para o negócio do Território das Terras Sombrias. Quero a cúpula reforçada e pronta para a chegada deles.

— Entendido. — Ele riu quando Katriana se moveu para a sala de jantar para puxar todos os pratos e copos da mesa para o chão. — Você vai bater na bunda dela quando terminar, não vai?

— Vou fazer muito mais que isso — garanti, semicerrando os olhos para a ameaça que destruía a cobertura.

— Boa sorte.

— Não vai ser necessário. — Eu a deixaria brincar em meu apartamento. Depois, me certificaria de que nunca mais acontecesse.

Desliguei, sabendo que Elias não tinha mais nada de útil a dizer e me encostei na ilha.

Sua fúria continuou por mais vinte minutos, o que achei impressionante, considerando o quanto seu corpo estava exausto com a transformação. Ela começou a desacelerar, seus movimentos já não estavam tão firmes e a cabeça começou a balançar como se estivesse tonta.

A cada minuto, seus olhos azuis brilhantes se voltavam para mim, e um sinal de alarme dilatava as pupilas. Ah, ela sabia que estava encrencada. Ela podia sentir meu lobo alfa ganhar tempo e esperar que ela caísse.

Cerca de dez minutos depois, suas pernas cederam. Ela soltou um ruído agudo que ecoou pelo apartamento e dobrou o corpo no chão, pouco antes de sua mente dar lugar à inconsciência.

Me afastei da ilha estalando a língua e fui em sua direção enquanto ela começava a se transformar durante o sono.

Longas mechas de cabelo ruivo estavam espalhadas no

tapete, sua pele colorida apareceu. A volta ao estado humano era mais rápida porque sua mente não estava mais funcionando, apenas seu corpo. Felizmente, isso também significava que ela não estava sofrendo.

Assim que sua transformação estava completa, eu a peguei no colo e a embalei contra meu peito. Ela se aconchegou em meu calor, me fazendo sorrir.

— Sim, você gosta de mim enquanto está desmaiada e alheia — falei, dando o estrondo reconfortante que eu sabia que ela desejava à medida que caminhava para o quarto. — Mas vai me odiar pela manhã.

Porque eu não permitiria uma repetição daquele showzinho que ela acabou de fazer.

— Uma companheira tão problemática — sussurrei, deitando-a na cama, e peguei um novo jogo de cobertores do armário.

Depois de envolvê-la, beijei sua têmpora e acariciei seu pescoço.

— Durma bem, Katriana. Porque você vai precisar descansar para o que planejei para você amanhã.

Sua onda de desobediência estava prestes a chegar ao fim.

Com agilidade e eficiência.

— Boa noite, companheira. — Apaguei as luzes. — Nos vemos pela manhã.

KAT

Silêncio.

Um conceito tão bizarro que eu nunca experimentei. Sobreviver exigia andar e dormir em grupos. Mas acordei sozinha em um quarto muito silencioso.

Meu novo olfato me disse que Ander não estava longe. Seu cheiro amadeirado ainda pairava no ar. Mas por alguma razão, ele me concedeu um momento de solidão.

Não questionei o presente temporário e, em vez disso, escolhi usá-lo para encontrar uma camisa ou algo para vestir.

O quarto carecia de espaço de armazenamento e as duas mesinhas de cabeceira abrigavam objetos, não roupas. Tudo bem, deveria ter algo em algum lugar.

Entrei no banheiro em busca de um armário.

E vi meu reflexo no espelho.

— Puta merda — murmurei, notando o cabelo desgrenhado e o sangue seco em meus braços. Estremeci com a memória de me arranhar na forma de lobo enquanto tinha um grande ataque na sala de estar. Meu objetivo era desligar os hormônios que conduziam minhas respostas a ele, e funcionou. Mais ou menos. Partes de mim ainda doíam por ele e seu cheiro me fazia sentir uma nova onda de desejo, mas minha mente parecia estar funcionando novamente. Eu tomaria isso como uma vitória sobre meu corpo traiçoeiro.

Ceder à sua boca ontem, ou quando quer que tenha sido, foi o momento mais excitante e mais baixo da minha vida.

Nenhum homem jamais me tocou *lá*, e gostei mais do que queria admitir.

E era por isso que eu também odiava tudo a esse respeito.

Ele usou seus feromônios para me seduzir. Rosnou e provocou meu lado animal para brincar.

Eu me recusava a deixar isso acontecer novamente.

Mente sobre a matéria, disse a mim mesma, verificando meu reflexo mais uma vez. *Sim, tudo bem. Tome banho primeiro. Procure as roupas depois.*

Só que... eu não tinha ideia de como ligar a água.

Curvei os lábios. *Qual pode ser a dificuldade de fazer isso?*

Eu tinha visto fotos de chuveiros em revistas e reconheci a monstruosidade de mármore no canto. As embalagens ao lado provavelmente eram sabonetes ou fragrâncias para ajudar na limpeza.

Eu vou conseguir.

Não vou conseguir.

A água estava muito quente, depois muito fria, depois espirrou para a esquerda e para a direita. Quando terminei, tinha certeza de que ainda tinha sabão no cabelo. Estava pegajoso e sujo, mas uma olhada no espelho me fez perceber que estava mais apresentável.

Peguei um pano pendurado perto da pia e comecei a me secar. Todas as gavetas tinham coisas estranhas, então tentei uma porta de armário à esquerda.

— Ohhhh... — Peguei uma toalha muito maior e me enrolei no tecido macio.

Aqueceu minha pele e me deixou suspirando de

contentamento. Uma garota poderia se acostumar com isso. Mas exigiria que eu ficasse, o que não ia acontecer.

Roupas, lembrei a mim mesma, empurrando uma porta que levava a um *closet*.

Ternos.

Jeans.

Camisas sociais.

Casacos.

Botas.

Tudo masculino. Tudo pertencia a Ander com base no cheiro. Meu estômago se revirou com a familiaridade e minhas coxas se apertaram.

Essa reação precisava terminar, e só havia uma maneira de fazer isso: fugir. O que exigia que eu usasse algo diferente de uma toalha. Humm, vestir as roupas dele talvez me deixasse com seu cheiro. Isso pode ser um benefício. E se eu usasse camadas suficientes, também pareceria maior.

Examinei a seleção, catalogando mentalmente os itens que serviriam. Sapatos estavam fora de questão, mas eu poderia correr com meias grossas.

Vai dar certo. Só preciso encontrar uma maneira de sair daqui.

Troquei a toalha por uma camisa de botão que terminava nos joelhos, depois penteei o cabelo com uma escova de uma das gavetas. Não era a melhor que já vi. Também não era a pior. Como não queria atraí-lo, decidi que minha aparência estava boa e caminhei em direção à sala de estar. Para meu choque total, não estava apenas limpa, mas também decorada com móveis novos.

Pelo amor de Deus, por quanto tempo eu dormi? Sério, dormi mais neste apartamento que no último mês. Pelo menos, havia descansado. Mais que isso, me sentia viva. Poderosa.

Porque o Território Andorra me transformou em uma loba do X-Clan.

Uma metamorfo.

Uma...

— Ômega. — A voz profunda de Ander ressoou no canto da sala de estar. Ele parecia um rei em seu trono, com as pernas abertas e os antebraços maciços apoiados nas coxas. Sua expressão era ilegível, mas senti a ira. A raiva. Sua profunda decepção.

Isso fez meus joelhos tremerem e meu coração pular.

Eu o irritei muito. Era o meu objetivo ontem. Hoje, me arrependia dessa decisão.

Mas ele não parou de me pressionar. Rosnando. Me lambendo. Me tirou o poder de escolha, me forçando a suportar e desfrutar de suas oferendas enquanto minha mente protestava a cada passo do caminho.

Nunca permiti que um homem me tocasse, muito menos que *transasse* comigo. Embora ele pudesse pensar que poderia caber lá embaixo, eu sabia que não. Não depois da revelação de seu tamanho naquela boxer muito apertada, uma imagem que ficaria para sempre em minha mente, porque *uau*.

Estremeci, me reprendendo por meus pensamentos e o que se seguiu. Não queria me sentir atraída por ele. Nem ser sua companheira. Eu não queria estar aqui.

No entanto, ninguém me deu uma escolha e meu corpo parecia determinado a forçar o problema. Mesmo agora, queria me ajoelhar, rastejar até ele, implorar seu perdão. Foi preciso esforço físico para permanecer de pé e sustentar seu olhar poderoso.

— Me desafiar é um erro, pequena.

— Não. O erro foi me capturar. Não sou o tipo de garota que se submete, nem mesmo para você. — Cruzei os braços, lutando por confiança enquanto minhas entranhas se transformavam em massa sob o peso de seu olhar. O macho era potente, a dominância irradiava de seus poros e sufocava a sala. Mas eu não podia deixar isso continuar. Ele precisava entender que eu não me submeteria, mesmo que seu rosnado e língua fizessem coisas perversas em minhas partes baixas.

Ele empurrou a cadeira e ficou de pé. Com cerca de um metro e noventa, era muito mais alto que eu. Sem mencionar a largura de seus ombros. Não havia um grama de gordura neste homem, todo tonificado, duro e com músculos masculinos. No entanto, ele se moveu de forma graciosa em minha direção, sem fazer um único som.

— Há um assunto que requer minha atenção — ele disse, segurando meu queixo entre o indicador e o polegar. — Quando eu voltar, vamos ter uma discussão sobre a hierarquia do bando. Você vai ficar nua para essa conversa e minha mão vai ficar bem familiarizada com sua bunda. Quando terminarmos, você saberá o que eu tolero ou não.

Eu o encarei. Se ele achava que eu ia deixar sua mão...

A parte inferior do meu corpo estremeceu quando sua mão encontrou minha bunda e a apertou.

— Você vai concordar com um simples *sim, senhor*.

— Vá se foder — falei.

Seu aperto em meu queixo aumentou.

— Você tem sorte que tenho uma reunião, ou te colocaria no meu joelho agora e te daria uma surra.

— Não sou criança — retruquei.

— Seu comportamento diz o contrário — ele rebateu, me soltando tão rápido quanto me pegou. Em seguida, me girou em direção ao sofá e me empurrou para trás. Levantou a camisa para expor meu traseiro e todo o resto.

— Você não pode fazer isso! — Me contorci, tentando sair de lá, mas sua mão me manteve no lugar enquanto ele usava as coxas para prender minhas pernas no encosto do sofá. — Me solte!

Uma ardência tomou meu traseiro, me fazendo paralisar.

O que foi isso...?

Foi muito fino e rápido para ser seus dentes.

Uma agulha, percebi, comparando-a com as picadas do outro dia.

— O que você fez? — exigi quando ele deu um passo para trás. O que quer que ele tenha injetado em mim já havia sumido, suas mãos já estavam enfiadas nos bolsos da calça social.

— Considere isso uma introdução ao seu destino — ele respondeu de forma enigmática, caminhando em direção à porta. — A Riley está vindo para te supervisionar. Seja gentil com ela ou vou deixar que o Jonas lide com você.

Com essas palavras de despedida, ele partiu.

Corri atrás dele, bem a tempo de ver a porta bater.

Não havia tranca.

Nem código.

Apenas um ponto de saída regular.

Não poderia ser tão fácil.

Contei até quinhentos, segui seus passos e girei a maçaneta, encontrando um conjunto de portas de metal do outro lado.

Melhor que Ander esperando por mim, e foi por isso que demorei um pouco.

Fui para o corredor e olhei para o ponto de saída. Não havia maçaneta. Parecia deslizar para abrir. *Elevador*, percebi, impressionada. Eu tinha lido sobre isso, mas nunca vi.

Como isso funciona?

Espiando o painel, estudei os botões de seta. Certamente, selecionar a seta para baixo era muito óbvio. Hum. Tinha que haver outra maneira, escadas talvez, que me permitissem escapar desta torre de uma forma mais obscura.

Uma luz piscando apareceu acima das portas, seguida por um *ding* quando o metal começou a se abrir.

Merda! Corri de volta para a porta principal, mas não rápido o suficiente.

— Você deve ser Katriana — uma voz feminina murmurou, seu cheiro doce nublando o corredor e fazendo meus lábios se curvarem em um rosnado antes mesmo de me virar. — Eu sou a Riley — ela acrescentou.

Pequena.

Cabelo azul vibrante.

Pele clara.

Curvilínea.

Sorridente.

Não retribuí o gesto de boas-vindas, em vez disso olhei para ela.

— Não preciso de babá. — Ander a chamou de supervisora, mas eu sabia o que ele queria dizer.

Ela riu, o som alegre demais para a situação.

— Ainda bem que não estou com vontade de ser babá. Que tal conversarmos? Acho que você vai descobrir que temos muito em comum.

Observei o vestido tocando suas panturrilhas e os sapatinhos delicados nos pés.

— De alguma forma, eu duvido disso.

— As aparências enganam.

— Não enche. — Me virei e voltei para a cobertura. Ander saiu, o que me deixou com uma oportunidade que talvez não tivesse novamente. Essa garota seria fácil de subjugar. Mas talvez eu pudesse induzi-la a me contar sobre as saídas primeiro. Ela também devia conhecer o código que ativava o elevador, já que o havia usado para subir até aqui.

Um plano rapidamente se formou na minha cabeça. Não era perfeito, mas não tinha tempo de melhorar todas as arestas.

Ander queria me ensinar uma lição mais tarde, e eu não tinha intenção de estar aqui. Nem queria tomar outra injeção na bunda.

O que é que foi isso? me perguntei de novo, esfregando minha nádega dolorida. Não me fez sentir diferente. Só ardeu um pouco.

Teria que resolver isso mais tarde.

Fugir primeiro.

Perguntar depois.

Me virei para bater um papo com a garota que se sentia em casa no espaço de Ander. Minha loba interior queria rosnar por ela parecer ter tanta intimidade com o alfa, mas engoli o instinto. Quem se importava se ele transava com outras mulheres? Eu não ficaria por perto, então ele poderia fazer as escolhas que quisesse.

— Aqui — Riley disse, me entregando um copo. — Tome. Vou preparar algo para comermos e depois podemos conversar.

Por mais que eu quisesse ir embora logo, comer não seria uma má ideia. Eu poderia correr rápido e para longe depois de uma noite inteira de descanso e refeição. E talvez pudesse arrancar alguns detalhes enquanto ela brincava na cozinha.

— Tudo bem. — Me sentei em um dos bancos perto do balcão com vista para a área de jantar.

Ela vasculhou a geladeira – outro item que eu só tinha visto em livros até esta semana – e tirou vários cubos de carne saborosos.

Meu queixo quase caiu no chão.

— O que é isso? — perguntei, já com água na boca.

— Bife. Geralmente são longos e grossos, não do

tamanho de uma garfada. — Ela os colocou no balcão e voltou a procurar. — Ander recebe os melhores produtos das regiões agrícolas. Comercializamos produtos de saúde e tecnologia em troca de sustento. — Ela acrescentou alguns vegetais à pilha, só que os dela pareciam muito mais comestíveis do que os que conhecia.

Arregalava os olhos a cada item adicionado. Embora eu tenha me deliciado com a refeição que Ander me ofereceu ontem, não havia realmente registrado a riqueza. Agora que me sentia melhor, pelo menos fisicamente, podia *sentir o cheiro* da qualidade.

— Uau — eu disse, maravilhada.

Riley olhou para mim com olhos azuis brilhantes que combinavam com seu cabelo vibrante.

— Existem vantagens em ser a companheira pretendida do Ander.

E assim, meu apetite se foi.

Podia haver vantagens, como ela proclamou, mas eu não ficaria para aproveitá-las.

Peguei meu copo e caminhei até a sala de estar, encerrando nossa conversa. Ah, eu comeria qualquer coisa que ela me desse. Depois, seguiria meu caminho. Com ou sem sua ajuda.

ANDER

— Quanto tempo vai levar para isso funcionar? — perguntei, largando a seringa vazia na mesa de Ceres.

Ele pegou o item e o jogou em uma caixa vermelha.

— Dados seus níveis hormonais atuais, eu daria a ela cinco ou seis horas no máximo.

— Então é melhor que esta reunião termine em menos de três — eu disse a Elias, que esperava por mim no corredor.

— Dê ao conselho o que eles querem e não será um problema.

Bufei e passei por ele, liderando o caminho para o nosso encontro.

— Enzo e seus filhotes idiotas querem reunir um bando de fêmeas humanas, transar com elas e ver o que acontece com a prole mais tarde. Tem ideia de quantos recursos isso vai desperdiçar?

Levaria de dezoito a vinte anos para que cada experimento fosse viável para a transformação, e a maioria, se não todos, acabariam sendo Betas.

Meu Segundo segurou meu braço, me parando antes que eu pudesse alcançar o elevador que levaria à área de conferência.

— Eles estão desesperados, Ander. — As palavras foram pronunciadas em voz baixa, destinadas apenas aos meus ouvidos. Mesmo com a audição metamorfa, ninguém mais teria ouvido a declaração confidencial.

— Eu sei. E tenho uma solução muito mais rápida que reunir um bando de humanos para experimentação — eu o lembrei no mesmo tom.

A maioria dos alfas já estava de acordo. Enzo e Artur foram aqueles que reclamaram sobre os Lobos Ash não serem substitutos aceitáveis. A seus olhos, apenas ômegas do X-Clan se qualificariam para acasalar. Eles preferiam o velho mundo pré-infectado e se recusavam a assimilar a mudança.

Um dia, isso seria a morte deles.

Provavelmente pela minha mão.

Elias assentiu.

— Apresente de maneira semelhante e eles serão mais agradáveis. Mas esteja preparado para fazer um acordo.

Eu já estava. Sabia como o conselho operava e era o líder deles por um motivo.

— Sei o que preciso fazer. — Se tratava de provar que a oposição estava errada, e eu tinha uma sugestão que nenhum deles seria capaz de refutar. A menos que Enzo e Artur quisessem renegar a discussão. Nesse caso, perderiam o respeito de seus asseclas.

Xeque-mate, pensei com um sorriso interno.

Elias me soltou e assentiu em uma indicação de confiança.

— Então vamos começar. Você tem uma companheira para acasalar e reivindicar em algumas horas.

— Assumindo que o soro funcione — murmurei, digitando o código para o andar de baixo. Os hábitos humanos de Katriana estavam substituindo o bom senso de sua loba. Uma vez que ela aceitasse sua posição no bando, seria muito mais agradável.

As ômegas eram estimadas e reverenciadas. Eram as protetoras de nossos filhos e as únicas capazes de um verdadeiro acasalamento com um alfa. Lutar contra nossa química era inútil. E a injeção que apliquei nela antes de sair a ajudaria a entender isso.

Depois de concluir a reunião, eu voltaria, teria uma breve discussão sobre hierarquia e esperaria que seu cio assumisse. Bater na sua bunda serviria apenas como um prelúdio sensual antes que nossos instintos assumissem o controle. Ela aproveitaria cada momento, uma vez que eu derrubasse sua postura insubordinada.

Fui indulgente na noite passada porque ela veio de um modo de vida diferente. No entanto, quanto mais cedo permitisse que a verdadeira natureza de sua loba governasse, mais cedo poderíamos facilitar nosso inevitável acasalamento.

E eu precisava reivindicá-la.

Principalmente antes que alguém do conselho decidisse me desafiar por ela. Já havia rumores, e os resultados de seus exames só pioraram as coisas.

Katriana não havia sido transformada em lobo apenas pela ciência. As marcas de licantropia já existiam em seu sangue. Ela nasceu com genética ômega, algo que nosso soro fortaleceu e desencadeou durante sua transição. Isso a tornava ainda mais digna de ser minha companheira. Porque significava que um de seus pais era lobo.

Infelizmente, essa revelação também aumentava seu apelo para todos os outros alfas.

Ainda que as ômega Lobas Ash também os atraísse, elas não eram Lobas do X-Clan.

Katriana era.

Isso a colocava acima das demais e fazia dela o prêmio que todos desejavam.

Minha, pensei, saindo do elevador em direção à sala de conferências. *Katriana Cardona é minha.*

KΛT

— Eu costumava viver com humanos — Riley disse depois que terminamos de comer. — Antes da Infecção. — Seus lábios se curvaram para baixo. — Então posso entender como deve ser difícil para você aceitar. Eu não me aceitava muito bem e cresci como ômega.

— Você é ômega?

— Não consegue sentir o cheiro? — ela questionou, arqueando uma sobrancelha. — Jonas diz que eu o lembro de um pêssego da Geórgia, o que acho que é uma brincadeira sobre como nos conhecemos.

— O que é um pêssego da Geórgia?

— Uma fruta deliciosa — ela respondeu, contraindo os lábios. — Jonas é islandês, então não é como se ele já tivesse experimentado um pêssego da Geórgia. Quando nos conhecemos, isso não existia mais, e eu estava muito ocupada tentando encontrar a cura para apresentá-lo a um. — Sua diversão pareceu desaparecer. — Foi um momento difícil, mas nos trouxe até aqui.

— O Jonas é alfa? — perguntei.

Ela assentiu e suas bochechas ficaram vermelhas.

— Sim. Ele é meu companheiro.

— Por escolha? — perguntei em voz alta, então balancei a cabeça. — Desculpe, quero dizer...

— Não, não, tudo bem. Eu entendo. Como disse, eu costumava viver com os humanos. E havia uma razão para isso: eu não queria ser a companheira de um alfa. — Ela parou de falar por um instante, provavelmente se certificando de que tinha toda a minha atenção.

— Isso é normal? — perguntei.

Ela riu.

— Não. Bem, não no meu antigo clã. Vivíamos em uma época em que era permitido que as mulheres tivessem estudo universitário, mas apenas porque os alfas achavam que ajudava na educação dos jovens. Para encurtar a história, fiz um preparatório e depois me inscrevi na faculdade de medicina. Todos esperavam que eu voltasse ao terminar. Mas não voltei. E quando descobriram que eu estava usando meu conhecimento médico para suprimir meus ciclos estrais, a alcateia me deserdou.

— Estro? — repeti, procurando em meu dicionário mental a definição. — É algo como fertilidade?

Ela assentiu.

— As ômegas passam por isso regularmente. E nós precisamos de um alfa durante esse período.

Arqueei as sobrancelhas.

— *O quê?*

— Não é tão ruim quanto parece. Na verdade, pode ser bastante agradável com o alfa certo. — Seu rosto corou novamente. — Mas o que quero dizer é que já rejeitei essa parte de mim no passado. Fui trabalhar para o Centro de Controle e Prevenção de Doenças, me especializei em doenças infecciosas, e foi assim que me envolvi na crise dos zumbis. Minha equipe estava procurando a cura. — Ela curvou os lábios. — Mas nunca a encontramos.

O que era óbvio.

— Jonas trabalhava para a Unidade de Resposta à Crise da Islândia, que se tornou afiliada às forças armadas

71

globais. Ele foi designado para mim, em Atlanta. Os supressores me deixavam com cheiro de beta, então ele não percebeu o que eu era até que nos encontramos em uma situação comprometedora. Entrei em estro e ele me reivindicou.

Suspirei.

— Contra a sua vontade?

— Não exatamente. — Ela se contorceu um pouco. — Quero dizer, a atração sempre existiu... é natural entre alfas e ômegas. Mas sim, não estava animada com ele no começo.

— Ele se desculpou?

Ela bufou.

— Acha que o Jonas pede desculpas por ceder a seus instintos? Ha. Não. Ele me disse para lidar com isso.

— Parece o Ander — murmurei. Ele não tinha dito *exatamente* a mesma coisa, mas parecia bastante determinado a aceitar esse destino e sua propriedade.

— Esse é o jeito alfa, querida — ela respondeu, sorrindo. — Eles escolhem um caminho e esperam que todos sigam. ·

— E você? — perguntei em voz alta. — Quero dizer, obviamente você o aceitou. Mas...? — *Lutou com ele?*, era o que eu queria perguntar. Só não sabia como me expressar sem revelar meus motivos.

— Sim e não. — Ela estremeceu. — No início, tentei, mas ele me pegou. Eles sempre conseguem o que querem. — Essas palavras sinistras foram acompanhadas por um olhar, sugerindo que ela me entendia.

Eu não disse nada.

Nem pisquei.

Mas sua expressão me disse que ela sabia, o que não era um bom presságio para o meu plano.

— O que aconteceu quando ele te pegou? — perguntei, engolindo em seco.

— Ele me trouxe para a Europa e nos juntamos ao Território Andorra. Sempre foi um território de alta tecnologia dos lobos do X-Clan, e minha experiência me tornou uma candidata viável para trabalhar nos laboratórios de Ander.

— E é isso? — *Você aceitou seu destino?*, eu queria questionar.

Ela deu de ombros.

— Continuei tentando encontrar a cura por um tempo, mas tornou-se cada vez menos relevante. Com mais de noventa por cento da raça humana transformada ou morta, meu foco mudou para a sobrevivência daqueles que restaram. Ainda ajudo, para desgosto de Jonas.

Franzi a testa.

— Ele não quer que você trabalhe?

— É mais que isso... ele não gosta que eu fique perto de outros machos. — Ela revirou os olhos. — Ele está sempre preocupado com a minha segurança, mesmo dentro da cúpula.

— E isso não te incomoda? — pressionei. Porque parecia sufocante para mim.

— A maioria das ômegas é mantida no ninho para procriar e cuidar dos filhotes. Jonas e eu nos entendemos: exijo minha independência e ele anseia por minha submissão. É uma negociação constante, mas funciona para nós. — Seus olhos brilharam enquanto ela falava, deixando óbvio a afeição por seu companheiro.

Tive que me perguntar o quanto disso vinha dela e o quanto era seus hormônios falando. Se o dia anterior me ensinou alguma coisa, era que eu não podia confiar em meu corpo para tomar decisões sobre Ander. Ou acabaria deitada e com as pernas abertas toda vez que ele entrasse pela porcaria da porta.

— Já invadi seu espaço por tempo suficiente hoje. — Ela se aproximou. — Sei como as ômegas podem ser territoriais com os aposentos de seus alfas. — Ela piscou e pegou nossos pratos da mesa para levar para a pia.

Franzindo a testa, gritei:

— Ah, eu não sou territorial.

— Você rosnou para mim quando cheguei — ela respondeu. — Então, embora sua mente humana possa não ser, sua loba queria me comer viva. Mas não se preocupe. Não estou ofendida. E o Ander vai ficar animado quando eu contar a ele.

O som da água caindo da torneira escondeu meu gemido.

Ela poderia dizer ao alfa o que quisesse, porque eu não tinha intenção de estar aqui quando ele voltasse.

Mas perdi muito tempo ouvindo sua história e aprendendo sobre o estro.

Isso... isso vai ser um problema, pensei, tremendo.

Pelo pouco que ela falou, parecia que eu perderia o controle de mim mesma com o ciclo do cio.

Só esperava que não acontecesse tão cedo. Eu precisava sair daqui primeiro.

— Bem, se quiser que eu te visite novamente, avise ao Ander. Tenho certeza de que ele não vai se importar que sejamos amigas. E acho que você vai descobrir que eu te entendo melhor do que você imagina.

Vamos ver, pensei. Mas por fora, eu sorri.

— Eu gostaria disso. Posso te acompanhar? — Agora estava pensando na fuga. Precisava ver o corredor de novo, procurar por qualquer sinal de escada, outra porta ou saída. Talvez ela me desse alguma dica.

— Claro — ela respondeu, curvando os lábios. — Suspeito que o Ander vai ter trabalho com você.

— Não tenho ideia do que você quer dizer — respondi, passando as mãos na camisa.

Seu olhar me disse que ela sabia o que eu queria. E suas palavras provaram que estava certa.

— Ele vai te pegar.

— Você supõe que pretendo fugir.

— Não pretende? — ela perguntou, abrindo a porta da frente. — É o que eu faria. — Ela tocou a seta apontando para baixo e se virou para me encarar. — Sugiro que não faça isso, Katriana. Você não está acasalada e está à beira do seu ciclo. Se sair deste prédio, os lobos vão entrar em frenesi com seu cheiro. Você pode não se sentir assim, mas nunca esteve tão segura quanto nos aposentos de Ander.

— Agradeço por sua preocupação — falei, forçando um sorriso. — Vou ficar bem.

Ela suspirou.

— Você é muito parecida com a garota que eu era quando tinha vinte e um anos.

A porta se abriu.

— Boa sorte, Katriana — ela disse com um sorriso triste enquanto apertava algo no painel interno. — Faça um favor a nós duas e fique aqui.

— Prazer em conhecê-la, Riley — respondi e acenei.

Ela balançou a cabeça quando as portas se fecharam, mas não antes que eu visse o brilho de respeito em suas feições. Esperava que que ela não iria direto contar meus planos para Ander. Mas eu duvidava.

O que significava que eu precisava agir.

Corri para o armário e peguei os itens que vi antes.

Seu short me serviu como calça.

Dois pares de meias eram quase tão bons quanto botas.

E o casaco tinha um capuz que escondia meu cabelo.

Não era a roupa mais secreta da história, mas devia funcionar para, pelo menos, bloquear meu cheiro. Eu deveria ter exigido que ela me desse um dos supressores. No entanto, não havia tempo.

Corri até a porta, ainda destrancada, e tentei apertar o botão do elevador como Riley fez.

Por favor, não abra com ninguém dentro. Por favor. Por favor. Por favor.

Ding.

Vazio.

Com um suspiro aliviado, entrei e olhei para o painel lateral.

— Ah... — Era um teclado padrão numérico, mas terminava no número nove. Como a cobertura ficava bem acima de nove andares – considerando a vista das janelas, – os números provavelmente não correspondiam ao nível do andar.

O que significava que eu precisava de um código.

Mordiscando o lábio, tentei os três últimos números, esperando que me levasse a um porão ou ao térreo.

Mas me levou a um saguão no topo, algo que percebi ao colocar a cabeça para fora e ver uma série de janelas brilhantes.

Certo.

Selecionei dois botões desta vez.

Nada.

Certo... tentei quatro, e a porta se abriu para um corredor que me lembrou da minha primeira noite aqui. *Próximo!*

O elevador voltou a subir e depois desceu de novo enquanto eu digitava mais códigos. Parecia que eu estava seguindo de lado em certos pontos, quase como se o ele pudesse se mover horizontalmente.

Ah, sim, é exatamente isso que está acontecendo, pensei enquanto me movia para a direita.

Argh. Isso é alta tecnologia. Todos os documentos que li nas cavernas definiam os elevadores apenas como meios de transporte para cima e para baixo.

Quando as portas se abriram e dei de cara com dois homens de terno do lado de fora esperando para entrar, saí correndo, decidindo que este era o ponto de saída. Eu não dividiria um pequeno espaço com dois lobos.

Eu deveria ter pegado algumas facas antes de sair. Não que eu soubesse onde estavam guardadas. Suspeitei que Ander as tivesse escondido.

Independentemente disso, eu deveria ter planejado algo diferente de entrar naquela porcaria de caixa de metal.

Com um grunhido baixo, segui direto por um corredor com portas que terminavam em outra soleira. Girei a maçaneta, mas estava trancada, então corri para a outra direção, tentando mais portas ao longo do caminho.

A última deu lugar a uma escada.

Sim! Comecei a descer, pulando os degraus conforme avançava. À procura da saída.

Andares intermináveis passaram, sons de conversa fiada ecoavam e sumiam enquanto eu me aproximava de vários pontos de saída.

O frio na coluna aumentou conforme eu descia. Não sabia dizer se era real ou imaginário, mas quando cheguei ao nível final, uma explosão gelada fez meus dentes começarem a bater.

E finalmente encontrei uma porta que levava para fora do prédio.

Eu a abri e respirei fundo, me deleitando com o ar fresco por uma fração de segundo antes de um alarme soar.

Merda!

Contornei o prédio em busca das montanhas que conhecia e amava. Assim que visse a paisagem familiar, seria capaz de estabelecer uma trajetória e...

Um macho apareceu na minha frente, bloqueando meu caminho com a cabeça inclinada para o lado de uma maneira lupina que fez meu sangue gelar. *É por isso que eu deveria ter pegado uma faca.*

Dei um passo para trás, então disparei ao redor dele em uma corrida.

Ele gritou, mas não ouvi o que dizia, já que minha necessidade de escapar assumiu o controle. Tudo que eu queria era uma fuga furtiva. Não que eu realmente esperasse conseguir.

Meus pés voavam, me levando sem rumo pela rua, passando por prédios e pelas poucas pessoas que vagavam do lado de fora. Ouvi rosnados, o que me fez aumentar a velocidade enquanto sentia o coração acelerar e uma pontada no abdômen. Ignorei o mal-estar, avançando, me recusando a diminuir a velocidade.

Não podia deixar que me pegassem.

Nem que Ander me encontrasse.

Não poderia...

Senti uma tensão no meu interior. A sensação me fez tropeçar em algo duro, muito parecido com a última vez que tentei correr. *A transformação?*, me perguntei. Não. Isso... é... Balancei a cabeça, tentando organizar os pensamentos, me forçar a seguir em frente, mas uma mão segurou meu ombro e me puxou para trás.

Gritei e dei um soco no macho que ousou me agarrar.

Ele deu uma resposta rápida e sua mão desceu no meu quadril.

Espere, não. Não pertencia a ele. Tinha um cara atrás de mim. Bati com o cotovelo em seu rosto e me contorci entre eles, correndo de novo, mas fui pega por um terceiro macho, muito maior que os outros. Ele me levantou e me jogou de volta em algo duro. Pisquei algumas vezes enquanto seu rosto zangado pairava sobre mim. De alguma forma, acabei no chão, sentindo a neve penetrar em minhas roupas, congelando meus membros e articulações.

— Bem, bem. O que temos aqui? — uma voz profunda perguntou.

— Não sei, mas ela tem um cheiro fantástico.

— Estimulante.

— Ômega

As palavras começaram a se confundir e meu abdômen se contraiu em um grau doloroso demais. Algo estava muito errado e não tinha nada a ver com o golpe que levei contra o revestimento de tijolos atrás de mim.

Mas agora eu tinha um problema ainda maior, porque os machos atraíram a atenção dos outros. Havia cinco ou *seis* pares de olhos famintos fixados em mim.

E nenhum deles pertencia a Ander Cain.

ANDER

— VOU MATÁ-LA — eu rosnei.

O relatório de Riley, juntamente com os alarmes, me disse exatamente o que minha futura companheira estava fazendo. Saí da sala de conferências irritado, a necessidade de chegar a Katriana aquecer meu sangue a um ponto de ebulição.

Se outro alfa a pegasse nesse estado, eu perderia minha reivindicação.

Artur e Enzo já estavam farejando minha propriedade. Se percebessem que ela havia escapado enquanto estava à beira de seu cio iniciar, teríamos uma guerra em nossas mãos.

Eu venceria. Sem dúvida. Mas acabaria perdendo um bom macho no processo. Porque não haveria escolha a não ser lutar até a morte. Uma ômega em estro fazia com que até os alfas mais fortes perdessem o bom senso, principalmente quando provocados pela violência.

Deveria tê-la trancado no quarto. Mas nunca esperei que ela tentasse algo tão tolo.

Riley parecia pensar o contrário, me lembrando que Katriana não era uma ômega típica.

Como se eu não soubesse disso.

— Distraia-os — exigi, me referindo à sala de

membros do conselho que me olhavam com expressões curiosas.

— Pode deixar — Elias falou, se movendo para se dirigir à multidão.

Confiava nele para, pelo menos, me dar uma vantagem.

O resto cairia sobre meus ombros.

Abri as telas do meu relógio, procurei a origem do alarme e corri em direção à escada. O cheiro de minha ômega se misturava ao meu por todo o caminho até a porta que ela abriu apenas alguns momentos antes.

Fiz o mesmo percurso que seus pezinhos marcaram a neve, farejando-a por todo o caminho até que avistei um grupo de machos beta andando inquietos.

Uma ômega no cio servia como um farol, que chamava todos os lobos não acasalados, implorando-lhes que ajudassem a procriar.

Meu rosnado fez com que a multidão se separasse, deixando meu domínio claro a cada passo.

Vários fugiram, não querendo testar a alegação de um alfa.

Outros se demoraram, provavelmente esperando por um show.

A maioria dos alfas não tinha controle quando estava perto de uma ômega na posição de Katriana. Felizmente para ela, eu sabia como controlar meus impulsos.

A loba arregalou os olhos quando me agachei diante dela.

Parecia que a dose funcionou ainda mais rápido que Ceres esperava, porque ela já estava à beira do estro. As pupilas estavam dilatadas e gemidos baixos escapavam de sua boca quando ela se virou de lado à medida que sua umidade permeava o ar.

Precisava tirá-la daqui, e rápido.

Mas ela tinha que entender sua situação primeiro, e só havia uma maneira de fazer isso.

— Você está entrando no cio, ômega — eu a informei. — Em cerca de uma hora, provavelmente menos, estará inconsolável em sua necessidade de transar.

Ela se encolheu.

— Ander...

— Esses betas vão tentar — continuei, gesticulando para a multidão salivando. — E você receberá os esforços deles, mas não será suficiente, porque você precisa que um alfa te dê o nó. Só que se você não for acasalada, isso vai deixar os alfas disponíveis em um frenesi. Como você é uma loba, deve sobreviver fisicamente à fúria deles. Afinal, ômegas são construídas para receberem nossa marca de agressividade. Mas não será agradável.

Mantive as mãos soltas ao meu lado, a crescente fúria chamuscando o ar atrás de mim. Ainda não era incontrolável, mas seria em breve.

— Você tem uma escolha a fazer, Katriana. Pode optar por vir comigo, me deixar cuidar de você e do seu estado atual, ou posso deixá-la aqui para ser reivindicada e comida por quem conseguir montá-la rápido o suficiente.

Ela semicerrou os olhos.

— Destino... — Quando ela compreendeu, entreabriu os lábios. — É isso que havia na seringa. V-você f-fez algo comigo.

Não me desculparia por iniciar um processo que seu corpo estava a apenas alguns dias de experimentar. Nem reconheceria a acusação em seu olhar.

Este não era um momento para debate ou discussão.

Ela tinha uma decisão a tomar e precisava escolher enquanto eu ainda podia ajudá-la.

Um rosnado soou à distância, um alfa farejando uma ômega necessitada. Ela gemeu bem na hora, envolvendo os braços no estômago enquanto se enrolava mais em si mesma.

— Sei como fazer você se sentir melhor — prometi. — Mas não vou te ajudar até que você peça.

Ela criou esta situação com sua tola tentativa de fuga. Se quisesse que eu resolvesse, teria que pedir.

Cruzei os braços e esperei enquanto rosnados cada vez mais altos se aproximavam. Se nos alcançassem, eu seria forçado a lutar. Katriana poderia não querer me aceitar como seu companheiro, mas eu a escolhi. Deixá-la indefesa não era uma opção, mesmo que fosse o que ela merecia.

— Ander — ela choramingou, o cheiro de sua umidade ficando mais forte a cada inspiração.

— Humm, eu estava errado. Parece que você tem minutos antes de começar a implorar. Recomendo que tome uma decisão depressa, ômega. Antes que alguém tome por você. — Se ela me forçasse a lutar em seu nome, eu iria transar com ela no rescaldo contra aquela parede, apenas para deixar meu domínio claro para todos sob esta cúpula.

Ninguém me questionaria, nem mesmo a minha futura companheira.

— Pare de pensar como humana e deixe sua loba te guiar — sugeri. — A ômega em você sabe como sobreviver. Suas inclinações humanas serão sua ruína.

Ela se contorceu, enquanto o cheiro de alfas se aproximava, contaminando o ar.

Seus instintos a levariam a selecionar o companheiro em potencial mais forte – eu – e ela me imploraria para tomá-la. Era apenas uma questão de tempo.

— Escolha, Katriana — rosnei, não desejando provocar derramamento de sangue. — *Agora*.

— Você! — ela gritou enquanto seu corpo estremecia

debaixo das camadas de roupas que vestiu para este passeio sem sentido.

— Boa escolha — falei com a voz baixa e em tom de alerta para aqueles ao nosso redor. Pegando-a em meus braços, parti em um ritmo acelerado, rosnando para qualquer um que ousasse entrar em meu caminho.

Dois dos membros do conselho estavam entre eles, com as narinas dilatadas. A hostilidade era como um manto em volta de seu pescoço. Seus ombros estavam esticados em desafio e a indecisão pesava em seus olhos.

— *Saiam* — exigi quando ameaçaram me bloquear.

Darren e Tonic.

Dois dos meus alfas mais jovens. Os dois apoiavam Enzo em todas as decisões.

O autocontrole deles não era nem de longe tão forte quanto o meu, e isso transparecia na maneira como davam um passo à frente, não para trás.

Os cabelos ao longo da minha nuca se arrepiaram, e Katriana gemeu em meus braços. A presença dos alfas atraía sua ômega com força total. Se eu permitisse, ela ficaria nua e aceitaria nós três de uma vez, e seu instinto de procriação substituiria todo pensamento e razão. Ter um trio de candidatos viáveis cercando-a apenas intensificava suas necessidades e desejos, enquanto sua mente se acalmava para a besta interior.

— Ander — ela murmurou, se aninhando enquanto seus lábios traçavam um caminho até meu pescoço. Buscando. Procurando. Implorando por mais.

— *Saiam* — eu disse com mais força, mas o rosnado em minha voz excitou ainda mais a ômega.

Meu comando foi recebido com grunhidos, enquanto os alfas se entregavam a seus instintos.

Elias saiu do prédio, com as pupilas dilatadas e os lábios curvados em uma expressão furiosa, embora não fosse em mim que ele estava de olho, mas nos dois machos mais fracos.

— *Saiam. Da. Frente.* — Ele empurrou os dois para o lado, me permitindo passar. — Leve-a para dentro, Cain!

Em qualquer outro momento, teria discordado de seu tom, mas dei a ele um passe muito merecido. Engolir os impulsos devia doer e sua necessidade de dar o nó a ela provavelmente era tão poderosa quanto a minha.

Sons violentos ecoaram em meu rastro enquanto Darren e Tonic enfrentavam Elias que, felizmente, possuía tanto controle e experiência quanto eu. Provavelmente essa seria a única razão pela qual Darren e Tonic poderiam sobreviver, presumindo que meu Segundo em comando decidisse que eram dignos de manter suas vidas.

— Ainda bem — murmurei, notando o saguão vazio.

Elias tinha evacuado o piso, me proporcionando um caminho direto para o elevador. Entrei depressa e digitei o código do meu andar. Todo o sistema travava quando chegávamos ao topo, impedindo que qualquer outra pessoa nos alcançasse.

Me inclinei na parede de metal, apertando a pirralha desobediente em meus braços.

— Ah, pequena. Você não tem ideia do que fez. — E eu não poderia repreendê-la neste estado.

Ela mordiscou meu queixo e seu gemido foi direto para minha virilha.

— Ander — ela sussurrou, lambendo a barba por fazer e tentando se mover em meus braços.

— Não. — Eu a segurei com mais força.

Ela choramingou e o cheiro de sua excitação me sufocou no pequeno espaço. Praticamente corri para fora do elevador assim que anunciou nossa chegada, então a carreguei depressa pela cobertura. A porta se fechou atrás de mim e um botão perto da parede ativou as travas que manteriam todos do lado de fora, incluindo os alfas enfurecidos.

Joguei-a sem cerimônia no sofá da sala de estar.

— Tire a roupa — exigi.

Katriana estaria me implorando para transar antes que eu desistisse. Diríamos que era uma lição de hierarquia: ômegas precisavam de seus alfas tanto quanto alfas precisavam de suas ômegas.

Ela me desrespeitou ao extremo.

E já era hora de saber o que acontecia com lobinhas desobedientes.

KΛT

ROUPAS DEMAIS.

Muito quente.

Preciso de ar.

Ander...

Ah, eu podia sentir sua raiva. Era como uma chicotada contra minha pele enquanto eu tirava o casaco, camisa e short. Isso me apavorava e me excitava. Ao mesmo tempo que queria me esconder, queria pular nele, o que me deixava confusa e muito nua.

Cada parte minha doía.

Meu coração disparou.

Uma umidade diferente de qualquer outra que já experimentei cobriu minha intimidade e coxas.

Eu *precisava* dele. Seu calor. Seu toque. Sua língua. Seu pênis.

Um arrepio percorreu minha coluna com o pensamento. Nunca desejei um homem assim, nem me senti tão impotente.

Uma voz lá no fundo tentou me chamar à razão, fazendo a inclinação para lutar vir à tona, mas desaparecendo entre cada respiração.

Não sou assim. Lute contra isso!

Ah, mas seu cheiro, como eu desejava rolar em seu cheiro.

Ander se aproximou com um copo cheio até a borda com um líquido marrom, enquanto seus olhos dourados acariciavam cada centímetro do meu corpo.

— Humm, acho que posso mantê-la nua por dias, ômega.

Um som que mal reconheci saiu da minha boca quando comecei a ir em sua direção.

Ele me parou com um aceno.

— Se ajoelhe.

Meus joelhos vacilaram e depois cederam, me fazendo cair no chão com um estremecimento. Um lado meu queria reclamar, enquanto o mais forte ansiava por obedecer.

— Por quê? — sussurrei. — Como?

Os alfas do lado de fora estavam preparados e prontos. Senti a ânsia deles como garras arranhando minha pele. Mas Ander permanecia equilibrado. Confiante.

Sexy pra caramba.

— Me tome — murmurei, arqueando as costas de uma maneira que eu nunca tinha tentado antes. Aquela voz irritante em minha cabeça sussurrou algo sobre o quanto isso era errado, que não deveria estar cedendo, mas eu estava muito molhada e pronta. — Me toque. Por favor. — Estendi a mão para ele, que recuou.

— Você não merece meu toque.

Semicerrei o olhar na profunda ereção que esticava o zíper.

— Você quer me tocar. — Assim como todos os outros lá fora. Só que ele não cedia.

— Não, quero te comer — ele corrigiu. — E vou. Em breve. — Ele tomou um bom gole da bebida e a deixou de

88

lado. — Mas você precisa entender e aceitar algumas coisas primeiro.

Este macho possuía um controle que só me fazia incendiar ainda mais. O desejo de forçá-lo a ceder me dominava com ideias e pensamentos libertinos.

Por que fugi dele?

Por que fugi *disso?*

Porque ele tirou sua escolha!, aquela voz me lembrou.

Bem, tecnicamente ele me deu uma escolha e eu escolhi o alfa mais forte. Eu *o* escolhi.

É uma escolha quando ele te forçou a isso?

Franzi a testa. Ele me forçou? Ou fui vítima das circunstâncias?

O som do couro deslizando pelas presilhas das calças me colocou em alerta máximo, me afastando do meu debate interno e me obrigando a focar na perfeição masculina diante de mim.

— Você está lutando contra seu ciclo — ele murmurou, deixando o cinto cair no chão. — Estou igualmente impressionado e furioso com você, ômega.

Enquanto eu o ouvia, minha atenção estava no botão que ele tinha acabado de abrir, e minha boca salivava pelo prêmio que espreitava lá dentro.

Apertei as coxas.

Minha cabeça girou.

Isso era muito errado, mas igualmente certo.

Gemi, perdida em algum lugar entre a razão e os desejos ilícitos se formando dentro de mim. Mais...

— Uma ômega no cio requer um companheiro — ele continuou, abrindo o zíper de suas calças. — Sem um, ela sofre. Acho que você precisa de uma demonstração para entender exatamente o que estou dizendo. Ele tirou os sapatos bem ao meu lado e seu calor me fez inclinar. — Fique de joelhos.

Um arrepio de desejo percorreu meu corpo e minha loba se submeteu ao tom dominante de Ander.

Isso é tão bizarro, pensei, enquanto meu corpo se arrepiava. Nunca me senti tão selvagem e livre antes, como se vivesse apenas com meus impulsos e nada mais.

A ereção impressionante de Ander ficou livre, provocando um gemido profundo, e o líquido pré-ejaculatório chamava minha língua. Eu nunca tinha provado um homem antes, mas queria desesperadamente fazer isso agora. Especialmente ele.

O desejo estranho me atingiu no estômago e meu sexo pulsou com a necessidade.

Seu tamanho parecia tão assustador ontem, mas agora eu mal podia esperar para ele me preencher. Transar comigo. Me levar a novas alturas.

Virgem...

Espere, isso é importante. Isso...

— Chupe meu pau, ômega.

— Ah, sim. — Me aproximei e lambi a cabeça, salivando com o sabor viciante. Era isso o que eu precisava, desejava e estava morrendo de vontade de ter dentro de mim. Ander. Seu sêmen. Sua masculinidade. Seu tudo.

Suguei-o mais fundo, ansiosa por seu cheiro primitivo e gosto masculino. Não me reconhecia mais. Nem me importava mais em tentar. Tudo o que eu queria era o pau que pulsava em minha boca e a essência que só ele poderia fornecer.

Ele não me tocou.

Mas seu olhar capturou o meu, me encorajando a aceitá-lo. Me forcei ao limite, permitindo que ele entrasse em minha garganta e engoli mais de sua deliciosa excitação. Cada sucção e carícia me deixou choramingando. A experiência não era suficiente.

Queria suas mãos em mim. Seu pênis enterrado profundamente dentro de mim. Para sentir sua boca. Sua língua. Tudo. No entanto, ele me manteve como refém. Seu olhar exigia que eu continuasse. Seu gosto era um vício crescente que eu não podia ignorar.

Talvez fazê-lo gozar bastasse para satisfazer esses estranhos anseios. Ou para acalmá-los.

— Você ainda está lutando — ele sussurrou, e vi um vislumbre de respeito iluminar seu olhar. — Um rosnado meu e você estará em minhas mãos. Mas quero que você mesma cruze essa linha. Que ceda de verdade.

Ele passou os dedos pelo meu cabelo, me forçando a tomar ainda mais dele em minha boca. meus olhos se encheram de lágrimas e minhas vias aéreas não funcionavam mais, impossibilitadas por seu pau enquanto ele me segurava contra si.

— Completamente à minha mercê — ele comentou, com as pupilas dilatadas. — Sente meu nó pulsando sob seus lábios, pequena? — Ele empurrou mais, e algo duro e pulsante atingiu minha boca. — Humm, sim, você sente. Essa é a parte de mim que você deseja. Só não sabe ainda.

Minha visão começou a falhar com pontos pretos e meus pulmões ansiavam por ar.

Seu aperto afrouxou, me permitindo ter apenas espaço suficiente para respirar antes de estabelecer um ritmo que me obrigou a inalar em pontos muito específicos. Deveria ter me incomodado, me rebaixado e me enfurecido, mas tudo o que fez foi excitar meu impulso competitivo.

Queria forçá-lo ao limite, roubar seu controle, beber mais daquele líquido inebriante. Eu gemi.

— *Sim.* — Sim, isso era o que eu mais desejava.

O frenesi tomou conta de mim, conduzindo meus instintos, e forçando minha boca a se movimentar, enquanto eu implorava para que ele gozasse em minha garganta.

Ele permaneceu no controle. Seu aperto no meu cabelo era mais como uma coleira que uma carícia. Seu olhar ainda exibia uma centelha de raiva, que eu sabia que era dirigida a mim, mas não conseguia me lembrar por quê. Meu único pensamento era agradá-lo. Montar nele. Transar com ele. Gemer debaixo dele.

Mais.

Chupei com mais força.

Mais.

Passei as unhas em suas coxas, apertando seus quadris.

Mais.

Engoli em torno de sua cabeça, gemendo com o líquido pré-ejaculatório que provocava minha língua.

Mais.

Seu ritmo se tornou meu e meus movimentos eram feitos apenas por impulso. Como resultado, ele ficou ainda mais longo. Eu o queria. Queria isso. Queria que ele abrisse mão de seu poder e *gozasse*.

Gemi.

Chorei.

Implorei.

Tudo com a língua e meus olhos. Sua mandíbula tensionou e vi uma veia pulsar em seu pescoço grosso. Até que ele explodiu com um rugido que provocou uma nova onda de umidade entre minhas pernas.

Me contorci. O sêmen em minha boca não era o suficiente. Jatos da substância quente cobriam minha garganta enquanto eu engolia e meus gemidos se tornaram animalescos por natureza. Mudaram para ganidos quando ele terminou, pois meu corpo estava insatisfeito. Dolorido. Exigindo algo diferente.

Prazer.

— Se toque — ele exigiu. — Acaricie essa pequena protuberância e me deixe te ver gozar.

Não pensei.

Só obedeci.

Mas não importava o quanto eu chegasse perto, não conseguia passar do limite. Estava tudo errado. Era frio. Insuficiente.

As lágrimas escorriam de meus olhos, mas meu corpo estremecia à beira de um orgasmo que se recusava a atingir o pico.

Meus mamilos doeram.

Minha boceta apertou.

Tentei penetrar um dedo, depois dois, depois três, mas nada funcionou. Um soluço escapou e a dor me dominou de dentro para fora.

— *Por favor* — sussurrei, caindo no chão a seus pés. Não tinha ideia do que queria, mas sabia que ele poderia me ajudar. — Por favor, Ander.

Ele se elevou sobre mim, seu tamanho e presença eram esmagadoramente certos.

Sua calça permaneceu aberta como estava antes.

Ele continuava vestido com a camisa.

— Por quê? — perguntei, me enrolando em mim. Não consegui terminar a pergunta, mas a transmiti com os olhos. *Por que você está me rejeitando?*

Porque era isso: uma rejeição. Meu alfa se recusava a me tomar, a me dar o prazer que *nós dois* desejávamos. Em vez disso, usou minha boca como uma pobre substituta, derramando seu sêmen em minha garganta, em vez de no meu útero.

Ah, eu tinha me tornado uma poça de *necessidade*. E se ele não transasse comigo, eu morreria.

A agonia me invadiu, enquanto minha mão ainda estava alojada entre minhas coxas. Nenhuma quantidade de toque era suficiente.

— *Ander* — sussurrei, rolando, implorando para ele resolver isso, para ele me *ajudar*.

— É por isso que você precisa de um alfa — ele finalmente disse, ainda imóvel. Até colocou as mãos nos bolsos. — Agora, me implore para transar com você, ômega.

Eu já estava implorando! O que mais ele precisava? A angústia quase me partiu em dois. Estendi a mão para seu tornozelo, esfregando meu rosto contra suas panturrilhas.

— Por favor, Ander. Me come. Por favor. Faça com que essa dor vá embora.

— Melhor — ele murmurou. — Diga isso de novo.

— Me come. — As palavras saíram em um rosnado estrangulado.

Meu interior queimava, me levando novamente ao auge do prazer, mas sem conseguir gozar.

— Por favor, Ander — acrescentei, tremendo com violência. — Isso dói.

— Seria ainda pior se você permitisse que aqueles betas te comessem — ele disse de cima. — Estariam gozando dentro de você agora, te levando a este ponto repetidamente, sem nenhuma satisfação verdadeira. E aqueles jovens alfas lá fora, aqueles sem controle, teriam te dilacerado, só para estar dentro de você. — Ele se curvou e me pegou em seus braços.

Encaixei meu rosto úmido em seu pescoço, inalando profundamente.

Ah... o cheiro dele...

Senti minhas pernas tensionarem e minha excitação aumentar para novos níveis.

— Ainda vou te machucar, mas você vai gostar. — Ele afastou meu cabelo do rosto. — E sabe por que isso acontece, pequena?

Não sabia.

E mesmo que soubesse, estava ocupada demais me esfregando contra ele para responder com coerência.

— Porque não sou um cachorrinho consumido por uma única necessidade de transar. Também não sou um alfa comum. Sou o Alfa dessa merda de território do X-Clan. — Ele me jogou no colchão. — E você, minha querida ômega, está prestes a descobrir exatamente o que isso significa.

ANDER

Puta merda, o cheiro dela era incrível.

Foi preciso muita contenção para não arrancar as roupas e montar nela. Embora gozar em sua garganta tenha me aliviado, a necessidade de dar meu nó estava rapidamente substituindo meu controle.

O fato de Katriana lutar contra seu estro ajudou, porque diluiu o cheiro de sua excitação apenas o suficiente para que eu pudesse me concentrar. No entanto, agora que ela mergulhou de cabeça em seu ciclo de calor, eu estava perdendo o foco.

Desabotoei a camisa à medida que a observava se contorce de forma desenfreada na cama, passando as mãos pelo seu corpo em uma tentativa de evocar a gratificação que ela ansiava. Mas isso só aumentava seu desejo. Essa era a lição que eu precisava que ela aprendesse: as ômegas ficavam miseráveis sem seus alfas.

Ela escolheu fugir, e colocou a si mesma e a todo o território em perigo. Isso não era algo que eu pudesse ignorar.

E era por isso que eu tinha uma punição final em mente para ela.

Uma lição que ela jamais esqueceria. Que a deixaria de joelhos.

O que Kat não sabia era o quanto me machucaria ver isso até o fim, mas sua pequena proeza de hoje provou o quanto ela precisava disso.

Isso lhe forneceria o tutorial que ela precisava, porque minha futura companheira precisava respeitar nossos costumes. Tudo o que ela fizesse refletiria em mim, e eu precisava de uma companheira que agisse com responsabilidade perto de meus lobos.

Ela tinha feito exatamente o oposto hoje.

E pagaria severamente por isso.

Joguei a camisa no chão, seguida por minhas calças e meias, ficando tão nu quanto ela estava. Mas, em vez de ir até a mulher na cama, acariciei meu pau enquanto a observava.

— Ander — ela sussurrou, seu tom era repleto de agonia quando ela estendeu a mão para mim. — Por favor.

— Você quer meu pau, gatinha? — ronronei para ela.

— Sim — ela sibilou, arqueando as costas.

— Me mostre o quanto você o quer. Abra as pernas. Quero ver o quanto você está molhada.

Ela abriu as coxas com um gemido, e uma nova onda de suor permeou o ar. Os lençóis estariam encharcados com sua excitação quando terminássemos, o que era exatamente o que eu queria. Isso iria provocar seus instintos de construção de ninho, forçá-la a aceitar minha cama como sua.

E então eu a removeria dali.

Sua necessidade evocou meus instintos. Como seu alfa, era meu dever tomá-la. Preenchê-la com meu sêmen. Transar com ela durante seu ciclo. Quanto mais eu retinha isso, mais ela sofria. Isso me tornava cruel, sim. Mas ela precisava entender nossos papéis.

O destino podia ser implacável, mas era como sobrevivíamos que definia quem éramos e, até agora, não fiquei muito impressionado com as escolhas dela. Ela podia ser forte, mas suas decisões nos últimos dois dias provaram ser, na melhor das hipóteses, infantis. Eu precisava de uma companheira digna do meu status. Não uma ômega que me desafiava a cada passo.

Mesmo que esse desafio também me excitasse.

Me ajoelhei na cama e soltei um rosnado profundo.

Ela gemeu em resposta. Minha natureza animalesca chamou a dela, deixando-a louca.

— Vou te comer, ômega — avisei, segurando suas pernas e abrindo-as enquanto rastejava sobre ela. — E vai doer da melhor maneira. — Ela agarrou o edredom em cada lado de seus quadris, com seu corpo preparado e pronto para minha reivindicação.

Sua virgindade em estado humano seria problemática. No entanto, em sua condição aprimorada, com a imortalidade fluindo em suas veias, ela não sentiria nada além de uma urgência de experimentar meu nó.

Uma pontada de medo permeou o ar quando me acomodei entre sua umidade.

Em algum lugar dentro dela, as sensibilidades humanas da ômega estavam aparecendo.

Eu tinha o remédio para isso.

Com outro rosnado baixo, chamei sua loba, liberando o desejo sexual que eu sabia que existia lá no fundo. *Vem brincar comigo, lobinha.*

Katriana respondeu envolvendo as pernas ao meu redor e pressionando a boceta quente contra o meu pau, em convite.

Eu não era o tipo de homem que levava as coisas devagar. Quando queria alguma coisa, eu ia atrás com tudo que eu tinha. Isso não seria diferente.

— Segure meus ombros — exigi.

Ela obedeceu, arranhando minha pele com suas unhas curtas.

— Me tome — ela murmurou, apertando as coxas em minhas pernas para dar ênfase.

— Ah, ômega. Tão zangado quanto estou com você, não posso mais me segurar. — Levantei os quadris e alinhei a cabeça do meu pau com sua entrada lisa. Seria apertado, mas ômegas foram feitas para isso. — Agora grite por mim.

KAT

GRANDE DEMAIS.

Rápido demais.

Duro demais.

Certo demais.

Arqueei para a besta que se aproximava de mim, com meu corpo em chamas por seu toque. Era isso o que eu precisava, desejava e detestava, tudo embrulhado em um inferno emocional que me queimava por dentro.

Ander não era gentil.

Mas eu não queria gentileza.

Eu queria *isso*: que o alfa perdesse seu controle inabalável. Ele rosnou e o som era um estrondo que me deixou ainda mais molhada. Ele ainda não estava totalmente dentro, mas seu pau me dividia em dois, algo que tanto me doía quanto me excitava.

Eu tinha perdido completamente a cabeça para essa luxúria insaciável.

Palavras estranhas aos meus ouvidos escaparam de minha boca. Elas se dividiam em gritos, súplicas, gemidos e rosnados. Segurei seus ombros, gritando quando ele entrou em mim novamente, me acertando mais fundo a cada estocada.

Puta merda, isso deveria estar me partindo ao meio. Seu poder. Sua força. Seu tamanho. Ah, mas tudo isso alimentou as chamas que lambiam minhas veias. Meu prazer aumentou mais que nunca, me levando ao ápice do prazer.

Mas faltava alguma coisa.

Algum tipo de clímax para me empurrar para o precipício.

Foi o que despertou um gemido da minha alma, misturado com um grito de agonia quando ele finalmente me preencheu por inteiro. Tremi, passando as unhas em sua pele. Ele não parou, levou os lábios ao meu pescoço enquanto suas calças marcavam minha pele. Ele apertou meus quadris com firmeza, me segurando em um ângulo para melhor recebê-lo. Meu centro doía e pulsava por ele ao mesmo tempo, em uma deliciosa mistura de prazer e dor chamando um lado devasso em mim que não sabia que existia.

Eu queria mais.

E disse isso a ele.

Meus lábios ecoavam a palavra *mais*, com seu nome misturado entre o pedido.

Ele rosnou algo em resposta, mas foi perdido no meu grito quando ele acelerou os movimentos. Não conseguia pensar, respirar, nem fazer nada além de sentir.

— Puta merda — ele murmurou, roçando os dentes em meu ponto de pulsação. Ele me segurou com mais firmeza, chegando a machucar. Mas isso não era nada em comparação com o terremoto que crescia dentro de mim. Eu estava à beira de uma explosão que me deixaria inconsciente.

Perigosa.

Violenta.

Apaixonante.

Me inclinei para fora da cama enquanto ele crescia mais, seu pau inchado me esticando por completo.

— Ander! — gritei, envolvendo os braços em seu pescoço, enquanto meus membros tremiam.

— Shhh — ele me silenciou, com a boca em meu ouvido. — Vou te dar o nó, ômega. Vou te dar meu nó por vários dias.

Ah, eu gostei disso. Mesmo que eu não tivesse ideia do que...

Ele irrompeu em mim com um rugido que fez minha espinha vibrar. Gozei com ele, sentindo seu sêmen queimas minhas entranhas. Isso me marcou, me levando a um orgasmo que me fez estremecer de forma brutal, da cabeça aos pés, e provocou um suspiro agudo por dentro.

Uma dor abrasadora tomou minhas entranhas quando seu pênis me penetrou de forma tão profunda, que não consegui respirar.

Não.

Não foi seu pênis.

O *nó*.

Caramba, aquilo saiu dele com o esperma, apertando minha carne e nos unindo em uma vibração interminável de prazer.

As lágrimas caíram dos meus olhos. Doeu da melhor maneira, me proporcionando o alívio que eu precisava enquanto me destruía ao mesmo tempo.

Eu não tinha ideia de que era assim que os lobos do X-Clan transavam. Eu amava e odiava isso, e minha cabeça se derretia em uma poça de confusão feliz.

A língua de Ander encontrou minha bochecha enquanto ele lambia as lágrimas que haviam caído. Seu nariz encostou no meu. E ele nos rolou para que eu montasse sobre ele, com nossos corpos ainda envolvidos em uma dança de êxtase selvagem.

Estremeci quando o êxtase me envolveu e me manteve cativa em um mar de paixão do qual não pude escapar. Não que eu quisesse, não com o prazer florescendo entre minhas pernas.

Ele continuou a se derramar em mim, e seu nó vibrava enquanto eu apertava seu pau internamente com pulsações gananciosas.

Isso não ia parar.

Eu não conseguia parar.

Mas havia algo faltando. Sob o incrível prazer havia um vazio que eu não entendia. Ander passou os braços ao meu redor, me segurando com força contra o peito, e roçou os lábios no topo da minha cabeça. E ainda assim, eu me sentia vazia. Soltei um gemido misturado com um ganido enquanto ele se movia, com seu pau ainda pulsando dentro de mim. Mas eu não me sentia bem.

Exigi mais.

Tentei mover os quadris contra os dele, para demonstrar minha necessidade, mas ele colocou a mão em minha bunda para me manter imóvel.

— Ainda não.

— Por favor. — Pressionei contra ele novamente.

— *Ainda não.*

Outra lágrima caiu e meu êxtase se transformou em devastação. Minha boceta pulsava e minhas pernas estavam tensas em torno de seus quadris.

— Ander...

Ele deu um tapa no meu traseiro que me sacudiu por dentro, provocando uma nova onda de euforia. Gemi, desejando outro. Mas ele voltou a me segurar, passando os dedos pelo meu cabelo.

— Relaxe, ômega. Vou cuidar de você.

Senti um arrepio de antecipação.

As ondas de prazer continuaram a envolver nós dois, e

seu nó fazia coisas para mim que eu não fazia ideia de que eram possíveis. No entanto, eu ansiava por uma conexão profunda. Algo para nos unir. Queria que ele me desse tudo.

Ele inclinou meu queixo para cima, e vi seus olhos dourados cintilarem com poder.

— Isso foi apenas o começo, doçura. Vou consumir cada centímetro seu e possuí-la em todos os sentidos, menos um.

Eu não tinha ideia do que ele queria dizer com isso, mas sussurrei *sim* em resposta. Porque *sim*, eu queria que ele me devorasse. Que me tomasse várias vezes.

Sua ereção finalmente começou a se acalmar, a conexão entre nós diminuiu e o nó desapareceu do meu núcleo. Um calor líquido se acumulou entre minhas coxas, nos encharcando com a combinação de nossos fluidos.

— Quero que você rasteje e me lamba até ficar limpo, ômega. Cada gota. E depois, quero que você me chupe até que eu esteja duro o suficiente para te comer de novo. — Ele saiu de mim, deixando-me ainda mais vazia que antes. — Agora.

Engoli um gemido e desci para o lugar que ele exigiu, mas fui distraída pelos aromas misturados de nossas excitações.

Minha nossa...

Minhas coxas tremeram e a necessidade cresceu dentro de mim enquanto eu o levava em minha boca.

Ambrósia absoluta.

Nunca provei ou experimentei algo assim, mas meus instintos exigiram que eu passasse a língua por cada centímetro dele. Não havia o suficiente. Eu precisava de mais.

Ele entrelaçou os dedos em meu cabelo, puxando, guiando, apertando.

Senti que Ander endureceu novamente, e seu gemido foi direto para o meu ventre e minhas costas bateram no colchão no próximo movimento dele, penetrando seu pênis em minha boceta sensível enquanto sua boca reclamava a minha.

Uma energia selvagem caiu sobre nós e o desejo animalesco assumiu o comando de nossos movimentos. Gemi, gritei e implorei para que ele nunca mais parasse. Ander rosnou em troca, me dando tudo que eu pedi.

O tempo todo.

Por horas.

Dias.

Em todos os lugares.

Ele variou o sexo mais intenso com momentos de ternura fugazes antes de me virar de bruços e me comer por trás. Uivei por ele e exigi que ele me desse tudo de si. E Ander me deu. Várias e várias vezes. Nos envolvendo em um casulo de sêmen e umidade, seus lençóis ficaram encharcados e enrolados ao nosso redor.

Eu movia as mãos enquanto minha mente zumbia de contentamento.

Ander forneceu pilhas de seda tecida com algodão, com aromas muito limpos para o meu gosto. Então transei com ele nos lençóis limpos, deixando-os sujos para minha satisfação, e os adicionei ao nosso ninho depois.

Ele parecia satisfeito. Seu corpo nu descansava ao meu lado enquanto ele observava.

Macho alfa musculoso e forte.

Eu queria lambê-lo novamente, mas sua mão contra meu pescoço me guiou para sua boca. Ele me beijou, enquanto seu pau me penetrava mais uma vez. Dei-lhe as boas-vindas com as pernas abertas, me deleitando com seus movimentos mais lentos. Ele tomou seu tempo, empurrando meus quadris na cama e me forçando a sentir cada centímetro de seu pau enquanto me levava profundamente.

O tempo nos escapou completamente, perdidos em nosso desejo de acasalar.

— Você é linda pra cacete — ele sussurrou contra meu pescoço, traçando um caminho com os lábios até minha orelha. — Adoro estar dentro de você. — Seu nó vibrava, me avisando de sua intenção de gozar.

Ofeguei embaixo dele, e sua explosão desencadeou uma das minhas.

Vi estrelas caindo em cascata em um oceano negro. Ele fazia isso comigo. Ander. Minha besta. Meu Alfa. Ele extraiu cada grama de prazer de mim, me levando à beira da morte várias vezes apenas para me trazer de volta com seu beijo.

Gemi em sua boca e entrelacei a língua com a dele em uma dança pecaminosa. Enredei os dedos em seu cabelo grosso e envolvi as pernas em sua cintura. Ele me puxou para cima, nos mantendo unidos enquanto continuava a gozar dentro de mim.

Seu beijo se tornou suave, mordiscando e lambendo de um jeito que me fez derreter contra ele.

— Você está começando a sair do auge do cio — ele murmurou, me acariciando com carinho. — Posso sentir a mudança em você. Assim como posso sentir a vida que criamos juntos. — Sua mão segurou meu pescoço. — Minha semente cresce dentro de você agora, ômega.

Me inclinei para colocar a mão na barriga, com seu nó ainda preso em mim para nos manter conectados, enquanto seu orgasmo extraía prazer de mim na mesma proporção. Mas algo em suas palavras me deixou inquieta.

Um bebê? Olhei para baixo, franzindo a testa.

Não era algo que eu desejasse. Trazer uma criança para este mundo caótico sempre me pareceu errado. Mas isso era quando eu vivia do lado de fora, temendo os infectados, os lobos do X-Clan e todas as outras criaturas sobrenaturais do mundo.

O Território Andorra era governado por regras diferentes.

As crianças que cresciam aqui eram protegidas pelos lobos. Não passavam fome. Nem se preocupavam em serem mordidos por um infectado. Elas sobreviviam.

Ander estendeu a mão para levantar meu queixo, com um aviso em seus olhos dourados.

— Se fugir de mim de novo, vou te trancar na porra de uma gaiola até você dar à luz.

Ofeguei com a veemência em sua declaração. Seu pau permaneceu ereto, seu nó preso a mim em uma armadilha íntima da qual eu não conseguia me livrar, mas ele falava comigo como se não estivéssemos nus e unidos.

— Estou falando sério, ômega — ele falou. — Não vou tolerar outra tentativa de fuga. E você estará protegida o tempo todo quando eu não estiver aqui para fazer isso.

Por que ele estava dizendo isso agora? Depois de tudo o que compartilhamos?

Porque mesmo depois de tudo, ele ainda está chateado, percebi. Foi por isso que ele não usou meu nome. Era sempre "ômega".

Ele segurou meu quadril enquanto eu tentava me afastar.

— Não. Você vai se arrepender.

— Estou me arrependendo muito agora — retruquei com a voz rouca por gritar durante dias. Ou foram horas? Eu realmente não sabia. Parecia pelo menos uma semana, talvez mais. Mas não foi o suficiente.

Estávamos cercados de seda e algodão, em um ninho que criei para transarmos. Todo o calor que aquilo me proporcionou foi esvaziado com suas palavras e a dura percepção de que não estávamos melhor agora do que quando começamos.

Não. Estávamos em situação *pior*.

Porque *ele* me colocou nessa posição.

Ele me injetou algo que desencadeou meus hormônios, me convenceu a transar com ele, me engravidou e depois teve a ousadia de me ameaçar?

Meu sangue ferveu por um motivo totalmente novo e eu fechei as mãos, pronta para atingi-lo. Mas ele segurou meu pulso e nos virou, segurando meus dois braços sobre minha cabeça com facilidade.

Ele mexeu os quadris de forma brusca, tirando um som agudo da minha garganta.

— Ainda posso te comer assim, ômega.

Cerrei os dentes contra o prazer que seu movimento despertou. De novo. Caramba, por quanto tempo eu ficaria assim? Minhas coxas estavam umedecidas com uma nova onda de suor e meu corpo aceitou seu impulso punitivo com facilidade. Doeu, seu nó ainda não diminuiu, mas senti sua anatomia mudar para se preparar para outra rodada.

Intimidade sem fim.

Coberta de sêmen, suor e sexo.

E enquanto eu desejava me libertar, atacar violentamente contra ele, os pequenos movimentos de sua pélvis contra a minha me levaram de volta para a nuvem inebriante de energia sexual.

Eu o beijei com ferocidade, desejando puni-lo e adorá-lo ao mesmo tempo. E a maneira como sua língua lutava contra a minha dizia que o sentimento era mútuo.

Desta vez não foi gentil ou caloroso.

Foi duro e brutal, o tipo de transa que nos fazia sangrar.

E eu adorei.

Odiei.

Queria fazer tudo de novo.

E chorei quando acabou.

Ele me embalou contra si um longo tempo depois, com minhas costas em seu peito e uma coxa enorme entre as minhas.

— Não precisava ser assim, ômega — ele sussurrou em meu ouvido. — Eu teria reivindicado você como minha. Mas você me pressionou. E isso me deixou sem escolha a não ser fazer isso da maneira mais difícil.

Palavras sinistras.

O tipo que deixava meu estômago apertado de desconforto.

O que ele queria dizer com *reivindicar*? O que os últimos dias juntos representaram? Ele colocou um bebê em mim. Não havia maneira mais profunda de criar um vínculo com alguém do que isso.

— Vou sentir falta do nosso ninho — ele continuou em voz baixa. — Mas você vai fazer um novo por conta própria.

Curvei os lábios para baixo. Por que parecia que ele estava se despedindo de mim? Ele não podia fazer isso. Não depois de me engravidar.

A menos que... fiz uma careta. Era assim que funcionava na sociedade X-Clan? Os alfas usavam uma ômega para procriação e depois as deixavam para criar os filhos?

— Ander...

Ele me soltou, se sentando.

— Vou deixar você dormir aqui esta noite. Mas você vai se mudar para o seu quarto pela manhã.

Rolei de costas e olhei boquiaberta para ele.

— O quê? — O objetivo dele não era me levar para sua cama? Agora ele queria me expulsar dela?

— Você não é minha companheira, ômega — ele falou, olhando para mim com uma expressão sem emoção.

Pisquei, abrindo e fechando a boca com palavras que eu não sabia como dizer. Não sou sua companheira? Como? Por quê? O que tinha sido nosso tempo juntos, então?

E por que essa proclamação doeu?

Eu nem gostava dele, não queria nada com seu mundo ou este lugar. Seus médicos me transformaram em loba contra a minha vontade. Eu só queria ir para casa. Escapar.

Mas Ander usou algum tipo de injeção para desencadear meu estro, mudando tudo. Ele pegou toda a minha inocência, colocou um bebê no meu ventre, tudo para quê?

— Por que você fez isso comigo? — perguntei com a voz em quase um sussurro.

— Você era uma ômega no cio e eu fiz meu trabalho. Forneci a semente que seu corpo ansiava e agora você vai me dar um filho. — Palavras duras. Olhos dourados frios. Inexpressivo. — Dito isso, como mãe de minha futura prole, tenho o dever de protegê-la. E assim farei até que você dê à luz.

— Que gentil da sua parte — falei, lívida.

Como ele ousa me fazer passar por toda essa merda só para... só para... me colocar no meu próprio quarto!

Eu queria bater nele.

Reclamar.

Me enfurecer.

Destruir a porcaria da cobertura de novo.

Mas a energia saiu de mim sob uma onda de desespero era diferente de tudo que já senti.

Ele não me quer.

Por que esse pensamento se elevou acima dos outros, eu não sabia. Mas doeu mais que todos.

Depois de tudo que me fez passar nos últimos dias, ele não me escolheu para ser sua. Ele não tinha me reivindicado. *Essa* era a sensação de que eu sentia falta, a razão pela qual não conseguia alcançar a verdadeira satisfação em meu estado hormonal.

Eu era boa o bastante para transar, para espalhar sua semente, mas no final, não era uma companheira digna o suficiente.

Meus ombros se inclinaram, meu corpo se encolheu e a luta me deixou sem fôlego.

Ander Cain me rejeitou. Em sua cama. Coberta de seu sêmen.

Era exatamente o que eu deveria ter desejado: uma chance de liberdade. Uma maneira de me desvencilhar do alfa.

No entanto, tudo o que senti foi total desolação e solidão, e um pequeno calor sutil florescendo na minha barriga, com uma nova vida.

Talvez essa última parte fosse minha imaginação, mas me agarrei a ela. Por causa de todos os meus pensamentos tumultuados, esse foi o único detalhe que me deu consolo.

Um bebê, pensei, fechando os olhos. *Meu bebê.*

Talvez tenha sido o único momento de felicidade que me foi concedido nesta vida. E por enquanto, eu permiti.

Um pequeno vislumbre de esperança, cercado por uma eternidade de escuridão.

Meu destino.

ANDER

— Não POSSO ACREDITAR que você não acasalou — Elias murmurou, esfregando a mão no rosto. — E depois simplesmente a deixou em outro quarto?

Tensionei a mandíbula.

— Não quero falar sobre isso. — Tínhamos tarefas mais importantes hoje, como receber o primeiro carregamento dos Lobos Ash. Estavam programados para chegar em dez minutos, e meu jato foi buscá-los. Se estivéssemos satisfeitos, eu permitiria que o Alfa dos Lobos Ash levasse o jato de volta... para mantê-lo.

Esse era o nosso acordo.

— Como você vai lidar com a proximidade de outros alfas? — Elias pressionou. — Ela não foi reivindicada, Ander.

— Com meu filho crescendo dentro dela — rosnei de volta para ele —, outro alfa teria que ser louco para tocá-la.

— Não é inédito reivindicar a companheira grávida de um alfa — ele jogou de volta para mim. — Especialmente sob nossas circunstâncias.

Ou seja, com ela sendo uma das poucas ômegas sob a cúpula, outro alfa pode ser louco o suficiente para tomá-la e que se danassem as repercussões.

— Então vou matar o babaca que pensar em me desafiar — respondi. — Problema resolvido.

— Você só está pedindo por uma briga.

— Não, estou pedindo silêncio sobre o assunto — respondi.

Ele assobiou.

— Uma semana transando com sua ômega e está ainda mais mal-humorado que antes de ela chegar. Eu culparia as habilidades da jovem, mas suspeito que o resultado seja sua *falta de reivindicação*.

— Cale a boca.

— Me obrigue — ele retrucou, irritado.

Eu o agarrei pela camisa, puxando-o para frente.

— Está tentando me provocar?

— Estou provando um ponto — ele falou, segurando meu pulso enquanto baixava sua voz para um nível apenas para meus ouvidos. — Estamos do lado de fora, esperando um transporte, e meia dúzia de palavras minhas te deixa pronto para me bater na frente de uma plateia. Você não é assim, Ander.

Eu o soltei tão rapidamente quanto o segurei, irritado por ele ter me pressionado de propósito. Não foi fácil deixar de reivindicar Katriana, mas foi a melhor maneira de ela entender nossa dinâmica.

Depois de sua pequena façanha na semana passada, eu sabia que forçar o vínculo só pioraria nossa situação e a faria lutar comigo com muito mais força. Assim que entendesse um pouco melhor nossa sociedade, ela teria mais de respeito pelo que eu tinha a oferecer a ela.

— Se recomponha — Elias continuou. — Você está deixando os outros machos nervosos.

Ele tinha razão.

E eu odiava que ele tivesse.

Andei em círculos, com as mãos nos quadris, e lutei para controlar minhas emoções.

Não morder Katriana exigiu muita contenção física. Junte isso com todo sexo da semana passada, e eu estava exausto.

— Ela vai ser a minha morte — resmunguei, segurando a parte de trás do meu pescoço.

Elias olhou para mim.

— Ainda não entendo por que você não a reivindicou, Cain.

— Punição.

— Parece que você está se punindo mais do que a ela — Elias apontou.

Bufei. Ele não tinha ideia. Só que a devastação que irradiou dela ontem à noite dizia que meu castigo não apenas funcionou, mas quase a destruiu. Eu não esperava que ela reagisse tão mal. Ela não parou de lutar desde que chegou, e eu esperava mais do mesmo. Para minha surpresa, no entanto, ela afundou em seu ninho sem uma palavra além da resposta mal-humorada sobre minha gentileza.

Quando a verifiquei esta manhã, ela não havia se mexido.

Eu havia planejado mandá-la sair do meu quarto, mas não consegui. Então tomei banho, me troquei e vim direto para cá para ajudar na troca.

Todo o propósito era tirar Katriana dos meus pensamentos. Elias frustrou meus planos no segundo em que me viu, me enchendo o saco pela última meia hora por não reivindicar minha pretendida.

Como se eu precisasse daquilo.

— Isso vai se resolver — prometi.

— Espero que sim — ele respondeu, arqueando uma sobrancelha em desafio. Ele era meu Segundo por várias razões, incluindo o fato de saber como me responsabilizar quando necessário. — Tente ir para a academia depois da nossa reunião. Descarregue um pouco as energias.

Ah, eu tinha toda a intenção de cuidar disso com Katriana. Supondo que ela tivesse deixado minha cama.

Soltei um suspiro e verifiquei o relógio. O transporte chegaria a qualquer minuto. *Até que enfim.*

Bem na hora, o vidro no topo da cúpula começou a se abrir.

Elias inalou, testando o ar com o resto de nossa equipe na pista. Nossos sentidos de lobo podiam captar cheiros por quilômetros e quilômetros. Mas nada parecia estranho, além da fumaça que se aproximava. Combustível de avião sempre deixava um certo fedor no ar, do tipo que fazia minhas narinas arderem de irritação.

Lobos foram feitos para correr, não voar.

Mas não podia negar a utilidade de certos meios de transporte.

Como a pequena viagem de hoje ao Território das Terras Sombrias. Entregamos metade do que eles desejavam, na expectativa de que a ômega fosse enviada para nós. Então eles poderiam ficar com o resto da tecnologia na pista, junto com o jato.

A postura de Elias mudou. Ele enrijeceu a coluna quando os sons de motores em funcionamento se aproximaram.

— Estamos com a entrega — o piloto falou pelo comunicador conectado ao meu ouvido. Yazek era um dos nossos e tínhamos um código em vigor, caso ele fosse coagido a falar.

Como ele não o usou, acenei com a cabeça e respondi:

— Ótimo. Prossiga para o local de pouso.

— Entendido. — O beta encerrou e esperamos até que ele pousasse.

O que aconteceu alguns minutos depois.

Cruzei os braços, olhando a aeronave com uma expressão entediada. Mad, o Segundo em comando de Dušan, ficou notoriamente quieto durante todas as nossas negociações anteriores. Ele me pareceu um tipo pensativo, com uma mente calculista, alguém que eu não queria subestimar.

Então me mantive firme, esperando enquanto as escadas se desdobravam do lado do jato.

Um lobo beta Ash apareceu primeiro, seguido por Jonas, meu tenente escolhido para esta missão. Como alfa acasalado, eu sabia que podia confiar nele para acompanhar a ômega e mantê-la ilesa. Ele me deu um aceno sutil, confirmando que tudo tinha corrido bem.

Mad apareceu, inexpressivo. Seu tamanho rivalizava com o de um típico alfa do X-Clan, mas sua natureza pensativa me pareceu inegavelmente letal. Um toque de violência permanecia em seus olhos azul-gelo, enquanto ele se aproximava de mim.

— Cain — ele falou como forma de saudação.

— Mad — respondi, mantendo o olhar no dele.

Ele podia ser um alfa poderoso no Território das Terras Sombrias, mas no meu, eu era o único no comando. Mad aceitou minha liderança com uma inclinação de cabeça respeitosa.

— Posso apresentar Daciana?

Elias enrijeceu ao meu lado quando uma mulher loira apareceu na entrada, com os ombros curvados de uma maneira assustada enquanto Yazek lhe dava um leve empurrão.

— Eles não vão te morder — o beta disse a ela em voz baixa e suas palavras foram carregadas pelo vento.

Ela estremeceu visivelmente. Suas botas de salto alto bateram na escada com um estalo leve enquanto ela dava um passo vacilante. Ela estava ansiosa, o que fez com que eu me arrepiasse. Ela estava praticamente clamando por um protetor alfa, a submissão evidente em sua estatura e movimentos mansos.

Muito diferente da minha Katriana. Ela descia aquelas escadas com um ar de desafio impulsionado pela confiança. E me encarava enquanto fazia isso, não se concentrava no chão.

O lábio inferior de Daciana tremeu quando ela chegou ao lado de Mad, se inclinando em uma reverência desajeitada.

— Olá — ela sussurrou.

— Olá, Daciana — cumprimentei, usando a mão para levantar seus olhos azuis claros para os meus. — Bem-vinda ao Território Andorra.

Uma lágrima caiu em seus cílios de cor clara e a vi engolir em seco.

— Obrigada por me receber — ela conseguiu dizer com a voz rouca. Seu terror aquecia o ar e era como uma espécie de afrodisíaco para os alfas presentes.

Todos gostávamos de perseguir, e esta estava claramente pronta para correr.

Humm, definitivamente nada como Katriana. Ainda que minha ômega desejasse fugir, ela não exalava o cheiro do medo enquanto o fazia. Não, suas ações eram determinadas, não aterrorizadas.

— O resto da sua remessa está ali — eu disse a Mad, com o olhar ainda na loba ômega Ash diante de mim.

— Presumo que seu Beta esteja aqui porque ele sabe voar?

— Sabe — Mad confirmou.

— Bom. Então nossa troca está completa. — Finalmente encontrei seu olhar gelado. — Entrarei em contato com os resultados do laboratório.

117

— Dušan ficará satisfeito.

— Eu sei. — Voltei a me concentrar na ômega. — Venha, Daciana. Vamos apresentá-la à equipe médica. Passei o braço ao seu redor, lhe dando um leve ronronar para ajudar a acalmar seu nervosismo. Assumindo que isso funcionasse para uma loba Ash.

Ela tremeu contra mim, mas seus ombros relaxaram um pouco. Aquilo foi um bom sinal.

Elias abriu caminho até nosso carro próximo e a porta para ela entrar no banco de trás. Jonas já estava atrás do volante no banco da frente. Ao vê-lo, a garota se acalmou ainda mais, sugerindo que ele contou a ela sobre sua companheira ou ela sentiu isso. Dado que Jonas era um homem de poucas palavras, suspeitei que fosse o último.

O que significava que ela sabia que Elias e eu não éramos acasalados.

Me virei para ele depois que ela entrou no carro.

— Vá atrás com ela.

Ele arqueou uma sobrancelha, com a mão já na porta do passageiro da frente.

— Certo. — Foi tudo o que ele disse antes de se sentar ao lado dela na traseira do SUV. Me inclinei para a frente e peguei seu olhar no espelho.

Sim, eu me desviei do plano. Apenas um pouco. Mas a ideia de me sentar perto dela, permitindo que ela pensasse em mim como disponível quando eu não estava, me deixou desanimado. Como se eu estivesse de alguma forma sendo infiel a Katriana. Uma noção ridícula, considerando que ainda não estávamos acasalados, mas me deixou desconfortável.

Além disso, foi ele quem deu a primeira impressão sobre a garota. Poderia muito bem dar a ele uma chance de começar a se familiarizar com ela agora.

Eu só me certificaria de acompanhá-la até os

laboratórios. Isso garantiria que todos entendessem que ela estava sob minha proteção. Precisávamos saber se a loba era uma candidata viável para procriação e acasalamento. Se fosse, meu acordo com os Lobos Ash poderia seguir em frente. Mas se algo acontecesse com ela antes de termos a chance de confirmar sua viabilidade, estaríamos ferrados porque Dušan não enviaria outra fêmea para testes.

Foi por isso que encarreguei Elias pessoalmente de sua segurança. Teria sido eu, se não tivesse um risco de fuga em minhas mãos, porque não confiava em Katriana para atender ao meu aviso. Tentar acalmar uma loba ômega Ash ao mesmo tempo que tentava domar uma do X-Clan seria um pesadelo.

Felizmente, Elias ficou mais que feliz em aceitar a tarefa.

Ninguém disse uma palavra durante todo o caminho de volta ao quartel-general. O medo de Daciana permeava o interior, e seu cheiro era um fascínio que eu sabia que estava deixando Elias louco. Jonas seria capaz de ignorá-lo, já que seu vínculo com Riley era resoluto.

E por alguma razão, não achei o cheiro tão atraente.

Eu preferia a fragrância da minha mulher mal-humorada.

Olhei para o topo do prédio do lado de fora, me perguntando o que ela estava fazendo agora. Ela já havia deixado seu ninho? Já estava planejando outra fuga? Humm, parte de mim esperava que ela me desse uma razão para persegui-la. Grávida do meu filho, ela não representava tanto risco.

Pelo menos, até o segundo trimestre.

Mas cuidaríamos disso quando chegasse a hora.

Jonas estacionou e nós quatro saímos.

Elias pairou ao lado de Daciana enquanto ela caminhava entre nós.

— Jonas — chamei uma vez que entramos. — Você pode pedir para a Riley nos encontrar no laboratório? — Eu a incumbi de cuidar de Katriana no andar de cima. O fato de ela não ter me ligado, indicava que nada de importante havia ocorrido e minha ômega ainda devia estar dormindo em nosso ninho. Eu levaria algo para ela comer quando voltasse. Em breve. Assim que terminasse de ajudar na transferência de Daciana para o Território Andorra.

De maneira típica, Jonas respondeu com um aceno de cabeça e nada mais.

Daciana observou-o partir com olhos apavorados.

— Riley é a companheira dele — falei para ela em voz baixa. — É a pessoa que irá gerenciar seu trabalho no laboratório.

A loba Ash piscou e seu choque ficou nítido.

— Estou começando a pensar que ela ouviu os rumores sobre nossos nós — Elias comentou. — Ela parece bastante tímida e com medo.

Vi a mandíbula da loba tensionar de forma sutil, a única indicação de que as palavras a irritavam. Mas ela permaneceu submissa, seus instintos ômega no controle total.

Dei uma olhada no meu Segundo, lhe dizendo para parar com isso, e ele sorriu em resposta.

Fazer piadas era sua maneira de aliviar a tensão.

Algo me dizia que isso não ajudaria a frágil fêmea entre nós.

Envolvi o braço em torno dela novamente, ronronando apenas o suficiente para aliviar a tensão de seus ombros, e a levei em direção ao elevador. Assim que ela conhecesse Riley, a situação melhoraria.

Claro, eu pensei o mesmo sobre Katriana, e ela tentou fugir minutos depois que Riley foi embora.

Uma vez lá embaixo e no laboratório, soltei Daciana e acenei para Elias para que ele assumisse. Não havia câmeras aqui, nenhuma maneira de qualquer um dos outros alfas me ver prestando favores a ele com a garota.

Embora eu confiasse na maioria dos meus irmãos para cuidar de si mesmos, não podia confiar em todos.

Como ficou evidente na semana passada, quando Darren e Tonic tentaram pegar minha futura companheira. Sem falar em Enzo e suas travessuras.

Esta era uma situação delicada que exigia que o mais forte de nossa espécie lidasse com ela. E pela forma como Elias olhou para Daciana agora, eu sabia que tinha escolhido corretamente.

Apesar de sua observação grosseira sobre *nós*, eu sabia que ele não iria machucá-la ou tocá-la de forma inadequada.

Riley e Jonas entraram na sala momentos depois, com os dedos entrelaçados da maneira usual. Encontrei o olhar da ômega e arqueei uma sobrancelha, esperando um relatório imediato.

— Está no banho — ela falou. — Ela precisa de comida, Ander.

A última declaração fez com que Jonas me desse um olhar de desculpas e Elias arqueou uma sobrancelha.

Mas Riley não tinha terminado.

— Não sei o que você fez, mas ela está péssima. Então suba lá e resolva o problema. Agora mesmo. Vou cuidar da nossa nova adição. Vá consertar o que você estragou.

Tensionei a mandíbula, desacostumada a receber ordens de alguém tão pequeno e abaixo da minha posição.

— Cuidado com o tom, ômega.

Ela nem se mexeu, seu olhar brilhante me lembrando uma chama azul.

— Ela não está acostumada com nosso jeito, Ander.

Ela deveria ter fugido? Não. Mas você pode culpá-la? Ela não cresceu como uma loba. Cresceu humana. Ela não vai assimilar nossos costumes da noite para o dia.

— Chega, Riley — Jonas disse, puxando-a de forma protetora para seu lado.

Foi um movimento inteligente, porque eu estava pronto para estrangulá-la por ousar vir até mim com essa atitude acusatória. Não fiz nada de errado. A mulher nem me queria. Ela deveria estar me agradecendo por não forçar um vínculo de acasalamento.

Claro, eu ainda pretendia fazer isso.

Só queria ter certeza de que ela entendia nossa sociedade primeiro.

— Vou fazer isso do meu jeito — informei a Riley. — Não que eu deva a você ou a qualquer outra pessoa uma explicação sobre meus métodos.

Riley bufou e sua irritação ficou mais do que clara.

Arqueei uma sobrancelha para Jonas.

— Sua ômega requer uma lição severa sobre como lidar adequadamente com um alfa, particularmente o de mais alto escalão em seu território.

Ele contraiu os lábios.

— Suspeito que uma lição é exatamente o que ela está procurando.

Riley deu uma cotovelada na lateral dele, com a expressão furiosa.

Ele passou a palma da mão ao redor de seu pescoço, puxando-a para si em um movimento que teria feito uma loba menos ágil tropeçar.

— Retiro o que eu disse. É uma luta para a qual ela está a fim — ele corrigiu, seus brilhantes olhos azuis envolvendo os dela. — Mas acho que ela está se esquecendo da nossa convidada na sala.

A ômega malcomportada estudou seu companheiro por um longo momento, então franziu os lábios.

— Tudo bem — ela falou, respondendo a qualquer conversa secreta que eles pareceram ter com os olhos.

Ele assentiu.

— Bom. — Ele deu um beijo nos lábios dela antes de soltá-la. Ela segurou a gola da camisa dele para puxá-lo de volta e mordeu. Com força.

Ele rosnou.

Ela sorriu.

Elias apenas balançou a cabeça e eu dei um passo para trás.

Essa foi a minha deixa para sair, porque observá-los interagir me fez desejar minha própria batalha.

— Me avise sobre o que você encontrou — ordenei, deixando-os sem outra palavra.

Minha ômega precisava de comida, então eu a alimentaria.

E depois, transaria com ela.

KAT

Toda a experiência do banho não deu muito certo para mim, mas não tive escolha depois de ver meu reflexo no espelho. Eu estava coberta de fluidos, criando um nó complexo no meu cabelo.

Felizmente, depois de usar o shampoo e a escova que encontrei no banheiro, consegui penteá-lo. Mas minha pele tinha um tom vermelho vivo, graças à água escaldante.

Pelo menos, o sêmen de Ander sumiu.

Estremeci, me lembrando dele entre minhas coxas. Na sequência, me lembrei de suas palavras finais, a maneira como ele me informou sobre o lugar em sua vida: como uma procriadora glorificada.

Não, nem isso.

Ele transou comigo porque eu estava no cio, algo que ele induziu, e depois me disse que eu viveria separada dele até dar à luz.

O que aconteceria depois disso? Ele levaria meu filho embora também e me passaria para outro alfa para procriar novamente?

Cerrei os dentes quando soltei um rosnado.

Isso não vai acontecer.

Ele ia se surpreender se achava que eu concordaria de

bom grado com essa insanidade. Embora, se a última semana servisse de referência, ele não exigiu meu consentimento mental para obter a aprovação do meu corpo.

Uma lado meu o odiava por tudo o que havia acontecido, gritando que nunca tive escolha. Mas aprendi há muito tempo que nada neste mundo era justo. Era a forma como sobrevivíamos que importava.

Eu poderia aceitar que meu corpo o desejasse.

Poderia até aceitar que o queria.

Mas me usar como procriadora passou dos limites.

Ele me chamou de sua pretendida mais de uma vez, mas retirou tudo de mim com algumas declarações formuladas com crueldade. Porque não o agradei o suficiente? Porque tentei fugir? Ele poderia me culpar?

Ninguém pediu minha permissão para me transformar em uma loba do X-Clan, muito menos em uma ômega.

Eles me *tiraram* da floresta, inconsciente e me encheram de produtos químicos para forçar minha transformação. Depois, Ander me pegou e me levou para sua cobertura, afirmando que agora eu pertencia a ele.

Ninguém com consciência poderia me culpar por fugir.

Mas Ander o fez.

Sim, concordo, não foi a ideia mais brilhante porque entrei no cio perto de um bando de lobos famintos. Mas *ele* era a razão pela qual meu ciclo me atingiu cedo demais. Ele era tão culpado pelo incidente quanto eu, se não mais.

E ele me renegou.

Me deixou grávida de seu filho, me mandou sair de seu quarto e afirmou com frieza que eu não era sua companheira.

— Idiota — resmunguei, deixando a toalha cair no chão, e segui para o armário para pegar uma camisa. Eu me recusava a deixá-lo me destruir. Nem permitiria que ele tirasse meu filho de mim, só porque era um alfa.

Tinha que haver uma maneira de contornar tudo isso... uma saída.

Peguei a camisa de um cabide e a vesti, em seguida apoiei a mão no meu ventre liso, parando ali.

Seria tão fácil fugir de novo, desta vez com um planejamento melhor. Mas eu tinha outra vida a considerar agora. Embora a gravidez pudesse não estar na minha lista de escolhas futuras, também não era algo que eu odiasse. Era apenas uma experiência que nunca me permiti considerar, pois o mundo cruel ao nosso redor não era um lugar que pensei em criar um filho.

O Território Andorra era diferente.

Um mundo de lobos não afetados pelos Infectados.

Mas esse novo mundo continha regras que eu não entendia, uma hierarquia que me deixava sem escolha.

Ander Cain poderia tirar meu filho de mim, e provavelmente o faria.

Como faço para detê-lo?, me perguntei, andando pelo quarto até a porta. Nosso ninho de lençóis e cobertores me provocou. Era uma lembrança de nosso tempo juntos... um que ele disse ser seu dever e nada mais.

Desviei o olhar para o tapete.

Eu odiava como suas palavras me faziam sentir, mas odiava ainda mais que ele as tivesse falado. Como pude me sentir tão apegada a alguém que mal conhecia? Um homem que eu deveria odiar?

Porque ele despertou uma paixão em mim que eu nunca soube que existia.

Será que outro alfa provocaria uma reação semelhante? Será que eu queria isso?

Com um aceno de cabeça, me aventurei na sala de estar e em direção à cozinha, enquanto meu estômago roncava em busca de sustento. Nem conseguia me lembrar da minha última refeição.

Ander estava parado ao lado do fogão, de costas para mim enquanto se concentrava no que quer que estivesse fazendo. Levei um momento para admirá-lo por trás, observando a maneira como a calça jeans se ajustava a sua bunda perfeita e como a camiseta cinza que ele usava se estendia sobre os ombros largos.

Por que ele tem que ser tão ridiculamente bonit...

Contorci o nariz, dispersando meus pensamentos. O cheiro dele não era bom. Muito doce. Nada masculino.

— Onde você esteve? — perguntei, mas minha voz saiu em um tom de questionamento que eu não pretendia fazer. Mas não gostei desse novo cheiro. Isso desestabilizou algo bem dentro de mim.

Minha loba, percebi.

Podia senti-la andar, ansiosa para escapar, para atacar o alfa. Mas não entendi o porquê.

Ele me ignorou e, em vez disso, deu sua própria ordem.

— Sente-se à mesa. Você precisa comer.

Semicerrei os olhos.

— Não até que você me diga por que seu cheiro está tão estranho. — A declaração soou ridícula em voz alta, mas minha loba assentiu em aprovação. Então cruzei os braços e esperei.

E esperei.

Mas ele não disse nada enquanto preparava duas tigelas de comida saborosa. Não consegui identificar os ingredientes, apesar dos meus sentidos aguçados. Eram estranhos, ricos e substanciais.

Humm... eu queria provar.

Até que ele passou por mim e aquele cheiro doce me assaltou mais uma vez.

Franzi a testa.

— Não gosto do seu cheiro.

Ele bufou e colocou as tigelas na mesa.

— Você não estava reclamando em nosso ninho ontem.

A lembrança do ninho me deixou arrepiada, fazendo com que a amargura subisse da minha garganta até a língua. Sem querer pensar nisso ou em como tudo terminaria, decidi me sentar e me perder na refeição que ele havia servido.

Enquanto apreciava o sabor, não conseguia me livrar da agitação que percorria minha espinha. Tudo se resumia àquela intrusão... a doçura que eu não gostava.

Quando terminei minha tigela, empurrei-a para o lado e olhei para ele do outro lado da mesa.

— Me diga por que você está cheirando mal.

Ele deu outra garfada antes de encontrar meu olhar.

— Essa é a sua forma de demonstrar gratidão por eu a alimentar? Dando ordens? — Ele arqueou uma sobrancelha. — Precisa de outra lição de seu lugar na hierarquia, ômega? Porque terei prazer em lhe dar.

Queria pegar minha tigela e quebrá-la na cabeça dele.

Em seguida, pegar as peças afiadas e enfiar nele repetidamente.

— Ontem, você deixou claro minha posição quando me informou que não sou nada além de uma procriadora para você — respondi, sentindo o coração disparar com cada palavra. — Eu era uma ômega no cio e você fez o seu trabalho. Então não, não vou te agradecer por me alimentar. Você só forneceu comida por causa da criança que está crescendo dentro de mim. — Minha voz se elevou a cada palavra, e minha fúria borbulhava. — Vai cuidar de mim até o nascimento, certo? Não foi isso que você disse?

Me afastei da mesa enquanto tudo girava na minha cabeça.

Ser transformada em loba contra a minha vontade.

A injeção que ele me deu, também contra a minha vontade.

Tentar escapar, sendo parada pelo meu ciclo de cio.

Transar com ele por dias, de todas as maneiras imagináveis.

Descobrir o que ele considerava meu lugar em sua vida e em seu mundo.

Ele voltar para casa cheirando a outra ômeg...

Arregalei os olhos quando a compreensão me fez gelar.

— Outra ômega — murmurei, cambaleando para trás. — É por isso que seu cheiro está ruim.

Ele não disse nada, apenas me observou como se eu fosse um experimento. Como se minha reação o intrigasse, mas não o suficiente para comentar.

— *Diga alguma coisa* — sussurrei, fechando as mãos ao lado do meu corpo.

— Inverter nossos papéis nunca vai funcionar comigo, ômega.

Ômega.

Ômega.

Ômega.

Rosnei.

— Meu nome é Kat. — E se ele me chamasse de *ômega* mais uma vez, daria um tapa nele.

— Seu nome é insignificante. Suas ordens também. Vou te dizer o que eu quiser, quando eu quiser. Até lá, faça o que digo. Agora sente-se enquanto encho sua tigela.

— Vá se foder — rosnei. — Chega de comer. Chega disso. Chega de você.

Ele se levantou, bloqueando meu caminho à medida que eu avançava em direção ao corredor sem um destino real.

Recuei, não por causa de sua proximidade, mas por

causa do cheiro enjoativo que exalava de sua camisa. Minhas unhas coçavam para rasgar o tecido ofensivo de seu corpo. Uma ômega o tocou ali. Não foi Riley, mas outra.

Uma não acasalada, um lado estranho meu pensou.

Entreabri os lábios. Como eu sabia disso? Não, era melhor perguntar:

— Por que você estava com uma ômega não acasalada?

Ele tensionou a mandíbula.

— Minhas coisas não te dizem respeito, Katriana.

Bem, era melhor que *ômega*. Também gostei da maneira como meu nome soou em sua boca. Malicioso. Como uma guloseima que ele estava provando e gostando.

Ele deu um passo em minha direção, mas aquele cheiro horrível atingiu meu rosto mais uma vez. Gritei e agarrei a camisa, arrancando-a dele em um ataque de raiva que não percebi que acontecer até terminar.

Ander arqueou as sobrancelhas.

Assim como eu fiz com as minhas.

Porque uau, eu não pensei que faria isso.

E não melhorou!

— Lave — ordenei. — Se livre disso! — Eu estava quase histérica, com pensamentos furiosos entre querer matá-lo e a necessidade de me acalmar.

Se controle.

Como ele ousa voltar para casa com cheiro de uma loba não acasalada!

O que há de errado com você?

Vou matá-lo!

Ander passou a mão ao redor do meu pescoço e senti as costas baterem na parede da sala de jantar. Segurei seu aperto, chutando descontroladamente quando ele me levantou um mínimo do chão.

— Calma, ômega.

Gritei meu nome, mas saiu como um grito rouco devido ao seu aperto. Me movi para dar uma joelhada nele, mas Ander me bloqueou com a perna, em seguida deslizou para cima entre as minhas.

Um arrepio me percorreu com a certeza de ter sua coxa musculosa pressionada contra o meu centro. Arqueei por instinto, sentindo o desejo me envolver. Se ele não fosse lavar o cheiro, eu o substituiria pelo meu.

Soltando seus pulsos, alcancei sua nuca, puxando-o para baixo para tomar sua boca em um beijo rude. Passei os dentes por seu lábio, com força o suficiente para tirar sangue, e arqueei para ele ao mesmo tempo.

Ele paralisou e seu aperto se transformou em pedra em volta do meu pescoço. Não deixei que isso me impedisse de mergulhar a língua em sua boca, marcando-o com meu sabor.

Desde que cheguei aqui, era ele quem estava no comando. Não eu. Ele escolheu como e quando nos beijamos, transamos e nos tocamos. Então, assumi a liderança, afirmando minha própria versão de controle enquanto *o* beijava.

Foi empoderador.

Libertador.

Glorioso.

Viciante.

Eu o abracei com todas as minhas forças e beijei até o limite da minha vida, já que ele ainda segurava minha garganta.

Seu aperto deixaria uma contusão.

Passei as unhas em suas costas, para deixar minha marca, e o mordi novamente.

Ele rosnou e o som provocou uma onda de umidade entre minhas coxas. Tudo o que eu usava era uma de suas camisas, o que me deixava totalmente exposta por baixo. A calça jeans se moveu contra meu centro quente, provocando uma queimação em meus pulmões enquanto eu tentava ofegar e falhava.

Me senti delirante e bêbada de poder enquanto pontos escuros brilhavam em minha visão.

Valeu a pena, pensei, não sentindo mais o cheiro da outra fêmea nele. Minha excitação havia penetrado, marcando-o em um lugar que ela não havia tocado, marcando-o como meu.

A escuridão pairava.

Eu teria suspirado, mas não consegui. Meus braços começaram a tremer, e meu aperto falhou.

— Ander — balbuciei.

Ele me silenciou.

Cobriu minha boca com a sua em um beijo que trouxe ar de volta aos meus pulmões enquanto soltava minha garganta dolorida.

Sua língua acalmou a minha, e ele segurou meus quadris, me levantando no ar. Enrolei as pernas em sua cintura, e minha boceta encontrou seu pênis através das calças. Doeu da melhor maneira, e meu clitóris pulsou contra o tecido áspero.

Senti a umidade se derramar de mim, me preparando para sua entrada, apesar da barreira de tecido.

Era irracional. Eu deveria odiá-lo. Mas escolhi este momento. Queria marcá-lo, reivindicá-lo, apagar aquela ômega vadia da existência dele.

E ele permitiu, passando as mãos pelos lados do meu corpo, enquanto tirava minha camisa.

Levei as mãos às suas calças, desabotoando e abrindo o zíper para liberar a parte dele que eu desejava.

Ele queria me usar como procriadora? Então eu o usaria por prazer.

Era ruim.

Errado.

Mas parei de me importar no momento em que a cabeça tocou minha entrada.

Não dei chance de ele me rejeitar ou me insultar. Apertei as coxas e me movi para receber seu pau grosso. Ele sibilou em resposta, apoiando a testa na minha.

Seu aperto aumentou, mas não o suficiente para me impedir de me elevar e descer sobre ele, usando a parede em minhas costas como suporte para definir meu impulso enquanto segurava sua cintura.

Isso não era mais sobre ele, era sobre mim.

Eu precisava gozar, gritar, saturar sua pele com meus fluidos.

Entreabri os lábios com um gemido, inclinando a cabeça para trás enquanto o êxtase crescia dentro de mim.

Mas eu precisava de mais.

Precisava que ele se movesse.

Passando as unhas em sua pele até a parte inferior das costas, arranhei sua bunda e tentei puxá-lo para frente.

O macho não se mexeu.

— Me come — sussurrei, ainda montando-o à minha maneira. — Me dê o nó.

Senti o calor irradiar dele, que moveu a mão até minha garganta mais uma vez.

— Quer que eu te coma, pequena? — Ele apertou, mas não com tanta força quanto antes. Seu olhar queimou no meu, com uma emoção que eu não entendia.

Aborrecimento?

Fúria?

Necessidade sexual?

Talvez uma combinação de todos acima.

— Por favor — acrescentei, movendo os quadris para levá-lo ainda mais fundo em mim.

Suas narinas dilataram.

Soltei um gemido, com um som de angústia, tanto depreciativo, quanto frustrante ao mesmo tempo. Eu precisava disso, do controle, e ele não queria me dar. Ele estava se segurando, e eu o odiei por isso.

Ander queria uma submissa. Uma ômega. E se recusava a aceitar a mulher dentro de mim, a pessoa que sobreviveu a vinte e um anos de inferno.

Meus olhos se encheram de lágrimas e o desejo rasgou minha barriga, me deixando sem fôlego contra ele.

Eu sabia o que ele estava fazendo, o truque em sua manga. Ele queria que eu me lembrasse do meu lugar e me submetesse por completo. Mas recusei e mostrei isso a ele com meus quadris, determinada a me dar prazer, mesmo que ele não quisesse dar.

Ander moveu o aperto para a parte de trás do meu pescoço, entrelaçando os dedos em meu cabelo. Esperava que ele me puxasse para longe, que me jogasse no chão, como um lembrete de minha posição a seus pés. No entanto, ele me surpreendeu ao me beijar com ferocidade, finalmente adicionando seu poder ao jogo.

Gemi em sua boca enquanto meu êxtase aumentava a cada estocada.

Isso. Era isso o que eu precisava. O que eu ansiava.

As lágrimas umedeceram meu rosto, enquanto eu sentia prazer baseado na dor, e seu ritmo se tornava selvagem. Me agarrei a ele, gritando a cada estocada profunda, e chorei abertamente quando seu nó começou a pulsar.

Mais.

Mais.

Mais.

Eu precisava de seu sêmen, minha umidade e nosso sexo, para permear o ar com nossa união. Para anunciar ao mundo que eu o possuía. Pelo menos, nesse momento. Ninguém mais se comparava. Nenhuma outra ômega. Aquele cheiro terrível desapareceu e foi lavado pelo meu próprio poder.

Eu estou no comando.

Este é o meu alfa.

Não vou compartilhar.

Ah, mas ele não era meu. Ele me disse que não estávamos acasalados. Minha loba se revoltou, ameaçando destruí-lo pelas palavras cruéis. Eu a deixei livre, rosnando a raiva entre gemidos de felicidade.

Sim, sim. Bem aí.

O nó dele era meu, crescendo, se movendo, explodindo em mim e me levando ao clímax arrebatador com ele. Rugi seu nome, cravando as unhas em suas costas mais uma vez, enquanto me agarrava para salvar minha vida ao sentir os espasmos violentos tocarem minha alma.

Severo.

Selvagem.

Incrível.

Euforia.

Puta merda.

Ele estava sangrando. Senti seu gosto de cobre na língua.

Eu também sangrava. Entre as pernas.

Mas eu também chorei de alegria, meu estômago convulsionando repetidamente enquanto os orgasmos ondulavam por nós dois.

Mal o registrei me levar para seu quarto, onde ele me provou, mas o cheiro errado me fez emergir do meu mar encantado. Contraí o nariz, me deparando com lençóis muito novos.

Não é meu ninho.

Não é o quarto de Ander.

Não está certo.

Ele deitou no colchão, me envolvendo enquanto continuava a gozar dentro de mim.

Nenhuma palavra foi trocada.

Não era necessário.

Essa foi apenas outra rejeição, sua maneira de me lembrar de meus novos aposentos.

Minhas entranhas se esvaziaram e meu coração doía. Eu poderia tê-lo possuído no momento, mas não tinha nenhum direito sobre ele. Mesmo que minhas marcas estivessem em suas costas.

A veemência me atingiu com força. Ele pegou minha bela experiência e a destruiu com sua crueldade. Me lembrando que, embora eu pudesse ter escolhido transar com ele, ele escolheu não me reivindicar. Ele ainda estava livre para acasalar com outra.

Incluindo aquela vadia que deixou seu cheiro na camisa e torso dele.

Tensionei a mandíbula. *Isso não vai acontecer.*

Ele passou os dedos pelo meu cabelo. Seu toque era uma pobre tentativa de acalmar. Comecei a me contorcer, não desejando mais estar unida a ele, mas um estrondo de seu peito me fez parar.

Não era um rosnado. Era alguma outra coisa. Como um ronronar?

Pisquei, parando enquanto ele repetia o som, agora mais alto.

Ele continuou a acariciar meu cabelo, enquanto aquele ritmo hipnótico me envolvia. Me aconcheguei nele, querendo mais do conforto que aquele ronronar evocava. Ele me acariciou de uma maneira que me deixou mole em cima dele, me embalando em um estado muito diferente de momentos atrás.

Suspirei, contente, abrindo os lábios em um bocejo.

Humm, sim, gostei muito disso. Acariciei seu peito, encontrando o lugar certo para minha cabeça.

Seu toque se desviou do meu cabelo para as minhas costas, traçando minha coluna de leve e subindo novamente.

Tão macio e quente.

Protetor.

Relaxei por completo, e o mundo finalmente parecia certo.

Pelo menos, por este segundo.

Aceitei isso com um sorriso, fechando os olhos.

E quando os abri novamente vários minutos ou horas depois, foi para me encontrar sozinha em uma cama que carecia do calor de Ander e de seu cheiro.

Meu novo quarto.

Sem companheiro.

KAT

Desenvolvemos um padrão.

Ander saía. Eu percorria a cobertura sozinha. Ele voltava cheirando a uma ômega não acasalada. Eu iniciava o sexo. Ele me comia. Ronronava. E eu acordava sozinha.

Todo. Dia.

Por semanas.

A cada vez, eu jurava que não aconteceria novamente. A cada vez, eu quebrava essa promessa. Mas não conseguia me arrepender, não quando ele me dava aqueles preciosos momentos de controle todos os dias. Eu sempre começava, e ele não me punia por atacá-lo e arrancar suas roupas. Ele chegou ao ponto de me permitir ditar o ritmo pelo tempo que eu desejasse, esperando até que eu implorasse antes que ele assumisse.

Tornou-se a nossa dinâmica, a nossa forma de conviver.

Mas algo estava diferente hoje.

O cheiro doce permanecia no ar quando ele chegou, mas faltava o tom ofensivo que geralmente me irritava. Parecia menos ameaçador.

Cheirei-o como sempre fazia, e ele manteve a postura rígida enquanto eu iniciava nossa rotina.

Alguns dias, nós comíamos primeiro.

Na maioria das vezes, eu me enfurecia e rasgava o tecido ofensivo de seu corpo antes de cair de joelhos para confirmar que ele ainda estava com meu cheiro onde mais importava.

Ele cheirava àquela ômega estranha, mas apenas em seu torso. Nunca entre as pernas.

Inclinei a cabeça para ele, semicerrando os olhos.

— O que está diferente?

Seu silêncio reinou.

Ele nunca me respondia. Nunca comentava quem era a ômega ou por que ele continuava com o cheiro dela. Apenas aparecia, me alimentava, transava comigo, ronronava e saía de novo.

Eu odiava nosso padrão quase tanto quanto confiava nele.

Mas não gostei dessa diferença. Isso me deixou confusa e incerta sobre como proceder. Os instintos de lavá-lo com meu cheiro não vieram, apenas uma curiosidade casual sobre quem...

Arregalei os olhos.

— Espere... — Eu o cheirei novamente. — Isso me lembra de... — Pressionei o nariz em sua camisa, inalando profundamente. — Aquela ômega. — *Riley*. Eu não a vi mais desde o dia da minha tentativa de fuga. — A ômega acasalada. — Entreabri os lábios. — Ohhh... — Alguém tinha acasalado com a fêmea. Foi por isso que não senti mais a ameaça.

Porque não foi ele quem a reivindicou.

Caí de joelhos para esfregar a bochecha em suas coxas grossas. Um alívio esmagador tomou conta de mim. *Ele não acasalou com ela. Não a escolheu. Ele veio para casa, para mim.*

O pensamento lógico me escapou e meus instintos assumiram quando abri o zíper de sua calça jeans e levei seu pau endurecido em minha boca.

Queria agradecê-lo.

Mostrar meu prazer por ele voltar para mim e não para ela.

Meu, pensei, sugando profundamente, puxando sua essência em minha boca.

Suas pupilas dilataram enquanto ele me observava, e uma daquelas emoções estranhas queimou nas profundezas de seus olhos dourados. Ele não me agarrou, nem controlou o meu ritmo, mas me permitiu ter meu momento, me deu a oportunidade de o levar até onde eu desejava, sem a sua interferência.

Isso me encorajou ainda mais. Me agradou. Me deu todo o poder. Era para ser uma posição submissa, mas mantive seu orgasmo na palma de minhas mãos enquanto segurava suas bolas pesadas.

Ele gozaria quando eu quisesse.

Seu prazer seria meu, porque eu o levaria ao limite.

Ele mordeu o lábio, e um rosnado baixo começou a ecoar em seu peito, o que umedeceu o ápice entre minhas coxas. Vesti outra de suas camisas e nada mais. Tornou-se um hábito: eu invadia seu armário, encontrava algo para vestir e adicionava ao ninho.

Junto com suas calças.

Como esses jeans.

Eu os levaria de volta para o meu quarto quando terminássemos. Uma espécie de troféu destinado a perfumar minha roupa de cama.

Quem sou eu? Me perguntei muitas vezes, especialmente quando me sentava na sala de estar, olhando pela janela para além das montanhas.

A fuga parecia tão fugaz, tão trivial. Mas eu ansiava por provar o ar fresco mais uma vez. Explorar. Ser uma das muitas lobas que vi vagando pela rua abaixo. No entanto, não pedi. Não sabia como fazer isso.

Todas as minhas ações foram orquestradas pela loba dentro de mim, e nosso vínculo ficava mais forte a cada dia. Ela me ensinou como existir neste novo mundo, como considerar o impulso sobre a razão.

Estou virando um animal.

Já sou um animal, um lado meu corrigiu.

Ander gemeu, me trazendo de volta para o pau que se alongava em minha boca.

Ele estava perto, e ainda assim me permitiu liderar, fechando as mãos em punhos ao lado do corpo. De alguma forma, ele sabia que isso era mais para mim que para ele. Agradeci com um giro da língua, que o desestabilizou.

Ele bateu a mão na parede quando gozou, sua restrição definida pelo aperto de seus músculos. Ele queria assumir o comando, eu podia sentir na maneira como ele movia os quadris contra a minha boca. Mas ele não me tocou. Em vez disso, inclinou a cabeça para trás e uivou, o som transformando minhas entranhas em mingau.

— Puta merda, Katriana — ele murmurou, roçando os dedos em minha bochecha antes de passar pelo meu cabelo. Ele não assumiu, apenas me segurou enquanto eu bebia cada gota. Abaixei a calça jeans e ele tirou os sapatos para que a calça saísse, sabendo o que eu queria.

Seu nó pulsava na base, significando que ele desejava mais, como sempre. Nenhum de nós ficava realmente satisfeito, a menos que ele gozasse entre minhas pernas. Mas isso não tinha relação com prazer mútuo, mas era meu agradecimento a ele.

Um lado meu reconheceu o quanto era estranho eu sentir a necessidade de agradecê-lo por não ter tomado outra companheira. Eu ainda o odiava. Odiava que ele me fizesse dormir sozinha todas as noites. Que ele não tivesse me reivindicado. Odiava que ele me mantivesse aqui, como sua boneca pessoal.

Meus olhos se encheram de lágrimas com os pensamentos, me forçando a engolir uma última vez e soltá-lo com um estalo.

É como sobrevivemos que nos define, pensei, de pé. *Faço o que preciso para viver.*

Mas eu estava realmente vivendo?

Essa parte ainda precisava ser confirmada.

Sem olhar para ele, caminhei até o quarto para adicionar a calça jeans ao ninho. Levei alguns minutos para encontrar o lugar certo. Todo o instinto de me enterrar em uma pilha de lençóis e roupas era novo, mas eu me sentia segura dentro do meu pequeno refúgio. Quase me arrastei para lá, mas o calor atrás de mim me fez olhar por cima do ombro.

Ander estava nu na porta, com a masculinidade pesada contra sua coxa. Ele estendeu a palma da mão e eu soube, sem palavras, o que ele precisava.

Era assim que nos comunicávamos.

Não com nossas vozes, mas com nossos corpos.

Mordi o interior da bochecha e considerei o intrincado desenho da minha cama, procurando por algo que eu pudesse devolver a ele. Havia tantas calças que ele devia estar ficando sem, embora seu armário dissesse o contrário.

Ainda assim, talvez essas fossem suas preferidas.

Empurrei os tecidos, pegando uma das peças mais antigas que cheirava mais a mim agora, depois de noites dormindo com ela. Ander permaneceu inexpressivo quando levei a calça até ele, que desapareceu, me deixando sozinha mais uma vez.

Sempre sozinha.

Meu lábio inferior tremeu, mas me recusei a chorar. Em vez disso, coloquei a palma da mão sobre o abdômen, me concentrando na pouca felicidade que eu tinha em meu mundo.

— Me conte sobre as suas tatuagens — Ander pediu, me assustando.

Não senti seu retorno. Meu olhar estava no chão e não na porta. Piscando para ele, fiz uma careta.

— Minhas tatuagens?

Ele entrou no quarto, ainda tão nu quanto antes, mas sem a calça que dei a ele.

— Sim. Quero saber o que significam. — Ele parou diante de mim e passou os nós dos dedos pelo meu braço vestido com a camisa. — Vai me contar sobre elas? — Não era uma exigência, mas uma pergunta. Muito diferente das atitudes comuns dele.

Cautela misturada com intriga.

Passamos o último mês, talvez mais, deixando nossos corpos falarem por nós. Ódio, misturado com luxúria e necessidade, definia nosso relacionamento.

Mas isso... isso era diferente.

Ele queria conversar.

E me vi querendo responder a ele.

— Representam memórias — sussurrei. — Minha maneira de homenagear os mortos.

Ele inclinou a cabeça para o lado e estendeu a mão para desabotoar a camisa que eu usava como um vestido. Normalmente, ele a arrancava, mas parecia estar de bom humor, como se quisesse me valorizar à sua maneira.

O tecido se abriu para revelar meu torso pálido. As marcas eram principalmente no braço, com exceção do nome escrito na clavícula e a flor acima dela. Ele traçou a escrita com o dedo.

— E esta? Que memória ela representa?

— Minha mãe. — Engoli em seco. — É o nome da

família dela abaixo da flor homônima que ela desenhou para mim.

— Homônima?

Assenti, minha garganta ficando seca.

— Uma flor desabrochando em garras. Ela costumava dizer que eu era linda, mas mortal. — Claro, eu não me sentia tão mortal agora. Mais subserviente. Como uma casca de mim mesma. — Pelo menos, as garras eram apropriadas — acrescentei, pensando em minha loba.

Seu toque subiu para traçar as garras roxas.

— Pelo contrário, acho que representa você adequadamente. Linda, delicada e forte. — Ele passou o dedo pelo meu queixo. — Você só precisa florescer, Katriana. — Ele segurou minha bochecha, me puxando para mais perto. — Me conte sobre as outras. As coloridas.

Eu sabia o que ele queria dizer, os respingos de tinta em meu braço, levando ao pássaro nas costas da mão.

— Perda — respondi, com a voz rouca. — Cada uma representa alguém do meu passado que perdi para a crueldade deste mundo.

— E o pássaro vermelho, o cardeal?

— O pai que eu nunca conheci. — Limpei a garganta, sentindo a emoção falhar minha voz. — Minha mãe costumava dizer que nossos parentes nos visitam em forma de cardeal, uma velha superstição que seus pais passaram para ela. Na verdade, nunca vi um, a não ser em livros e fotografias antigas. Então, pintei um na minha pele, como um lembrete de que, embora ele pudesse nunca me visitar, ele ainda é parte de mim.

O sonho de uma criança, pensei.

Ander empurrou o tecido dos meus ombros, me deixando tão nua quanto ele estava. Seu olhar percorreu as marcações coloridas, me deixando toda aquecida.

— Além da flor e do nome, você só tatuou o braço e a

mão — ele murmurou. — Por que em nenhum outro lugar?

Umedeci os lábios e dei de ombros.

— Parece errado permitir que alguém compartilhe o espaço com minha mãe. Todo o resto é um memorial, uma forma de honrar as memórias, mantendo-as à distância. — Parecia ridículo em voz alta, mas era como eu processava a perda. — Permitir que eles se aproximem exigiria que eu sentisse.

Ele inclinou a cabeça, seus olhos dourados capturando os meus.

— Como alguém nas montanhas tatua outro?

— Tinta, agulhas, fogo — expliquei. — É incrível o que a natureza oferece em termos de cor.

Seus dedos tocaram meu braço mais uma vez.

— Parece doloroso.

— E é — admiti. — Mas abafa a tristeza da morte.

— Deve ter havido uma família nas cavernas com conhecimento de tatuagem — ele acrescentou.

— Sim. Os Dunkin. Jim Dunkin começou a me tatuar quando fiz doze anos. Ele alegou que iria endurecer minhas emoções.

Ele estava certo.

A palma da mão de Ander pousou em meu quadril enquanto a outra envolvia minha nuca.

— Me leve para o seu ninho, Katriana. Quero te abraçar.

— P-por quê?

— Um alfa não requer motivo. — Ele me levou para trás até que minhas panturrilhas batessem no estrado da cama. — Me diga onde deitar para não atrapalhar seu trabalho.

Ele geralmente escolhia o lugar, independentemente do

que eu havia construído, com o foco em nos manter unidos, não em meu conforto.

O que quer que tenha acontecido com ele hoje, gostei. Mas eu não era tola em acreditar que isso se tornaria um padrão.

Não mesmo.

Mas a outra ômega tinha acasalado.

Isso significava que ele queria...

— Katriana — ele murmurou, pressionando os lábios nos meus. — Pare de pensar e me convide para o seu ninho.

Assenti e me desvencilhei dele para encontrar o lugar certo na cama, então deslizei em um convite silencioso. Ele se juntou a mim, seu calor e perfume instantaneamente bem-vindos em meu casulo. Me aconcheguei ao seu lado, com seu braço circulando meus ombros, e permiti que ele apenas me abraçasse.

Sem luxúria.

Sem fúria.

Sem violência.

Apenas calor.

— Gosto de suas marcas — ele admitiu em voz baixa. — Elas me dão uma visão sobre quem você é.

— Quem eu costumava ser — corrigi. — Não sou mais aquela mulher. — E nunca mais seria. Ele garantiu isso quando colocou outra vida em minhas mãos.

Nosso bebê.

— Talvez não, mas todos evoluímos e mudamos. Seu sofrimento e força são a base de quem é hoje, quer você sinta isso ou não. — Ele passou a palma da mão para cima e para baixo no meu braço. — Esta é uma nova etapa em sua existência e, embora possa não ser o que você esperava, é o seu destino.

— Eu sei.

Ele se mexeu para me puxar para baixo dele, seu corpo muito maior pairando sobre o meu.

— Você o aceita?

— Existe uma alternativa? — contra-argumentei.

— Não.

— Então não tenho escolha a não ser aceitá-lo.

Ele acariciou meu nariz, o calor de sua boca provocando meus sentidos.

Pinho. Masculino. Especiaria. Suspirei, contente com a forma como aqueles aromas me faziam sentir. Me enrolar em Ander sempre me deixava satisfeita, desde que eu não pensasse.

— Você deseja ter escolha? — ele perguntou contra meus lábios. — É disso o que você precisa?

— Não há escolha — sussurrei.

— Não foi o que perguntei. É uma escolha que você precisa para aceitar seu destino?

Franzi a testa enquanto procurava suas íris douradas. Como sempre, ele não revelou nada com sua expressão.

— Não sei como responder a isso.

— Não pense, apenas responda. Você gostaria que eu tivesse te dado uma escolha?

— Claro que sim — respondo enquanto um fogo se acendia dentro de mim. — Que pessoa não gostaria? — Mas agora era tarde demais, então por que insistir nisso?

Ele me observou por um longo momento.

— Eu nunca fui humano, Katriana. Sempre fui Alfa. Tomamos as decisões que consideramos melhores para aqueles sob nossos cuidados.

— O que, para você, significava me transformar em loba, então me forçar a entrar no cio e me engravidar — resumi. — Não é exatamente o que eu teria considerado para mim, mas não importa agora, não é?

Não pude evitar o tom de irritação. Por que trazer isso

à tona agora, semanas depois de tudo o que ele fez? Eu estava com mais de um mês de gravidez, se minha contagem estivesse certa. Provavelmente mais, porque dormi muito.

Independentemente disso, eu não poderia mudar nada.

E ele também não.

— Sou o Alfa do Território Andorra, o oficial de mais alto escalão sob esta cúpula. Ser minha significa mais do que você parece querer.

— Ah, mas eu não sou sua — retruquei, querendo empurrá-lo para longe de mim e para fora do meu ninho.

Como ele ousava pegar um momento tão calmo e transformá-lo nisso? Não queria pensar nessas coisas, optando por confiar mais em minha loba que na minha mente.

— Qual é o sentido de tudo isso? — exigi. — Por que você está me fazendo sentir? — Não mudava nada. Não fazia *nada*. Então, por que me preocupar em considerar alternativas? Por que discutir o que aconteceu? *Por quê? Por quê? Por quê?*

— Você não gostou do que ofereci, preferiu se esconder, e estou tentando entender o porquê.

Lá estava aquela palavra novamente. *Por quê*. Eu odiava isso. Detestava. Desprezava.

— Por que — repeti, a palavra parecendo amarga na minha boca. — Você quer entender por que não gostei de ser tirada da floresta, transformada em loba, forçada ao cio e depois ter engravidado contra minha vontade? — Dei uma risada sem graça. — Se você não consegue entender, Ander, não posso ajudá-lo.

— Meus lobos te salvaram de uma vida conturbada na floresta, onde você dormia em uma caverna fria, tremendo a noite toda, para acordar com uma única esperança de sobreviver ilesa no dia seguinte. Você foi presenteada com a imortalidade e uma maneira de se proteger. E quando mostrou sinais de sua genética ômega, eu a coloquei sob minha proteção para salvá-la da experiência de ser tomada por vários alfas perdidos em seus instintos de cio.

Ele olhou para mim enquanto eu retribuía seu olhar.

— Em sua versão dos eventos está faltando o pequeno detalhe do meu consentimento... e eu nunca dei.

— Então você preferiria que eu tivesse deixado você com seu destino frio e miserável em vez de proporcionar a vida que te dei até agora? — ele rebateu.

Eu me irritei.

— Tudo o que eu queria era uma escolha. — Provavelmente eu teria aceitado sua oferta para me tornar loba, porque quem não aceitaria na minha posição? — Alguma consideração pelos meus desejos seria ótimo.

Ele me considerou por um longo momento, muito silencioso.

— No meu mundo, as ômegas confiam em seus alfas para tomar decisões por elas. E elas os respeitam por isso.

— No meu mundo, os humanos fazem suas escolhas.

— No seu mundo, os humanos morrem — ele apontou.

— Prefiro a morte a não ter direito de escolha — sussurrei.

— Então você é uma mulher tola. — Ele rolou de cima de mim, deixando o ninho. — Escolha com sabedoria, ômega. E lembre-se: foi você quem desejou essa escolha.

KAT

Uma semana.

Sete. Dias.

Andei pelo apartamento de Ander agitada. Ele não voltava para casa desde o incidente no ninho, e seu cheiro desaparecia a cada minuto que passava.

Ah, a comida chegou.

Sempre aparecia durante a noite enquanto eu dormia, inquieta no paraíso que não parecia mais um refúgio.

Estava tudo errado.

Passei os dedos pelo cabelo e entrei em seu quarto novamente. Sua cama arrumada com perfeição me fez rosnar, meus pensamentos furiosos. Como ele pôde me deixar aqui? Como uma prisioneira.

Pelo menos, tinha janelas.

Voltei para a sala de estar para me sentar diante delas, olhando para fora com melancolia.

O que eu não daria para respirar ar fresco, passear pelas árvores, sentir o chão de baixo de minhas patas.

Eu não tinha me transformado desde aquela primeira vez.

Talvez eu devesse tentar de novo, mas lá fora. Fiz menção de me levantar, mas vacilei quando o aviso de Ander me atingiu no estômago.

Se fugir de mim de novo, vou te trancar na porra de uma gaiola até você dar à luz.

— Eu já estou em uma gaiola — murmurei. Mas meu traseiro bateu no chão mais uma vez, e apoiei a cabeça nas mãos.

Fiquei sentada ali o dia todo, observando o sol atingir um ponto alto e depois mergulhar no céu.

Continuei sentada até tarde da noite, olhando para as estrelas que brilhavam acima da cúpula de vidro.

E finalmente cai no sono, apenas para acordar com a luz do amanhecer novamente.

Incontáveis horas se passaram.

Seguidas por dias de nada.

Eu comia e tomava banho só porque precisava.

Então voltei para o meu lugar, pois meu ninho não me atraía mais. O cheiro de Ander havia desaparecido há muito tempo. Sua presença era como um fantasma do meu passado, e eu odiava como isso me fazia sentir falta dele. Me sentia vazia por dentro e mais sozinha que nunca. Pelo menos, ele me visitava antes.

Depois de pegar um copo de água na cozinha, voltei para o meu lugar, mas algo me fez arrepiar.

Contorci o nariz com o cheiro doce que se aproximava.

Riley, reconheci, me virando assim que ela entrou no hall. Ela paralisou ao me encontrar sentada, usando outra das camisas de Ander e com o cabelo preso em um coque bagunçado no topo da minha cabeça.

— Oh. — Essa foi sua versão de cumprimento.

Respondi voltando a me concentrar na janela e no mundo exterior.

A ômega acasalada não era quem eu queria ver.

Meu coração se apertou, porque eu também não queria ver Ander. Mas queria. Desejava gritar com ele.

Transar com ele. Marcá-lo. Exigir que ele me dissesse o que havia acontecido e porque ele foi embora.

O que me abandonar tinha a ver com fazer uma escolha?

— Kat? — Riley murmurou, se agachando ao meu lado. — Estou aqui para a consulta de dez semanas. Quero você como você e o bebê estão.

Dez semanas? Entreabri os lábios. *Estou grávida há dez semanas?*

Isso significava que Ander havia sumido por... por... bem, eu não sabia. Todo o meu senso de tempo e espaço estava distorcido desde que ele me prendeu aqui.

Porque era isso.

Prisão.

Claro, tinha janelas e espaço para andar, mas não havia nada para fazer além de olhar para fora, comer, tomar banho e, ocasionalmente, transar com Ander... quando ele aparecia.

Pressionei a mão no ventre ainda plano e fiz uma careta. Embora eu pudesse sentir a vida crescer dentro de mim, não sentia a presença do bebê, perdida demais em meus pensamentos para notar.

— O bebê está bem? — perguntei. Minha voz soou rouca depois de dias, ou semanas, de desuso.

Riley se encolheu, levando as costas da mão para minha testa, em seguida para minhas bochechas.

— Podemos fazer isso no laboratório? Seria mais fácil com todo o meu equipamento.

— Você está preocupada com o bebê? — repeti a pergunta, ignorando seu pedido.

— Não, estou preocupada com você — ela respondeu. Seu tom era um rosnado baixo.

Pisquei para ela.

— Estou fazendo algo de errado? — Não tentei fugir.

Nem estou sendo muito ativa. Eu ainda comia e tomava banho. Será que deveria fazer algo mais pelo bebê que crescia dentro de mim?

— Você? — Ela soltou uma risada sem graça. — Não. O seu companheiro que é o problema.

— Não tenho companheiro — respondi no piloto automático. — Estou sozinha. Eu e o bebê. — As palavras saíram entrecortadas e desviei o olhar para as mãos. — Mas vamos ficar bem.

— Eu vou matar o Ander — ela retrucou, se levantando. — Vamos. Preciso te examinar no laboratório. Depois vou matar seu alfa teimoso. — Ela estendeu a mão. — Vamos.

— Não tenho permissão para sair — falei, voltando meu foco para as janelas.

— Você não pode fugir — ela corrigiu. — Mas uma ida lá embaixo ao meu laboratório é permitida. Na verdade, vou te ensinar a me encontrar para que você possa dar uma volta com mais frequência.

Franzi a testa.

— Dar uma volta? — Ander foi bem claro sobre não sair, certo? Ou eu tinha entendido errado?

Se ele viesse me visitar, eu poderia pedir esclarecimentos, pensei com amargura.

Talvez eu devesse ir embora. Ele já havia me trancado nesta prisão para chafurdar na solidão. O que de pior ele poderia fazer?

Dar uma volta, como Riley disse, também poderia tirá-lo do seu esconderijo. Ou talvez eu o encontrasse nos laboratórios.

O que eu faria se o visse novamente? Uma visão da minha mão encontrando seu rosto fez meus lábios mal se contraírem nas laterais. Seria o mínimo que ele merecia depois...

— Kat — Riley me chamou, com a mão ainda balançando ao lado da minha cabeça. — Preciso mesmo te examinar. Se não puder fazer isso por si mesma, faça pelo bebê.

Curvei a boca para baixo. Ela fez parecer que eu queria colocar meu filho em perigo, o que me irritou.

— Eu nunca faria nada para prejudicar meu bebê. — A frase saiu em um rosnado, um som que eu preferia ao meu tom rouco de antes.

— Eu sei — ela sussurrou. — Não é você que está fazendo mal. — Ela se agachou de novo. — Vamos. Eu só quero ajudar. Nós vamos resolver isso. Depois podemos chutar a bunda do Ander juntas.

— Onde ele está? — perguntei, incapaz de me impedir.

— Ele e o Jonas estão supervisionando o transporte da ômega do Território das Terras Sombrias.

— Transporte da ômega? — repeti. — Onde fica o Território das Terras Sombrias? — Eu nunca tinha ouvido falar disso. Não era surpreendente, considerando o tamanho do mundo e o pouco que eu tinha visto.

— Você já ouviu falar da Romênia?

Assenti.

— Minha mãe me fez estudar a geografia do velho mundo quando criança. É a antiga Europa Oriental.

— É também onde o Território das Terras Sombrias se localiza. É um clã de Lobos Ash.

— Lobos Ash? — Finalmente olhei para ela. — Eles são diferentes dos lobos do X-Clan?

Ela murmurou algo baixinho seguido por: *Não acredito que o Ander não explicou tudo isso para você.*

— Ele não fala muito — eu disse, olhando para baixo novamente. — Ele geralmente... — Parei dando de ombros.

Riley suspirou.

— Alfa típico. O Jonas também é assim, homem de poucas palavras, mas ele pode rosnar. — Ela se abalou visivelmente. — Essa não é a questão. Vamos conversar enquanto realizo seu exame. Vou contar tudo o que puder sobre o que está acontecendo e por quê. Espero que ajude.

Isso parecia promissor.

Também me dava a chance de deixar este apartamento.

Minha única outra opção era sentar aqui e olhar pela janela o dia todo novamente. Por mais divertido que isso soasse, eu preferia respostas.

— Tudo bem. — Me levantei do chão, deixando a água ao lado da janela.

Riley sorriu, então olhou para minha roupa.

— Você não tem roupas?

Contraí os lábios quando olhei a camisa de botão que batia em minhas coxas.

— Eu, ah, uso as camisas do Ander. — Eles me serviam como um vestido, então funcionava.

Seu sorriso se derreteu em fúria mais uma vez.

— Vou matá-lo. Alfa filho da mãe. — Ela andou em direção à saída. — Siga-me e vou encontrar algo para você vestir.

— Prefiro que você me conte o que está acontecendo com as ômegas — falei, seguindo atrás dela. — As camisas dele estão boas.

Ela bufou e apertou o botão do elevador. Na verdade, fiquei surpresa ao ver o corredor vazio, pois presumi que Ander havia colocado guardas do lado de fora. Ele não afirmou que eu estaria sendo vigiada o tempo todo para evitar qualquer tentativa de fuga? Bem, parecia que era mentira. Ou talvez estivessem em algum lugar que eu não pudesse ver.

Com um suspiro abatido, me juntei a Riley na caixa de metal, onde ela começou a explicar quais botões apertar para encontrá-la. Eu meio que ouvi, sabendo que não sairia da cobertura a menos que Ander me desse permissão. Não porque queria obedecê-lo, mas porque não tinha mais energia para lutar contra ele.

— Ele ao menos explicou que as ômegas são raras? Que os alfas geralmente nos superam em número de dez para um, em um bando equilibrado, e mais de trinta para um no Território Andorra? — Riley me observou em busca de uma reação. O que quer que ela tenha visto em meu rosto a fez soltar uma série de xingamentos que fizeram minhas sobrancelhas arquearem.

Eu já havia dito a ela que Ander raramente falava. O que ela esperava?

— Somos raras?

— Puta que pariu — ela disse assim que o elevador abriu. Um homem do outro lado levantou uma sobrancelha. — Ah, não olhe para mim desse jeito, Lionel. Você já me ouviu dizer coisa muito pior.

O homem muito maior sorriu.

— Ouvi mesmo, moça.

Ela acenou para ele se afastar e gesticulou com a cabeça para que eu a seguisse.

— Certo, vamos começar do começo — ela disse, andando depressa enquanto falava. — As ômegas e os alfas normalmente se acasalam devido à maneira como nossos corpos se encaixam. Veja bem, alfas não podem dar o nó a uma beta. — Ela olhou para mim novamente, então franziu a testa. — Algo que eu suponho que você também não sabia. Sim, vou assumir que você não sabe de nada.

— Isso seria sensato — murmurei. Eu só sabia o que havia observado sobre os lobos, o que não era muito.

— Existem alfas, betas e ômegas. — Ela empurrou

uma porta com acesso para um escritório. — Os alfas estão no topo da hierarquia, betas estão no meio e ômegas, bem, nós estamos na base. É uma questão de tamanho e poder, e a maioria de nós é pequena. — Ela deu de ombros. — Exatamente como a biologia funciona.

Essa parte eu entendia, pelo menos sobre os alfas serem os mais fortes e responsáveis. Minha mãe uma vez me explicou, dizendo que os lobos valorizavam a ordem acima de tudo e que as palavras de um alfa eram a lei.

Ander correspondia bem a essa expectativa.

— Embora as ômegas possam ser as mais fracas de nossa espécie, também somos as mais reverenciadas — ela continuou, dando tapinhas em uma cama de exame para que eu subisse. — Somos as únicas que podem aceitar o nó.

Certo, ela já havia mencionado isso.

— O que significa que somos as únicas que podem gerar filhos para eles — ela acrescentou, com um olhar incisivo para minha barriga.

— Betas não podem procriar?

— Ah, podem entre si, e até mesmo com uma ômega. Mas um alfa precisa ser capaz de dar nó e...

— Ele só pode fazer isso com uma ômega — terminei por ela, já tendo seguido essa parte.

— Sim. Então eles estão desesperados por nossa espécie. Enquanto isso, os betas têm muitas opções, nos superando em número. Deite-se. — Ela se virou para começar a mexer em seus instrumentos enquanto eu fazia o que ela pedia.

— Então os alfas acasalam com as ômegas — eu disse, encorajando-a a continuar. — Mas existem mais alfas que ômegas.

— Exatamente. — Ela se virou com um instrumento de metal e o colocou em uma bandeja. — E no Território

Andorra, há significativamente mais alfas. É por isso que Ander anda ocupado negociando com o Território das Terras Sombrias para adquirir mais ômegas.

Um gosto amargo atingiu minha boca.

— Porque o Território Andorra precisa de mais ômegas. — *E Ander precisa de uma companheira.*

Ela assentiu.

— Precisamos urgentemente de ômegas. Não temos muitas por aqui, e todas estão acasaladas, a não ser você. — Ela fez uma pausa para me encarar. — Você é a única loba ômega do X-Clan disponível em nosso território, Kat. É por isso que o Ander te manteve trancada. Por mais bárbaro que seja, ele está tentando te proteger. Estar grávida te protege até certo ponto, mas se alguém decidir questionar essa regra, começariam tomando você... e isso provavelmente os levaria a destruir a criança.

Eu a observei, surpresa.

— *O quê?*

— Alfas são territoriais — ela sussurrou, colocando a palma da mão no meu ombro para me empurrar de volta para a maca de exame. — Eles não gostam que sua ômega tenha um filho de outro alfa.

Fiz uma careta.

— Você está me dizendo que meu bebê está em perigo? — Passei os braços sobre o abdômen. — Que alguém pode tentar... tentar...? — Não consegui terminar a pergunta, meu coração disparou.

— Não, não, não — ela disse, segurando minha bochecha para me forçar a olhar para ela. — Só estou tentando explicar o que está acontecendo aqui e por quê. Você não está em perigo. O Ander mataria qualquer um que tentasse te tocar.

— Mas e em sete meses? — perguntei, fazendo contas

rápidas. — Quando o bebê nascer... o que ele pretende fazer comigo?

Seus ombros caíram.

— Não posso responder a isso.

— Não pode ou não quer?

— Não posso. Porque não sei — ela admitiu em voz baixa. — Mas ele seria louco de te deixar. Os alfas vão se revoltar para acasalar com você. Mesmo com as novas ômegas, você ainda é o que todos desejam, porque você é do X-Clan. As ômegas Ash nunca vão se comparar, mesmo que sejam compatíveis.

— Eu não... eu não entendo. — Mas até que entendia. Talvez. *Sou a única ômega do X-Clan.* O que me tornava mais valiosa do que as que vinham do Território das Terras Sombrias. — Por que eles não encontram outras ômegas do X-Clan? Não existem outras?

— Ah, existem. Mas os outros territórios se recusam a negociá-las. Como eu disse, somos valiosas. — Ela me deu um sorrisinho. — E cá entre nós, você é a mais valiosa de todas.

— Então por que Ander não me reivindicou? — deixei escapar.

— Porque ele é um alfa idiota e tolo — ela murmurou, voltando para sua bandeja. — Ele foi consumido por esta remessa do Território das Terras Sombrias, e está praticamente morando em seu escritório. O Elias acasalou com a Daciana com sucesso, e essa foi a etapa final. Ela estar grávida do filho dele prova que somos realmente compatíveis.

Daciana, pensei, me lembrando do cheiro das camisas de Ander.

— Ela era a ômega não acasalada.

Riley assentiu.

— Sim, ela não acasalou até algumas semanas atrás, quando entrou em estro. Elias a reivindicou.

Razão pela qual o cheiro adocicado mudou para uma fragrância menos ameaçadora.

— Mais ômegas vão chegar?

— Nove — Riley confirmou. — Ander trocou tecnologia – *muita* – por dez ômegas, incluindo Daciana. Eles estão chegando hoje.

Nove Ômegas para Ander escolher.

Nove concorrentes.

Nove fêmeas com as quais eu nunca me compararia porque não nasci loba.

— Ei, pode parar. — Riley estalou os dedos na frente dos meus olhos. — Não se atreva a pensar nisso. Ander é seu. Ele está apenas colocando o bando antes de suas necessidades. Ele faz isso com frequência. Mas vai mudar de ideia. E quando o fizer, preciso que você me faça um favor.

— Te fazer um favor? — repeti, incrédula. — Qual?

— Chute o traseiro dele — ela disse, como se a conclusão fosse óbvia. — Faça-o se esforçar. Depois de tudo que ele fez? Merece ter um pouco de dificuldade para conseguir.

— Mas ele não me quer.

— Ah, ele quer sim. — Ela parecia tão segura de si. — Por que mais ele ia te manter?

— Por causa do bebê.

— Isso faz parte, claro. Mas ele te deu sua semente. — Ela sorriu. — Porque ele te quer.

— Ele só fez isso por dever... eu estava no cio e ele fez seu trabalho.

Ela paralisou sobre seus instrumentos, olhando para mim como se eu a tivesse esbofeteado.

— Por que você diria algo assim?

Pisquei para ela.

— Porque foi isso que ele me disse. — Só de relembrar aquela experiência, me senti entorpecida novamente.

Riley parecia mortificada.

Então encarei minhas mãos enquanto suas palavras se repetiam em minha mente.

— Você era uma ômega no cio e eu fiz meu trabalho. Forneci a semente que seu corpo ansiava e agora você vai me dar um filho.

A frieza de seu tom ainda provocava um arrepio na minha coluna. Suas declarações estavam marcadas para sempre em minha alma.

— Ele não me quer — acrescentei em voz baixa e entrecortada. Fechei os olhos. — Podemos terminar o exame? Quero ter certeza de que o filho dele está saudável.

Riley não disse nada por um tempo. Tanto que pensei que ela tinha ido embora. Mas ela finalmente limpou a garganta.

— Sim. Vamos fazer um ultrassom. Gostaria que você ouvisse as batidas do coração.

— Claro. — Não abri os olhos.

E quando as batidas do coração do bebê encheram a sala, vários minutos depois, permaneci imóvel.

Este era o meu propósito.

Procriar.

Pelo menos, eu tinha feito algo certo.

ANDER

— O QUE você quer dizer com apenas oito? — Os tons profundos de Dušan ecoaram pela unidade de comunicação e seus olhos azuis claros estavam fixos nos meus através da tela. — Enviamos nove.

— Bem, apenas oito chegaram no transporte — respondi, fazendo o possível para manter o tom firme. — Seu Segundo está aqui para confirmar. — Segurei a tela com os dedos e a girei na mesa em direção a Mad. Seu cabelo loiro-claro praticamente brilhava sob a iluminação fluorescente do escritório.

O lobo Ash alfa não expressou emoção ao confirmar meu relatório.

— Meira não fez parte do transporte.

— Como isso é possível? — Dušan exigiu.

— Você precisa verificar com Mihai. Ele foi o último a ser visto com a carga antes de decolarmos.

— Pensei que tinha encarregado você dessa tarefa, Stefan? — Dušan formulou como uma pergunta, mas como líder, percebi o tom letal de decepção na maneira como ele falou o nome de batismo de Mad.

Como alguém chamado Stefan recebeu o apelido de Mad?, me perguntei. O apelido significava *louco*, em inglês.

— Eu estava trabalhando com Caspian no cockpit,

162

tentando ajudá-lo com alguns dos controles mais avançados. Essa foi a principal razão pela qual você me encarregou desta missão, correto? Minha experiência de voo?

Elias arqueou a sobrancelha para mim do outro lado da sala, meu Segundo claramente captou o desafio na voz de Mad. Ele nunca usaria esse tom comigo na frente de outro líder de território. Talvez em particular, mas não dessa maneira.

— Também esperava que você administrasse a remessa — Dušan respondeu após um instante. — O que claramente não aconteceu. Coloque Cain de volta na tela.

Não esperei que Mad tocasse a tela, estendi a mão para movê-la. O alfa do Território das Terras Sombrias passou os dedos pelos longos cabelos negros, as pontas roçando os ombros. Uma cicatriz subia pela lateral do seu pescoço, começando na clavícula. Me perguntei a causa, já que não se parecia com a marca usual de garra de lobo, mas algo mais irregular. Mais nítido.

— Você pode segurar uma das cargas enquanto localizo nossa ômega perdida — Dušan disse e vi sua mandíbula estalar com as palavras. — Não vai ser difícil. Devo entregá-la a você dentro de uma semana.

Eu o considerei em silêncio, debatendo se deveria ou não confiar em sua palavra. A tensão em seus olhos claros me disse que aceitar menos do que ele previu criaria um problema para ele. Já era um problema de nossa parte, pois havíamos enviado a tecnologia por meio de transporte duas horas atrás, ao recebermos a notícia da chegada da remessa do Território das Terras Sombrias.

Era uma demonstração de fé de ambas as partes trocar ao mesmo tempo.

— Isso exigirá que você devolva parte de nossa remessa — observei em voz alta.

— Um fardo que iremos carregar — o outro Alfa murmurou enquanto se inclinava contra uma árvore. Só de ver o ambiente dele em comparação com o meu já dizia muito sobre nossas diferentes situações.

O Território Andorra ostentava poder, tecnologia e medicina avançada, enquanto os lobos dele viviam no deserto. No entanto, ele tinha uma abundância de lobas ômega, enquanto nós quase não tínhamos nenhuma.

Incrível como o destino funcionava.

— É um desperdício de recursos você devolver a remessa — acrescentei, passando a mão no rosto. — E vai precisar de tempo para ajustar o transporte.

Porque exigia muita luz solar para ativar a energia necessária para o voo.

— Devolver a remessa levará dias — continuei, balançando a cabeça. Quando mandasse tudo de volta, provavelmente já teria sua loba sob custódia.

— Tenho uma sugestão — Mad disse com a voz sem emoção, assim como sua expressão.

Dušan permaneceu inexpressivo ao perguntar:

— E essa sugestão é?

— Caspian e eu ficaremos aqui como garantia enquanto você encontra a garota. E então Cain pode enviar seu piloto para recuperá-la.

Elias me deu um olhar de canto, que entendi de imediato.

Um forasteiro havia acabado de se convidar para ficar em nosso território por tempo indeterminado.

Não me importava com essa solução, mas também nos dava a oportunidade de fazer isso de maneira um pouco diferente. Seria um sinal de boa fé que Dušan planejava cumprir sua promessa e também nos conceder tempo para conhecer os dois Lobos Ash, o que poderia levar a futuros acordos comerciais.

Passando o polegar sobre meu lábio inferior, pesei todas as nossas opções. Dušan parecia estar fazendo o mesmo, seus olhos claros brilhando como os de um lobo ao luar.

Enquanto Mad exalava um ar letal, Dušan mantinha o mesmo através da tela. Eu praticamente podia ver seu lobo andando por trás de seu olhar insondável, o animal tão perigoso quanto o humano que o continha.

— Aceito esses termos, se você concordar — ele disse após um longo e prolongado momento. Ele estava esperando que eu falasse, mas eu queria saber quais eram seus pensamentos antes de divulgar os meus.

— Você tem uma semana — eu disse ao alfa do Território das Terras Sombrias. — Vamos renegociar nesse ponto, caso a garota não esteja sob sua custódia até o prazo final.

— Ah, estarei com ela — ele prometeu, com um sorriso selvagem. — Entrarei em contato em breve.

A comunicação terminou sem uma despedida formal, Dušan claramente estava indo em uma missão. Não me ofendi com isso, porque faria o mesmo na posição dele. A ômega havia ameaçado nosso acordo. Eu esperava que ele a punisse severamente por isso, antes de mandá-la para cá.

Mad se afastou da árvore, endireitando a coluna.

— Preciso informar Caspian sobre nossa mudança de planos.

Elias deu um passo à frente dele.

— Não tão rápido. — Ele olhou por cima do ombro do alfa para encontrar meu olhar. — Onde você os quer?

Eu sabia o que ele estava perguntando. *Calabouço ou suíte de hóspedes?* Como eu pretendia fazer acordos futuros com o Território das Terras Sombrias, não tive outra opção a não ser dizer:

— Suíte de hóspedes.

Se Elias desaprovava, não demonstrou. Ligou para Cedrick pedindo ajuda. Nosso chefe de segurança apareceu em segundos, confirmando que estava do lado de fora do meu escritório aguardando mais instruções.

— Caspian e Mad vão ficar conosco por uma semana. Você pode providenciar os quartos e acompanhá-los? — Embora formulado como uma pergunta, todos sabiam que era uma ordem.

Meu Segundo não fazia pedidos. Ele dava ordens.

— Sim, senhor — Cédric respondeu. Ele me deu um aceno educado antes de acompanhar Mad, que ainda não demonstrava emoção, para fora do meu escritório.

Elias chamou minha atenção, e eu apertei o silenciador de ruído em minha mesa para ocultar nossa conversa de qualquer um que pudesse estar ouvindo perto da porta.

— Não confio nele — eu disse, sem perder tempo. — Quero os dois vigiados. Eles não devem chegar perto dos laboratórios ou de meus aposentos.

— Entendido — Elias respondeu. — Você realmente acha que a nona fêmea escapou?

— Não. — A remessa era importante demais para Dušan para que a ômega simplesmente desaparecesse. — Alguém sabotou o negócio.

— E você não acha que foi Dušan.

— Tenho certeza de que não foi. Ele apostava demais no acordo para fazer algo tão estúpido. Ele quer possibilitar os negócios entre nossos setores tanto quanto nós, mesmo que não demonstre isso. Há também...

A porta se abriu com uma força que me fez pular da cadeira, e Elias imediatamente ficou na defensiva.

Até que vimos quem havia entrado.

Riley foi até minha mesa e colocou as palmas das mãos na madeira, com a expressão lívida.

— Você realmente disse a sua companheira que só transou com ela porque era seu dever como alfa?

Pisquei para ela, chocado não apenas por sua intrusão, mas pela letalidade em seu tom.

— Riley...

— Você tem alguma ideia do que você fez com aquela pobre garota? — ela continuou, sua voz era quase um grito. — Ela está destruída, Ander! Completamente destruída!

Abri a boca para responder quando Riley jogou todos os itens da minha mesa para o chão com raiva.

— Você ficou louca? — questionei, chocado.

— Não! *Você* ficou! — ela gritou. — Ao dizer isso para a sua pretendida... ah, não, me desculpe. Para a sua *procriadora*.

Riley fez uma careta, sua linha de pensamento claramente se transformando em outra. Algo que coloriu suas bochechas em tons de vermelho ardente que combinavam com a cor real de seu cabelo.

— Ela pensa que é uma procriadora, Ander! Ela repetiu isso várias vezes para si mesma durante o exame, sem ouvir uma palavra do que eu disse. Porque você a destruiu!

— O bebê está bem? — perguntei, a menção do exame de Katriana fez meu coração disparar. A equipe não relatou nada fora do comum. Ela estava comendo as refeições preparadas, sugerindo que estava bem. Presumi que ela estava ocupada fazendo ninhos, como as ômegas costumavam fazer durante a gravidez.

— Ah, seu filho está bem — Riley respondeu com um tom tão frio que quase congelou o ar. — Mas sua *procriadora* não está. Dizer que você transou com ela por dever. Você está brincando comigo? Por que não a reivindicou? Você sabe como a gravidez de uma ômega pode ser perigosa.

— Você está passando dos limites, Riley — rosnei, irritado não apenas com a audácia dessa mulher, mas também...

Minha cabeça se moveu para trás quando sua mão atingiu minha bochecha, me assustando ainda mais.

— Você é um cretino! — ela gritou. — Como ousa tratar sua futura companheira com tanta crueldade? Está tentando matá-la? Porque é isso que você está fazendo, Ander. Ela é a sombra da mulher que era há dois meses por sua causa.

— O que faço com minha companheira não é da sua conta — retruquei, dando um passo em direção a ela.

— Não é da minha conta? — ela repetiu, arqueando as sobrancelhas ruivas. — Ela é minha paciente, Ander Cain. E o que você está fazendo é perigoso para a saúde dela.

— Você acabou de dizer que o bebê está bem — eu disse, jogando as mãos para cima. — Ela está bem.

— Você só se importa com isso? — Riley perguntou, dando um passo para trás com a expressão horrorizada. — Que o seu filho está bem? E a mulher que carrega aquela criança, Ander? Ou ela não importa? *Já que você só transou com ela por dever.* — Ela avançou em mim, e eu segurei seus pulsos.

— Preciso que você se acalme, ômega — ordenei.

Ela me chutou com um grunhido no momento em que Jonas invadiu a sala.

Um olhar para ele me fez soltar a fêmea e desviar para o lado.

— Ela veio até mim, e eu apenas a contive para que não se machucasse — eu disse a ele, levantando os braços de uma maneira pacificadora.

Ele nem sequer olhou para mim, seu foco na mulher que gritava como louca em meu escritório. Ela desabou em seu peito com um grito angustiado, que me assustou.

Nunca mais queria ouvi-la, ou qualquer outra mulher, fazer aquele som na minha presença.

— Não sei o que você fez, Cain, mas é melhor resolver isso — Jonas disse, pegando sua companheira e embalando-a contra o peito, com um estrondo baixo destinado a acalmá-la. — Está tudo bem, baby. Estou com você.

— Ele é um monstro — Riley sussurrou com a voz entrecortada. — Ele é um monstro.

Entreabri os lábios com a proclamação. Essa designação nunca foi atribuída a mim antes.

— Riley...

— Não! — ela gritou comigo. — Você destruiu aquela pobre garota. Como você pôde? — Ela estremeceu contra Jonas, seu lábio inferior tremendo. — Como você pôde? — ela repetiu mais baixo. Enterrou a cabeça no peito de Jonas mais uma vez.

Os olhos azuis dele encontraram os meus, com um aviso letal.

— Resolva.

Com isso, ele carregou a ômega chorosa do meu escritório.

Fiquei boquiaberto atrás deles, sem palavras.

Em todas as minhas décadas conhecendo Riley, nunca a vi perder a cabeça. Ela gritou comigo algumas vezes, principalmente quando me intrometi demais em sua pesquisa.

— *Você me encarregou disso por uma razão, Ander Cain. Agora me deixe fazer o meu trabalho* — ela disse algumas vezes ao longo dos anos. Mas nada como isto.

Nunca a fiz chorar antes.

E nunca mais queria fazer isso.

— Merda — murmurei, passando os dedos pelo meu cabelo e olhando para Elias. — O que foi que aconteceu?

— Você ferrou com tudo — meu Segundo respondeu, com os braços cruzados. — é óbvio.

— Ferrei com tudo? — Olhei boquiaberto para ele. — Como foi que fiz isso? Eu estava falando com você quando ela invadiu a sala. E tudo o que fiz foi segurá-la pelos pulsos para tentar acalmá-la.

— Sim, porque segurar uma mulher normalmente as acalma — Elias falou. — Mas não estou falando da Riley, Cain. Estou falando da Kat.

— O que tem ela?

— Você realmente disse que transou com ela porque era seu trabalho ou dever fazer isso?

Suspirei, segurando a nuca, e olhei para o teto.

— Eu estava tentando ensinar uma lição a ela, E. Ela colocou todo o território em risco ao tentar fugir enquanto estava à beira do estro. — Se eu não a encontrasse, ela teria começado a porra de um motim. — Não encontrei outra forma de contê-la.

— Você quer que ela se contenha? — ele rebateu. — Porque eu pensei que parte de seu fascínio era o temperamento dela.

— Sim, é. Ou acho que era — admiti, pensando em nossa primeira semana juntos. Depois disso, tudo havia mudado. — Sua loba assumiu depois do estro. Isso impulsionou muitas reações. No começo, eu gostei. Mas não estava mais gostando.

Ver o jeito que Daciana olhava para Elias mudou tudo para mim. Ela olhava para ele com adoração e respeito, enquanto Katriana mal me olhava. E quando o fazia, era como se sua alma tivesse deixado seu olhar.

Ela começou a confiar apenas em seus instintos para sobreviver, não em suas emoções.

— Perguntei o que ela queria — continuei, engolindo em seco. — Ela me disse que queria ter escolha. Então a deixei sozinha, dando-lhe espaço para tomar suas decisões por conta própria.

— Isso explica por que você está morando neste escritório — Elias falou, apontando para o sofá em que dormia. — Você sabe que eu te amo como um irmão, certo?

— Sim — murmurei. — Eu sei.

— Bom. Então espero que você me entenda quando eu disser que você é um idiota, Cain. Você a reivindicou como sua em todos os sentidos, menos no que conta. Depois, disse que ela era apenas um dever, uma forma de procriar, e a deixou sozinha por semanas em um estado miserável. Essa é uma punição muito dura por tentar escapar, cara. — Ele baixou os braços ao balançar a cabeça. — Como o Jonas disse, resolva isso.

Com essa declaração profunda, ele saiu do meu escritório sem nem mesmo olhar para trás.

Pelo que parecia, a discussão sobre a minha vida amorosa e o problema com o Território das Terras Sombrias tinha acabado.

Bom.

Ótimo.

Fantástico.

Soquei a mesa, quebrando o tampo de vidro.

Rosnei para o móvel e a bagunça no chão.

— Que se foda — retruquei. — Que se foda tudo isso. — Saí do escritório em direção ao elevador.

Meu objetivo não era destruir Katriana. Só queria que ela entendesse nossa hierarquia e como sua façanha colocou não apenas sua vida em perigo, mas também a de meus lobos.

Todos sob esta cúpula me buscavam como liderança. Eles dependiam de mim para sobreviver. Esperavam que eu tomasse as decisões que melhor atendesse a todos os seus interesses. Era muita pressão, mas aceitei com a minha posição no topo.

Minha futura companheira não entendia como seu comportamento refletia em mim ou como ela se colocava em risco quando lutava contra meu domínio.

Talvez minhas palavras tenham sido cruéis. Mas foram eficazes. Ela não tentou me desafiar desde a primeira semana. Na verdade, ela me agradou muito após esse período, seu instinto de me reivindicar me gratificando infinitamente.

Até que vi a diferença de Daciana com Elias.

E percebi que Riley olhava para Jonas da mesma maneira.

Katriana parecia vazia quando olhava para mim, seu corpo fazendo o que a loba a instruiu a fazer enquanto sua mente e coração permaneciam completamente fora dos limites. Tentei fazer com que ela se abrisse, mas ela exigia ter escolha.

Não havia escolha.

Ela era minha.

Quem mais ela poderia escolher neste setor? Quem ela achava que poderia oferecer mais? Elias já estava comprometido. Jonas também. O que deixou apenas os Alfas no conselho, e nenhum desses machos poderia se comparar a mim.

Mas saber que ela queria essa escolha me enfureceu. Me deixou me sentindo inferior de maneiras que eu não esperava. E então passei as últimas semanas descobrindo como dar isso a ela, mesmo que me matasse.

Apertei o botão do elevador da suíte, contando os segundos que passavam. A cada momento, eu ficava mais agitado.

O que Katriana disse a Riley? Ela diria o mesmo para mim ou apenas deixaria sua loba assumir novamente?

Talvez eu transasse com ela e depois a obrigasse a falar enquanto meu nó nos unia. Isso me ajudaria a expulsar parte dessa agressividade e também nos manteria juntos. Eu também estava com o cheiro de todas as ômegas transportadas hoje, o que eu sabia que deixaria minha futura companheira louca. Ela provavelmente nem me deixaria falar antes de rasgar minhas roupas, como fez no mês passado quando voltei com o cheiro de Daciana.

Sim. Este plano funcionaria.

Transaríamos e depois conversaríamos.

Saí do elevador assim que chegou ao meu andar, então abri a porta da cobertura e a bati atrás de mim.

Meu nariz franziu com os aromas errados.

Devastação.

Desespero.

Temor.

— Katriana? — chamei, anunciando minha presença.

Só precisei de alguns passos para encontrá-la. Ela estava sentada ao lado das janelas, usando uma das minhas camisas, com os ombros curvados sobre os joelhos dobrados.

Nenhuma reação.

Fiz uma careta para as costas dela.

— Katriana? — tentei novamente.

Nada.

Nem mesmo um vacilo.

Franzi a testa enquanto caminhava em direção a ela para ver sua expressão. Olhos vagos e sem vida olhavam pela janela para o sol poente. Me agachei ao lado dela.

— Katriana? — repeti, mais suave desta vez.

Ela nem piscou.

Merda. Não era à toa que Riley estava com raiva de mim.

— Katriana — sussurrei, envolvendo a mão em seu

pescoço. Ela estava fria sob o meu toque. Passei o polegar para cima e para baixo na base de seu pescoço, observando sua pulsação lenta.

Era como se ela tivesse entrado em um estado catatônico.

Puta merda. Como isso aconteceu? Eu só pretendia dar algum tempo e espaço a ela enquanto pensava em como oferecer a escolha que ela desejava.

Isso claramente não funcionou como eu queria.

Eu a peguei em meus braços, levantando-a do chão para segurá-la da mesma forma como Jonas segurou Riley.

Um estrondo começou a vibrar em meu peito, com a intenção de acalmar, mas não fez nada por sua forma sem vida. Ela apenas se deitou contra mim, com a cabeça no meu ombro, os braços caídos sobre o abdômen.

— Vamos para o seu ninho — sugeri, caminhando em direção ao quarto dela e paralisei na entrada. Entreabri os lábios com a destruição. — Você... — Engoli em seco e minha voz falhou.

Ela o destruiu, pensei, chocado.

As ômegas precisavam de um ninho para se sentirem seguras. Ômegas grávidas ainda mais. Para destruir seu porto seguro...

— Ah, Katriana... — Meu peito se apertou mesmo quando meu estrondo se intensificou, precisando dar a ela tudo o que pudesse para ajudá-la a sair desse estado. Nem entendi como isso aconteceu. Como minha mulher mal-humorada chegou a este ponto?

— O cheiro não estava certo — ela murmurou e sua voz partiu meu coração.

Pressionei os lábios em sua têmpora, segurando-a com mais força.

— Sinto muito — sussurrei. — Eu não fazia ideia. — Mas eu deveria saber, ou pelo menos prever. Ômegas grávidas precisavam de seus alfas para se sentirem segura. E eu a abandonei. Nenhuma intenção de minha parte perdoaria minha ausência. Assim como nenhuma quantidade de desculpas melhoraria esta situação.

Não, ela precisava de algo mais de mim.

Conforto e força.

Me afastei do quarto dela, levando-a para o meu.

— Está tudo bem, linda — sussurrei, ronronando alto. — Vamos construir um novo ninho.

Então ela se sentiria melhor.

Eu esperava.

KAT

Os CHEIROS ao redor de Ander fizeram minha loba andar de um lado para o outro e rosnar.

Ômegas férteis.

Ômegas não acasaladas.

Concorrência.

Eu queria reclamar, delirar e exigir que ele removesse o tecido perfumado imediatamente. Mas não consegui. Porque isso exigia muito esforço.

Deitar em seus braços era mais fácil.

Menos trabalhoso.

Uma forma de existir sem existir.

Meu lábio tremeu quando ele me colocou no centro de sua cama, me soltando. Isso não era melhor que a janela. Apenas mais suave. Com vista para o teto, em vez das montanhas do lado de fora.

Seu ronronar estrondoso se fortaleceu. Aquele som era uma carícia hipnótica para os meus sentidos, mas me recusei a ceder. Ele deveria parar com isso. Me deixar mais uma vez chafurdar na minha miséria enquanto seu filho crescia dentro de mim.

Como isso se tornou minha existência?

Tão vazia.

Insatisfatória.

Talvez fosse assim que os infectados se sentiam. Pessoas sem cérebro com apenas um objetivo: a sobrevivência.

Mas eu não tinha certeza se desejava sobreviver. Não, isso não era verdade. Eu queria viver. Pelo bebê. Mas e depois? Riley sugeriu que a criança poderia estar em perigo, que outro alfa poderia querer tirar o bebê de Ander.

Estremeci com o pensamento, me encolhendo ainda mais, apenas para me ver sendo acomodada nos braços de Ander mais uma vez.

Seu peito nu retumbou sob meu nariz e o cheiro fresco de pinho fez cócegas em meus sentidos.

Ah, as roupas foram tiradas, minha loba praticamente ronronou, se estendendo contra ele. *Chega do cheiro ruim de ômegas. Somente alfa.*

Estiquei as pernas, entrelaçadas com as dele, nossas peles nuas uma contra a outra.

Ele não havia apenas tirado a camisa, mas todas as roupas.

E sua excitação quente estava crescendo contra a minha barriga.

Engoli em seco. *Foi por isso que ele voltou? Por sexo?* Porque eu não tinha certeza se poderia fazer isso no meu estado atual. Meu corpo aceitaria, é claro. Mas eu não iria gostar.

Isso importa? pensei com amargura. *Não é esse o meu trabalho agora? Transar com alfa quando ele quiser? Procriar?*

Uma lágrima escapou do meu olho. Seguida por outra.

Mas fui beijada por Ander quando ele inclinou minha cabeça para trás para encontrar seu olhar. O estrondo semelhante a um ronronar em seu peito cresceu, nos envolvendo em um manto de serenidade que ansiava por aliviar minha dor.

Seus lábios roçaram os meus, não procurando nem dominando, apenas tocando de forma breve.

— Sinto muito — ele sussurrou, se desculpando pela segunda vez.

Algo me dizia que ele não pedia desculpas com frequência.

— Não vou deixar você sozinha de novo — ele prometeu.

Não que eu acreditasse.

Ele só disse isso para me fazer sentir melhor, para proteger a criança que crescia dentro de mim.

Na verdade, a única razão pela qual ele estava fazendo alguma coisa era pelo bebê.

Meu coração doía, o órgão ameaçando se partir de novo. Merda de Maxim. Ele tinha que mirar nos caminhões de comida. E eu fui estúpida por não questionar sua diretiva.

Não sentia falta da minha caverna.

Também não sentia falta dos humanos com quem sobrevivi. Todos aqueles com quem eu me importava morreram, me ensinando a nunca mais me apegar. Não amar o outro significava nunca lamentar a perda deles.

Mas eu sentia falta da simplicidade da minha vida.

O único impulso para sobreviver.

Eu não sabia como lidar com minha nova existência. O meu lugar no Território Andorra era procriar, nada mais, e eu não sabia bem como aceitar isso.

Os lábios de Ander roçaram os meus mais uma vez, atraindo meu foco de volta para ele.

— Katriana — ele sussurrou, acariciando meu nariz. — O bando depende de mim para liderá-los. Quando você me desafiou ao tentar fugir, isso refletiu mal na minha posição em Andorra. Minha reação a esse desprezo foi dura. No entanto, parte de mim ainda acredita que foi necessário. Preciso que você entenda nossa sociedade e o que significa ser minha.

Mas eu não sou sua, queria dizer a ele.

Pisquei enquanto minha boca se recusava a sair da linha inexpressiva gravada em minhas feições.

Seria essa a minha vida? Respirar sem pensar? Existir sem emoção? Presa em um estado solitário por toda a eternidade?

Estremeci com a própria noção de tal degradação. *Não sou assim. Essa não sou eu. Nem quem eu quero ser.*

Mas não sabia quem seria aqui. Como agir. O que pensar. Tudo que eu sabia era como me sustentar na selva, e ele havia tirado tudo de mim.

Não havia mais caverna.

Nem infectados.

Chega de correr.

Eu estava segura aqui. Algo que entendi ser um presente, mas a que custo? Minha sanidade? Meu corpo? Minha alma?

As vibrações do peito de Ander amplificaram, ele emoldurou meu rosto enquanto olhava profundamente em meus olhos.

— Preciso que você volte para mim, gatinha. — Ele me beijou de leve. — Sinto falta das suas garrinhas.

Minha loba rosnou dentro de mim, não apreciando a referência felina. Ou o insulto às minhas garras.

— Humm, aí está você. — Ele me pressionou de costas e deslizou sobre mim para me prender debaixo de si. Seu estrondo aumentava a cada segundo que passava, atingindo uma nota alta enquanto seus quadris se acomodavam entre minhas coxas.

Tão quente, pensei, abrindo as minhas pernas para sentir seu pênis contra minha pele úmida.

Apenas alguns momentos atrás, não pensei que responder a ele assim seria possível.

Meu corpo provou o contrário.

Ainda assim, ele não fez nenhum movimento em busca de gratificação e só apoiou os cotovelos nas laterais da minha cabeça, mantendo os olhos dourados nos meus.

— Seu corpo me aprecia — ele murmurou. — Mas quero mais de você do que apenas sua boceta. — Ele pressionou contra mim, me fazendo arquear com um gemido. — Fale comigo, Katriana.

E dizer o quê? quase rosnei.

Falar provocava dor.

E já sofri o suficiente.

Minhas pernas se recusavam a se mover da maneira que minha mente as orientava, os membros caídos frouxamente embaixo dele, em vez de envolver sua cintura. Quase como se eu tivesse cortado a ligação entre meu cérebro e o resto do meu corpo.

Meus braços também se recusavam a se mover.

Doía me sentir tão machucada e presa, incapaz de controlar qualquer coisa, nem mesmo a mim.

Outra lágrima caiu e a desolação tomou conta de mim.

Um soluço ameaçou minha garganta, escapando em um grito que me fez estremecer.

E o tempo todo, Ander ronronava, sua forma pesada segurando a minha, me protegendo enquanto eu desmoronava por completo debaixo ele.

Ele não me calou. Não falou. Apenas forneceu conforto de uma forma que eu nunca imaginei ser possível.

Aquele porcaria de estrondo!

Eu odiava.

Eu amava.

Ansiava por isso.

Vibrante, rítmico, insano, me embalando em uma estranha terra de paz. O som dominou todos os meus sentidos, me forçando a me submeter à beleza que reverberava em meu crânio.

Eu estava tonta.

Me envolvendo.

Ficando tonta.

E incrivelmente *quente*.

Ander se moveu novamente, com minha cabeça pressionada contra seu peito e minha coxa entre as dele. Aconteceu em um piscar de olhos, ou talvez uma hora, não sei dizer, meu conceito de tempo distorcia minha compreensão da realidade.

Isso tudo podia ser um sonho.

Lindo.

Que terminaria em pesadelo.

Eu não tinha como saber, mas aquele eco lindo e hipnótico resolveu tudo dentro de mim. O aroma de pinho enchia cada respiração minha. O calor do macho alfa banhou minha pele. E uma reverberação destinada apenas a mim envolveu meu coração.

A escuridão veio muito rapidamente.

O sol se foi.

E quando acordei, estava sozinha como sempre. Fria. Tremendo em uma cama que não era minha, em um quarto no qual eu não deveria estar.

Eu tinha me aventurado até seu quarto enquanto sonhava com ele? Desejando que ele estivesse aqui e me convidasse para o conforto de seus braços?

Que mente cruel.

Uma piada maldosa.

Uma verdade esmagadora que roubou meu ar, apenas para ser liberado em um grito tão alto que fiquei surpresa que o vidro ao meu redor não se quebrou.

Rasguei a camisa que eu vestia, jogando-a no chão, e me movi para começar a me levantar quando um estrondo violento me fez estremecer. Cada parte de mim paralisou com a familiaridade daquele som e meu coração disparou.

— Ander? — murmurei, com medo de me virar.

Mas eu não precisava.

Ele passou a mão pela minha coluna enquanto se inclinava para beijar meu ombro. — Estou aqui. Estava preparando algo para comermos. — Ele colocou uma bandeja ao meu lado com a outra mão.

Meus ombros relaxaram instantaneamente. *Ele está aqui. Ander está aqui.* Me inclinei para ele, buscando seu calor.

O alfa se sentou ao meu lado, circulando meus ombros com o braço enquanto me puxava para seu lado e beijava o topo da minha cabeça.

— Você precisa comer alguma coisa. — Alcançando ao meu redor, ele pegou um pedaço de fruta da bandeja e levou-a aos meus lábios. Provei primeiro com a língua, então permiti que ele me desse o morango.

Outro tocou minha boca assim que terminei de engolir.

Abri, mastiguei e engoli novamente, apenas para ter um terceiro em meus lábios.

Continuamos o padrão por mais seis vezes antes de ele mudar para o queijo. Em seguida, algum tipo de carne saborosa. E, finalmente, ele me deu uma garrafa de água que bebi para tirar o sal da boca.

A bandeja ainda estava meio cheia, mas me recusei a abrir a boca quando ele tentou me provocar para provar uma uva. Então ele a colocou na língua. Observei seu pomo de Adão se mover enquanto ele comia. Seu ronronar nunca cessou, e o som me envolvia em um cobertor de felicidade enquanto ele continuava a me embalar contra si.

Seguro, pensei. *Quente. Conforto.*

Fechei os olhos, me perdendo em seu ronronar magnético. Um suspiro me escapou, e todos os meus músculos relaxaram, incluindo meu coração.

Isso não iria durar.

Eu sabia.

Mas, durante a noite, aceitei e me permiti cair de cabeça em um sonho em que corria ao lado de Ander na forma de lobo, nossas patas criando um caminho que era exclusivamente nosso.

Uma fantasia.

Não a nossa realidade.

ANDER

ELA NÃO ESTÁ FAZENDO o ninho. Enviei a mensagem para Riley do *tablet. Já faz quase uma semana.*

Katriana estava sentada à minha frente na mesa, mexendo na comida. Ela ainda não havia voltado ao comportamento normal, mas parecia estar se movendo sozinha agora.

A energia cautelosa me dizia que ela estava esperando que eu fosse embora. Não porque queria. Pelo contrário, ela queria muito que eu ficasse, mas não confiava em mim. Minhas promessas não adiantaram nada, então decidi demonstrar em vez de falar.

O *tablet* apitou com a resposta de Riley. *Se vira.*

Obrigado pela ajuda, respondi para ela.

Você cavou seu buraco. Descubra uma maneira de sair dele. Ela acompanhou as palavras com uma figurinha me dando um tapa no rosto.

Fofo, respondi.

Ela me enviou uma foto de seu dedo médio em resposta.

Se fosse qualquer outra pessoa, eu a estaria lembrando de minha posição no topo. Mas estava em dívida com a ômega. Se ela não tivesse me arrancado do escritório, os

184

resultados com Katriana poderiam ter sido catastróficos. Puta merda, ainda não eram bons.

Como evidenciado pela mulher quase silenciosa à minha frente.

Coloquei o tablet na mesa no momento em que uma chamada apareceu na tela. Dušan. Normalmente, eu pediria licença para atender a ligação na privacidade do meu escritório, mas outra ideia passou pela minha cabeça.

Talvez isso fornecesse a minha ômega a visão que ela precisava em minha vida.

Passei o dedo pelo *tablet* e transferi a conversa para o dispositivo em meu pulso. Alguns cliques me permitiram abrir uma tela translúcida que exibia o rosto inexpressivo do Alfa dos Lobos Ash.

— Dušan — cumprimentei.

— Ander — ele respondeu, passando os dedos pelos cabelos escuros. Ele fazia muito isso, notei. Em qualquer outra pessoa, eu diria que era demonstração de nervosismo. Mas Dušan não me parecia do tipo nervoso. — Queria te dar uma breve atualização sobre a ômega. Agora é uma boa hora?

Ele deve ter visto a cozinha atrás de mim e que eu estava sem camisa. Abri a boca para dizer sim, quando Katriana se levantou.

— Vou para o meu quarto — ela disse baixinho.

— Não, fique — disse a ela. — Por favor — acrescentei para suavizar o pedido que havia lançado acidentalmente.

Dušan ergueu as sobrancelhas.

Sim, um alfa emitir palavras conciliatórias não era comum.

— Não comece — murmurei para ele, então foquei em minha ômega e estendi o braço para ela. Katriana mordeu o lábio inferior enquanto se aproximava, seu olhar indo de mim para a tela.

Seu cabelo ruivo úmido estava enrolado em uma onda grossa sobre o ombro direito, com as mechas recém-penteadas do banho que compartilhamos meia hora atrás. Ela usava uma das minhas camisas, a bainha roçando seus joelhos.

Várias roupas seriam entregues para ela na manhã seguinte, algo que eu deveria ter feito meses atrás. O que Riley, é claro, teve grande prazer de apontar quando fiz o pedido ontem.

Aceitei sua crítica porque era merecida. Mas, em algum momento, ela precisaria me dar um pouco de crédito por tentar.

Os olhos de Dušan se desviaram para a minha esquerda quando Katriana parou ao meu lado.

— Este é o Alfa do Território das Terras Sombrias — falei em voz baixa, puxando-a para o meu colo. — Dušan, esta é a minha Katriana.

Se ele ficou surpreso com a apresentação, não demonstrou.

— Adorável conhecê-la, Katriana.

— Igualmente — ela respondeu, limpando a garganta. — Romênia, certo?

Ah, Riley devia ter dito isso a ela.

— O que costumava ser a Romênia, sim — Dušan respondeu, seu tom notavelmente mais suave ao se dirigir à minha mulher. Seu sotaque também parecia um pouco mais pronunciado, confirmando que o inglês não era sua primeira língua. Também não era a minha. — Sinto muito interromper você e seu alfa, mas prometi a ele uma atualização hoje.

— É verdade — concordei, passando os dedos pelo cabelo de Katriana. Beijei seu pulso exposto e encarei o alfa, minha maneira de confirmar que ela era minha, apesar da mensagem já ter sido entregue em alto e bom som. Eu não os apresentei para o benefício dele, mas para o dela. Ela precisava ver essa parte da minha vida para me entender melhor.

Ainda assim, não podia permitir que ela ouvisse todos os detalhes do negócio. Não porque desconfiasse de Katriana, mas porque queria protegê-la de qualquer coisa desagradável. Sabia que esta atualização era sobre a peça que faltava na remessa e, se algo violento tivesse ocorrido, não gostaria que ela ouvisse os detalhes.

— Qual é o nível de sensibilidade do nosso tópico? — perguntei, sabendo que ele entenderia o código.

Dušan não perdeu o ritmo.

— Verde.

Assenti. Se ele tivesse falado outra cor, eu o teria encaminhado para Elias.

— Prossiga — eu disse, envolvendo os braços ao redor de minha ômega.

— Encontramos sua décima loba, mas há uma complicação. Preciso trocar o produto para um ajuste melhor.

Fiz uma careta.

— Que tipo de complicação? — Ele alegou que a situação era verde, então a Loba Ash não poderia estar morta.

Ele me considerou por um longo momento antes de dizer:

— Um semelhante à sua situação atual.

Agora foi minha vez de erguer as sobrancelhas, porque segui imediatamente a referência.

— Oh. — Ele acasalou com a ômega fugitiva ou pretendia fazê-lo. — Bem, certo então. Uma substituição é aceitável. — Não reivindicamos nenhuma Loba Ash específica, apenas um número definido. — Em quanto tempo você vai transportá-la?

— Dois dias, a menos que você precise dela mais cedo? Balancei a cabeça.

— Dois dias é perfeito. Temos uma reunião social planejada para esta noite para apresentar suas lobas ao meu bando. Talvez Mad e Caspian possam ficar para as festividades antes de voltar? — Estava oferecendo uma trégua, um meio de convidar nossos bandos a se unirem de uma forma que nunca haviam feito antes. E o brilho nas íris azuis claras de Dušan confirmava que ele entendia minha intenção.

Se esse acordo fosse favorável entre nossos territórios, poderíamos negociar mais no futuro.

— Eles ficariam honrados em ficar — ele falou depois de um tempo. — Obrigado, Ander.

— Digo o mesmo, Dušan.

— E prazer em conhecê-la, Katriana — ele acrescentou naquele tom mais suave, contorcendo os lábios no que quase parecia ser um sorriso. Mas desapareceu antes de se formar completamente, e a transmissão se encerrou um milissegundo depois, quando ele desligou.

Mantive Katriana no colo com um braço enquanto usava a mão oposta para arrastar ícones pela tela com o dedo indicador. Depois de encontrar o que precisava, selecionei-o e enviei uma mensagem para Elias com uma atualização.

Katriana observou com uma expressão intrigada. Terminando a tarefa, passei o polegar pela borda para abrir uma câmera ao vivo da cidade.

— Este pequeno dispositivo me permite ver tudo — disse a ela, passando rapidamente entre os ângulos. Parei em um par de lobos que saía do prédio na direção das montanhas. — Bem, acho que o Elias verá minha mensagem mais tarde. — Ele e sua Loba Ash pareciam estar saindo para uma corrida. — Essa é a nova companheira dele, Daciana. Ela é uma Loba Ash.

— Sim, a Riley me contou sobre suas remessas. — Ela ficou tensa com as palavras, afastando a atenção da tela. — Suponho que você vai querer conhecer todas em breve.

— Já conheci — respondi. — E você as conhecerá em dois dias, no evento social que mencionei a Dušan. — Eu o organizei como uma forma de apresentar todos as ômegas e alfas de uma vez, incluindo minha Katriana, para que ela pudesse observar e ver se queria outro lobo mais que eu.

Mas agora eu sabia o quanto isso era tolice.

Katriana era minha. Era minha desde o momento em que a vi nas câmeras de segurança, derrubando os técnicos de laboratório.

— Por quê? — ela perguntou, olhando para mim. — Para me torturar?

Fiz uma careta para ela.

— Você não gosta de eventos sociais?

— Não daqueles em que o pai do meu filho procura uma nova companheira — ela retrucou, tentando sair do meu colo.

Apertei os braços ao redor dela, tanto atordoado quanto emocionado com sua raiva. *Aí está o meu fogo*, pensei, lutando contra um sorriso.

Então suas palavras foram registradas.

— Por que você acha que estou procurando uma nova companheira? — questionei, franzindo a testa. — Não preciso de uma nova companheira. — *Eu tenho você*.

— O que vai acontecer comigo quando o bebê nascer, Ander? — ela rebateu, ignorando minha pergunta. — Você vai arrancar ele ou ela do meu útero e me dar para o próximo alfa procriar? Esse é o meu futuro aqui? Minha existência? A vida que você quer que eu viva?

— Katriana...

— Tudo porque tentei fugir? — ela continuou, rindo sem humor, e seus ombros caíram. — Mas você ia me fazer reproduzir de qualquer maneira, não é? Então esse era o meu destino o tempo todo. Você não me quer. Então vai acasalar com uma das melhores ômegas que sabe como agradá-lo, como se submeter de forma adequada. E eu vou... serei apenas uma procriadora. — Suas palavras ficaram baixas no final, um sussurro que até mesmo meus sentidos de lobo lutaram para ouvir.

— Você não é uma procriadora — eu a corrigi. — Você pode não ser minha companheira — *ainda* —, mas é mais do que isso, Katriana.

— Como? — ela sussurrou desanimada, então balançou a cabeça. — Deixa para lá. Só quero ir me deitar. — Ela colocou a palma da mão sobre a barriga ainda plana. — Já comi e agora está na hora de dormir para manter seu filho saudável.

Fiz uma careta, não gostando do jeito que se ela expressou.

— *Nosso* filho, Katriana.

Ela não disse nada, se afastando de mim.

Eu a peguei pela cintura e a levantei, meu peito retumbando contra ela por instinto. Ela estava perto de regredir, e eu me recusava a permitir isso.

— Vamos avançar, não andar para trás — eu disse a ela, caminhando em direção ao meu quarto. — Mas se é sono que você deseja, é sono que eu darei a você.

Comigo ao seu lado.

Nos deitei na minha cama, odiando que ela ainda não se sentisse confortável o suficiente para fazer o ninho, ao mesmo tempo em que percebi que uma semana não era tempo suficiente para curá-la.

Não, ela exigia muito mais.

Algum tipo de gesto.

Não uma reivindicação... ela veria isso como uma marca lamentável neste momento. Teria que ser algo grandioso.

Como uma declaração de minha aceitação.

Publicamente.

Sorri contra seu cabelo, beijando o topo de sua cabeça enquanto uma ideia se formava. Um plano de ação forte, que tinha que funcionar. Não havia outras opções.

Katriana Cardona era minha.

E eu pretendia mantê-la.

Para sempre.

KAT

O ESPELHO até o chão revelava uma estranha. Reconheci minhas mechas ruivas, mas não o estilo ondulado. Minhas tatuagens também estavam à mostra. E meus olhos estavam da cor certa.

No entanto, o vestido de seda que acariciava minhas curvas parecia suave. Delicado. Feminino.

Eu não usava vestidos.

Preferia jeans e suéteres. Casacos. Luvas. Chapéus. Armas. Não sandálias de salto. Como eu deveria andar com isso?

— O que há de errado? — Ander perguntou enquanto entrava no banheiro usando um terno de três peças.

Arregalei os olhos. Nunca tinha visto um desses pessoalmente, apenas em revistas. O mesmo valia para o vestido, mas pelo menos seu traje eu entendia. Porque *uau*, ele estava incrível.

— Katriana? — ele me chamou.

Balancei a cabeça.

— Sim. Certo. Nada. — *Quero me esfregar no seu terno fino para ver se é tão macio quanto parece. É só isso.*

Mas esta noite não era para isso.

Esta noite era para conhecer todos os alfas.

Meu futuro, aparentemente. Ander não tinha dito isso,

mas eu entendia. Uma vez que eu tivesse o bebê, um dos machos me levaria para começar o processo novamente.

Quantos eu seria forçada a procriar? Três? Cinco? Dez? Trinta? Estremeci com o pensamento, lembrando do comentário de Riley sobre a proporção de alfas para ômegas neste território.

Trinta realmente não era tão errado.

E como eu viveria para... fiz uma careta.

— Quanto tempo os lobos vivem? — perguntei, sem realmente ter certeza da resposta. Eu sabia que metamorfos eram imortais, pelo menos em termos de doenças humanas. Mas certamente havia maneiras de eles morrerem.

Ele deu de ombros.

— Até que algo nos mate.

— E como isso acontece? — pressionei.

Suas íris douradas brilharam com violência desenfreada quando ele me apertou contra a pia do banheiro, apoiando as mãos enormes no balcão nas laterais do meu quadril.

— Por que você está perguntando, Katriana?

— C-curiosidade — murmurei, tremendo. — E-eu não sei muito sobre... — Engoli em seco. — D-deixa pra lá.

Ele segurou meu queixo quando tentei desviar o olhar e me forçou a manter seu olhar estrondoso. Meu coração se apertou e senti minhas mãos úmidas.

Algo sobre a minha pergunta o deixou fora de si. Só não entendi o porquê.

— Qualquer coisa que pare o coração por muito tempo pode matar um metamorfo — ele finalmente disse. — Existem alguns alfas neste setor que têm quase quinhentos anos de idade, quase cinco vezes a minha idade, mas são exatamente iguais a mim. Conheci poucos lobos com mais de um milênio. Eles pareciam alguns anos mais velhos, talvez com quarenta, pelos padrões humanos, mas sua força só aumentava com a idade. Meu pai é um deles.

— Seu pai? — repeti em um sussurro.

Ele assentiu.

— Sim. Ele é um líder de território no que costumava ser a Escandinávia.

— Qual deles? — Não que eu tivesse ouvido falar, mas gostava de aprender mais sobre Ander. Isso o humanizava um pouco.

— Território Nórdico — ele respondeu, soltando meu queixo para segurar minha bochecha. — Se você está pensando em tentar se matar, não tente. É preciso muito para acabar com a vida de um lobo, e você vai se arrepender no final.

Meu queixo praticamente caiu no chão.

— O quê? — Era por isso que ele achava que eu queria saber mais sobre o tempo de vida dos lobos? Minha mão atingiu seu rosto antes que eu percebesse o que estava fazendo, e levei a mão à boca, cobrindo-a. — Ohhhh... — O murmúrio saiu abafado.

Eu não pretendia fazer isso. De jeito nenhum. Mas a ideia de que ele pensou que eu estaria perguntando isso para me matar fez meu sangue pegar fogo.

Eu não tinha sobrevivido tanto tempo para pendurar uma corda no meu pescoço!

Os lábios de Ander realmente se curvaram e seu olhar dourado perdeu um pouco daquela intensidade furiosa.

— Aí está minha gatinha — ele murmurou, afastando seu toque da minha bochecha para a minha mão, expondo minha boca. Ele se inclinou para me beijar de leve, o que não era a reação que eu esperava. — Humm, à propósito, você está incrível com este vestido.

Meu cérebro pareceu piscar, entrando em curto-circuito com os últimos sessenta segundos.

— Você achou que eu queria me matar? — E depois mudou de assunto para falar do meu vestido? — Acha que eu faria isso depois de passar vinte e um anos lutando pela minha vida?

Ele se afastou, com a expressão pensativa.

— Estava perguntando isso porque quer saber como *me* matar?

— O quê? *Não.* — Queria esbofeteá-lo de novo. — Perguntei porque não sei nada sobre ser loba. Quer dizer, eu sei que existem territórios em todo o mundo, que os lobos do X-Clan não são o único tipo de metamorfo por aí, mas ninguém me disse nada sobre ser loba. Só esperaram que eu aceitasse. Que aceitasse meu lugar como procriadora. Essa última parte foi murmurada, minha bravata sumindo com um suspiro.

Eu nunca me mataria.

Mas era um alívio saber que lobos podiam morrer, que eu não estaria sujeita a isso por toda a eternidade.

Eu esperava.

Ele segurou minha nuca com força, me puxando de volta para olhar para ele.

— Você não é uma procriadora — ele rosnou. — Você é a mãe do meu filho. Uma ômega. E você é minha, Katriana. — Sua boca cobriu a minha antes que eu pudesse protestar contra essa última afirmação. Sua língua saqueou, dominou e roubou o ar de meus pulmões.

Todos os seus beijos esta semana foram gentis.

Mas este, não.

Ele exigia reciprocidade, seu aperto estava mais forte, seus lábios me punindo.

Isso despertou minha loba de seu sono interior, provocando uma pulsação entre minhas pernas que estava ausente há semanas. Passei os braços ao redor de seu pescoço, arqueando para ele, pegando o que ele me oferecia e devolvendo na mesma moeda.

Isso eu entendia.

Com isso eu poderia lidar.

E eu gostava do fato de que as sandálias de salto me deixavam muito mais alta.

A mão em volta do meu pescoço suavizou, quando a oposta segurou minha bunda, me apertando contra ele. *Sim, sim. Mais disso, por favor.*

Eu me senti viva.

Humana.

Pronta para qualquer coisa.

— Não — ele retrucou, afastando a boca da minha. — Vou te destruir neste estado. — Ele me soltou tão de repente que cambaleei. — Temos que ir à festa, onde vou mostrar em primeira mão como funciona nossa sociedade. Talvez isso te ajude a entender.

Meu coração se apertou. Certo. Os alfas e as ômegas que estão esperando.

Ele não me deu chance de responder, segurou minha mão e me puxou para fora do banheiro. Seus passos eram curtos, como se estivesse com raiva.

Irritado e excitado, meu nariz confirmou em uma inspiração profunda. *Muito, muito excitado.*

Isso não poderia ser bom para uma festa com um bando de ômegas.

Ou talvez essa fosse sua intenção.

Minha loba ameaçou rosnar, sentindo a necessidade de marcá-lo crescer cada vez mais forte, a cada passo em direção à porta. Não queria compartilhá-lo. A própria noção disso me deixou com vontade de quebrar coisas.

Muito melhor que ceder em autopiedade.

Mais revigorante.

Vivaz.

Inalei mais uma vez, fechando os olhos enquanto seu aroma penetrava pelos meus poros. Meu coração me implorou para memorizar seu cheiro, para permitir que isso me alimentasse em preparação para o que quer que a festa guardasse para mim.

Porque eu não tinha dúvidas de que esta noite iria me destruir mais uma vez.

Diante do meu destino, eu não teria oportunidade de me esconder. Isso se tornaria real. Observá-lo com outras fêmeas, conhecer os machos que competiriam por um espaço em meu útero, perceber o quanto eu era impotente para tudo neste novo mundo. Tudo viria à tona e eu não poderia lidar com muito mais.

Meu coração frágil bateu contra minhas costelas e tropecei quando Ander praticamente me puxou porta afora. Abri os olhos para dar atenção aos meus passos, não querendo cair porque havia uma chance de não conseguir me levantar.

Minha visão começou a ficar turva.

Não estou pronta. Não estou pronta. Não estou pronta.

As palavras se repetiram em minha cabeça quando o elevador se abriu, depois aumentaram em um tom febril quando as portas se fecharam, nos trancando na engenhoca de metal.

Ander apertou um botão.

O carro começou a se mover.

Meus joelhos ameaçaram ceder.

E então tudo parou com um golpe de seu punho contra os controles.

Choraminguei quando ele me apertou contra a parede, mantendo as mãos em punhos ao meu lado.

— Por favor... — Eu não sabia o que estava implorando para ele fazer ou não. A palavra meio que escapou antes que minha mente pudesse alcançá-la.

Ele embalou meu rosto entre as palmas das mãos. Seu toque foi surpreendentemente gentil.

— Você tem alguma ideia de como isso vai ser difícil para mim? — ele perguntou baixinho. — E só tenho a mim mesmo para culpar. Quando falhei em reivindicá-la, nunca previ isso como uma punição para nós dois. Mas é, Katriana. A própria ideia daqueles alfas te verem esta noite e até mesmo pensarem por um segundo que você está disponível é o suficiente para me deixar louco. Para me fazer querer te agarrar e te levar de volta para os meus aposentos, te comer até você gritar e te morder com tanta força que você irá sentir minha marca por meses, não dias.

Minha respiração escapou e a ferocidade de sua declaração me deixou sem palavras. De todas as coisas que ele pudesse dizer, nunca previ isso. Ele parecia arrependido e zangado, não comigo, mas consigo mesmo. E isso tocou um lado sombrio meu, ao perceber que eu não estava sozinha em meu sofrimento. Enquanto o outro lado questionava a veracidade de suas palavras.

Ele tinha o poder de me destruir com algumas frases. Descobri isso bem cedo. Mas será que ele também possuía o poder de me recompor?

— Ah, Katriana — ele sussurrou, pressionando a testa na minha. — Não posso deixar você entrar lá sem pelo menos uma parte de mim em você. Eles poderão sentir o cheiro da nossa separação, o que só os deixará mais excitados. Você queria uma escolha, e eu planejava te dar. Mas diante da realidade da nossa situação, não posso. Você é *minha*. E não vou te compartilhar.

Sua boca reivindicou a minha mais uma vez enquanto seus dedos alcançavam meu cabelo e sua mão oposto segurava meu quadril para me puxar contra si. Me agarrei em seu paletó para não cair, sentindo meu coração bater mais rápido que antes.

Toda a sua raiva se derreteu em excitação.

Pinho.

Especiaria.

Homem.

Gemi, meu corpo pulsando para a vida. O vestido não permitia roupas íntimas, a seda era muito justa em minhas curvas. Não que eu tivesse recebido alguma peça para usar com ele, de qualquer maneira. Ainda bem que o vestido era preto, ou minha umidade poderia tê-lo arruinado.

— Ander — sussurrei, enquanto meu corpo assumia o controle.

— Me diga para parar, gatinha — ele respondeu. — Me diga que você não está pronta.

Ah, mas eu estava.

— Não — falei, precisando disso.

Por mais fodido que fosse, senti falta dele... *disso*. As últimas semanas, ou seja lá quanto tempo tivesse se passado, me entorpeceram do mundo. Finalmente me senti normal, mesmo que por um momento fugaz. Queria lutar com ele, marcá-lo, descontar todas as minhas frustrações e fazê-lo exibir o resultado disso na frente de todos esta noite.

Ficou óbvio que minha loba tinha tomado conta da minha mente. No entanto, em vez de afastá-la, eu a abracei, permitindo que ela conduzisse minhas ações.

Seu cinto praticamente se abriu em minhas mãos, e minhas unhas marcaram o couro antes de passar para o botão e o zíper. Ele embolou o vestido em volta da minha cintura e me ergueu no ar, enquanto seu rosnado fazia com que uma nova onda de umidade cobrisse minhas coxas.

E então ele estava dentro de mim, com seu impulso

balançando o carro enquanto ele rugia em aprovação e me jogava contra a parede.

Haveria hematomas, e eu os acolheria. Meu vestido com as costas nuas deixou minha pele exposta ao metal liso, e cada estocada de seus quadris me levava mais perto um ponto de ruptura que terminaria em soluços.

Eu estava com as pernas ao redor de sua cintura, apertando, implorando para ele me comer com mais força.

Mas ele diminuiu a velocidade, cobrindo minha boca com a sua, enquanto sua língua mergulhava profundamente para rivalizar com o ataque de seu corpo abaixo.

Não, não, não. Isso não estava certo. Eu queria com força e violência. Não gentil. Não lento. Não com carinho. Choraminguei e ele me silenciou, me beijando novamente, me forçando a sentir mais que a união de nossos corpos. Ele me banhou em intimidade e intenção, me adorando da maneira que só um homem poderia. E eu o odiei por isso.

Porque abriu meu coração.

Derrubou uma parede que eu não sabia que tinha erguido.

E forçou uma lágrima a escapar do meu olho.

— Isto — ele sussurrou, deslizando o pênis ao longo das minhas paredes internas. — Isto é meu. — Ele impulsionou para frente, atingindo um ponto que me fez ver estrelas por um momento antes de seus dentes mordiscarem meu lábio inferior para me trazer de volta.

— E isto — ele continuou, estocando mais uma vez. — Isto também é seu. — Ele me penetrou com força, fazendo minhas costas arquearem contra a parede.

— Não — murmurei.

— Sim — ele afirmou. — Não há escolha, Katriana. Nossas almas já se conhecem. Isso já está resolvido.

Balancei a cabeça de um lado para o outro, enquanto mais lágrimas caíam.

— Não. — Não estava. Eu podia *sentir* que não estava resolvido. Ele não tinha me mordido. Não tinha me reivindicado corretamente. Eram apenas palavras... palavras que ele poderia facilmente retirar amanhã. E provavelmente era o que faria, assim como tinha feito antes.

— Você não é uma procriadora — ele rosnou, claramente ciente de onde meus pensamentos estavam indo. Deve ter lido isso em meu corpo e pelo jeito que enrijeci perto dele. — Você é *minha* Katriana. Minha ômega. Minha! — Ele pontuou sua declaração com um impulso selvagem que me fez chorar em seus braços e meu corpo estremecer contra ele.

Puta merda, eu já estava gozando, e ele nem tinha me dado o nó ainda.

Seu sorriso feroz dizia que essa tinha sido sua intenção e seus olhos dourados ardiam com orgulho masculino.

— Sua umidade está cobrindo meu pau — ele murmurou. — Me reivindicando como seu para todas as ômegas naquela sala sentirem o cheiro. — Ele me beijou com ferocidade, sua língua capturando cada som de prazer que escapava da minha garganta. — Todos saberão que sou seu, gatinha. E os alfas saberão que você é minha.

Ele saiu de dentro de mim tão depressa que gritei, sendo colocada de joelhos, seu pênis na minha boca. Provar a mim mesma em sua pele nua fez minhas coxas se apertarem novamente e a felicidade ondular por dentro.

Puta merda, eu estava viciada nesse homem, nesse *lobo*, nesse alfa.

— Quero gozar na sua boceta — ele disse, com os dedos entrelaçados em meu cabelo. — Mas você teria que andar por aí com meu esperma escorrendo por suas coxas a noite toda. Portanto, considere esta sua escolha, linda. Você quer engolir e carregar minha semente dentro de você ou andar pela festa com as pernas úmidas?

Eu já estava úmida, graças à transa contra a parede.

Mas dado quanto sêmen eu sabia que este homem poderia derramar, seria muito pior se eu permitisse que ele gozasse entre minhas pernas.

Chupei com força para demonstrar minha escolha e sorri quando ele gemeu em resposta.

— Puta merda, você vai me matar — ele disse, aumentando seu aperto, então afrouxando, e apertando novamente. — Tenho muito para você tomar, Katriana. Seja uma boa garota e engula tudo para mim, baby.

O carinho tocou meus sentidos, fazendo meu coração acelerar com um vislumbre de esperança. Engoli a sensação e me concentrei em seu prazer crescente, alcançando através do tecido de sua calça para segurar suas bolas. A frente estava úmida por causa da minha intimidade, e meu cheiro estava saturado no lugar que mais importava.

Ele estava certo.

Todo mundo sentiria meu cheiro nele.

Esse pensamento me fez sugá-lo com mais força, precisando que ele me marcasse com sua essência para que todos soubessem o que fizemos aqui esta noite. Para que todos soubessem que eu pertencia a ele.

Com isso, ele poderia tirar todas as minhas escolhas de mim.

Eu não queria outro alfa.

Eu *o* queria.

Porque minha loba já tinha feito a escolha por mim, ela reconheceu seu companheiro. Sua rejeição me deixou em uma teia abatida que eu não entendia, mas fazia sentido agora.

Ele rejeitou meu animal interior, me deixando ferida, confusa e sozinha, porque eu já o havia escolhido. Só me escondi pelo medo do desconhecido, já que toda a minha vida até agora havia sido consumida pela arte de sobreviver. Diante das novas circunstâncias, eu não conhecia outra forma de reagir a não ser fugir e voltar para casa.

Só que esta era a minha casa agora.

E então eu precisava me adaptar.

Aprender.

A abraçar minha loba.

A reivindicar meu companheiro.

Ele rosnou em cima de mim e seu pau se alongou em minha boca enquanto ele esvaziava seu sêmen em minha garganta. Engoli com avidez, sentindo saudade do seu gosto, precisando de cada gota que ele tinha para dar.

E ele estava certo, tinha muito guardado para mim.

Serviu como prova de que ele não tinha estado com outra, algo que eu já sabia pelo seu cheiro.

Seu aperto afrouxou e ele segurou minha bochecha em adoração enquanto eu engolia, tomando cada pedacinho de sua essência, assim como ele exigia.

Ele me deu um sorriso preguiçoso, do tipo que dizia que estava satisfeito e exausto. Lambi as últimas gotas de sua cabeça e me sentei de joelhos, esperando que ele dissesse alguma coisa.

Ander se abaixou para me levantar do chão e minhas pernas envolveram sua cintura mais uma vez, enquanto ele deslizava sua dureza por minha intimidade, recobrindo sua pele com minha excitação.

— Você me chupou até ficar limpo — ele explicou em voz baixa. — E isso não é aceitável. Quero que todos saibam a quem meu pau pertence, Katriana. A quem *eu* pertenço. — Ele me beijou antes que eu pudesse responder, sua língua marcando a minha.

Relaxei em seus braços.

Contente com os nossos aromas misturados.

A festa não parecia tão assustadora agora.

— Não vou sair do seu lado a noite toda — ele prometeu depois que terminou de devastar minha boca. — E se você quiser ir embora a qualquer hora, é só me dizer que está cansada, que voltamos direto para o nosso quarto, sim?

Nosso quarto, pensei.

— É o nosso quarto?

Ele apoiou a testa na minha.

— Sim, Katriana. Tudo o que possuo é seu, nosso.

Eu o observei, maravilhada com o belo estranho que me segurava em seus braços. O que aconteceu com o bruto que me chutou para fora de sua cama? Aquele que me informou com frieza que eu não era sua companheira? Isso era tudo por causa do bebê? Um ato para me pacificar até eu dar à luz?

Porque ele ainda não tinha realmente me reivindicado.

Não da maneira que contava.

Mas não consegui encontrar um único indício de decepção em seu olhar. Eu sabia ler as pessoas, tinha feito isso toda a minha vida. No entanto, este homem era um enigma. Um macho dominante envolto em terno muito macio e elegante.

Assenti, sem saber com o que estava concordando, mas aceitando mesmo assim.

Seus lábios se curvaram quando ele desvencilhou minhas pernas de sua cintura.

— Cuidado quando fechar minha calça, gatinha. Ainda estou muito duro por você, e vou continuar assim até que eu possa te dar meu nó de novo.

Estremeci com o pensamento.

— Humm, eu amo esse cheiro — ele comentou, puxando a parte de cima do meu vestido enquanto eu fechava sua calça com cautela. Assim que terminei, ele se ajoelhou e passou a língua pela minha intimidade, enquanto um rosnado baixo ecoava de seu peito.

Outra onda de umidade jorrou de mim em resposta à sua chamada alfa, meu corpo tremendo e pronto. Ele roçou os dentes em meu clítóris, me fazendo cair em um clímax inesperado enquanto minhas pernas cediam sob mim. Sua mão pousou na parte inferior do meu abdômen, me segurando contra a parede enquanto eu estremecia contra sua língua.

Este homem!, pensei. *Puta merda, ele vai me matar.*

Mal reconheci as palavras que saíram da minha boca, a maioria delas sem sentido envolvendo o nome dele. Meus membros estavam moles quando meu orgasmo terminou, a pele quente e a testa coberta de suor.

Como ele fez isso, não sei.

Mas eu não estava reclamando.

Nunca me senti tão lânguida e satisfeita. Bem, talvez quando tivéssemos ficado juntos no ninho por uma semana. No entanto, algo nisso era libertador. Intensamente íntimo. Repleto de promessas que nenhum de nós falou em voz alta.

— *Agora* estamos prontos para a recepção — ele disse, puxando minha saia para baixo para que o tecido alcançasse o chão novamente. Ander se levantou com os lábios brilhando com minha excitação.

Fiquei na ponta dos pés para beijá-lo, mas ele me impediu com um sorriso malicioso.

— Ah, não, Katriana. Quero que eles vejam.

Ele estendeu a mão ao meu redor, apertando um botão que reiniciou nossa descida.

ANDER

Todos os olhos estavam em Katriana. Eu não poderia culpá-los, ela estava linda com o vestido preto de seda e o cabelo penteado bagunçado. Fiz o possível para acalmar seus cachos ruivos, mas eles pareciam ter vontade própria. Assim como a ômega se derretendo ao meu lado.

Beijei o topo de sua cabeça e apoiei a mão contra a parte inferior de suas costas expostas enquanto conversávamos com dois de meus amigos mais antigos: Burje e Alyona.

A meu pedido, a maioria dos alfas acasalados compareceram sem suas ômegas. No entanto, solicitei que Burje trouxesse Alyona, pois suspeitava que ela e minha pretendida se dariam bem. Ainda que elas parecessem gostar uma da outra, os olhos de Katriana não paravam de se desviar para os machos que não estavam se preocupando em esconder a curiosidade.

Ela pareceu surpresa com a atenção, mas eu, não. A ômega era uma anomalia de muitas maneiras, só não percebia. Um fato pelo qual me senti responsável e pretendia corrigir.

Seus comentários anteriores sobre não entender os lobos, tendo sido forçada a entrar nesta vida sem uma introdução adequada, atingiram meu coração.

Eu falhei com ela.

Como minha companheira pretendida, eu deveria ter explicado de forma adequada como era a vida de um metamorfo. Presumi que ela já sabia, com seu pai sendo um lobo do X-Clan, mas descobri que ela não conheceu o pai. Eu também não estava acostumado a ter alguém tão inexperiente sob minha proteção. A maioria dos metamorfos havia nascido neste mundo, não eram criados geneticamente em laboratório.

Na verdade, este último era bastante raro. A tecnologia do Território Andorra superava em muito a de nossos irmãos, nos marcando como o único território na cultura X-Clan onde lobisomens poderiam ser criados fora da procriação. No entanto, a maioria dos humanos morria durante a transformação. Mais uma razão pela qual todos queriam conhecer minha Katriana: ela era uma rara sobrevivente. Não apenas da transformação, mas também do mundo infectado.

— Eu, ah... — Katriana limpou a garganta, se aconchegando ainda mais ao meu corpo, buscando minha força. — Eu vivia nas cavernas.

Alyona perguntou a ela sobre a vida fora da cúpula. Seus olhos castanhos se arregalaram com a resposta de Katriana.

— Mas como? Você era apenas uma humana e é muito frio lá fora.

— Não tão frio quanto em casa — interrompi, sorrindo. Cresci com Alyona no território de meu pai. Apesar de sua genética ômega, nunca gostei dela. Além disso, ela se interessou por Burje desde muito jovem. O bruto de dois metros de altura estava quieto ao lado dela enquanto a parte inferior de sua barba roçava o topo da cabeça loira de sua companheira.

— Em casa?— Katriana repetiu, olhando para mim.

— Escandinávia — murmurei. — Sul da Noruega, para ser mais preciso. Onde fica o Território Nórdico agora.

Ela franziu a testa para mim.

— Se você cresceu lá, por que está em Andorra?

— Porque ele era um alfa muito poderoso para permanecer como Segundo de seu pai — Elias disse, se juntando ao nosso círculo com Daciana aconchegada ao seu lado. — Então ele fundou um novo clã em Andorra, pouco antes do apocalipse zumbi. — Meu melhor amigo adorava essa frase.

Balancei a cabeça para ele.

— Antes do período de Infecção — corrigi.

— Sim, isso — ele concordou, tomando um gole de cerveja antes de se concentrar em Katriana. — Ele já te contou as histórias sobre viver em iglus?

Revirei os olhos.

— Vá se foder, E. — Nós dois sabíamos que eu não morei em nenhum iglu. — Nem mesmo o Território de Inverno vive assim, e eles estão no Círculo Polar Ártico.

Ele sorriu.

— Sim, mas te ver andando de trenó sobre o gelo é uma imagem divertida.

— Me relembra por que é que eu te tolero?

— Porque eu sou incrível. — Elias balançou as sobrancelhas. — E mantive este território de pé enquanto você estava brincando de casinha com sua linda ômega. Que, aliás, eu encontrei na floresta.

— Sim, sim. — Encontrei seus olhos sobre a cabeça de Katriana, agradecendo sem palavras. Ele deu uma piscadela em resposta, sabendo que eu estava grato, mesmo que não dissesse.

— Você a encontrou na floresta? — Daciana perguntou

baixinho, com o comportamento muito mais relaxado que da primeira vez que a vi. Estar com Elias a havia encorajado, até mesmo a fez brilhar um pouco. Ela olhava para ele com tanta reverência que meu coração doía.

Katriana não olhava para mim assim.

Mas queria que ela o fizesse.

— Seu clã humano tentou roubar um de nossos carregamentos de comida — Elias explicou, focando em minha futura companheira. — Não funcionou bem para eles, mas Kat mostrou um talento especial para a sobrevivência que os outros em seu grupo não tinham. Então, nós a recompensamos.

— Ao me transformarem em loba — Katriana respondeu, enrijecendo os ombros. — Obrigada pela *recompensa*.

Ele curvou os lábios.

— De nada, ômega. — Seu tom continha um aviso sutil de que seu tom sarcástico não havia passado despercebido por meu Segundo. Embora ele provavelmente considerasse sua desobediência em particular, não podia se dar ao luxo de fazê-lo nesta sala. Não quando estávamos cercados por alfas, onde sua posição como comandante principal poderia ser questionada.

Limpei a garganta e segurei seu queixo para guiar seu olhar azul até o meu.

— Quer beber alguma coisa, linda?

Era um convite para sair do grupo, para nos dar um momento de falar em particular. E disse a ela com meus olhos para aceitar.

Ela assentiu, engolindo em seco.

Recompensei sua obediência silenciosa com um beijo carinhoso, então pedi licença com um aceno de cabeça e um sorriso antes de conduzi-la para o canto mais distante da sala, perto do bar.

— Sinto muito — ela começou, mas eu a silenciei com meus lábios, entrelacei os dedos em seu cabelo e entreabri sua boca com a língua.

Eu não estava com raiva e queria que ela soubesse disso.

Também queria que todos nos vissem, soubessem o quanto lutei para manter as mãos longe dela e não questionassem por que precisávamos desse momento a sós.

Ela agarrou as lapelas do meu paletó, pressionando o corpo contra mim e alinhando suas curvas suaves nos lugares certos. Aprofundei nosso beijo, permitindo que ela provasse o prazer que ainda cobria minha língua. Ela gemeu, um som que eu acalentava profundamente. Enquanto ela, a parte humana, podia não perceber o que estava acontecendo, eu sabia que sua loba entendia.

Isso foi uma reivindicação pública.

Uma forma de mostrar a todos que eu a escolhi.

Nenhuma das ômegas disponíveis se aproximaria de mim, não que alguma delas tivesse tentado. Eles souberam, desde o segundo que entrei, que estava fora dos limites, mesmo que ainda não cheirasse a acasalado.

Infelizmente, isso não seria suficiente para deter todos os alfas. Em especial aqueles que já estavam desafiando minha posição.

Como Enzo.

Senti seu olhar do outro lado da sala, queimando com o ódio que ele mal escondia. Artur não estava muito melhor, mas ao menos conseguia manter uma expressão estoica quando a situação o exigia.

Envolvi a mão no pescoço de Katriana, afastei nossos lábios e apoiei a testa na dela.

— Você está indo muito bem, linda — disse a ela baixinho. Minhas palavras eram apenas para seus ouvidos.

A conversa e a música suave do salão abafavam nossas vozes, nos permitindo falar em particular. Mesmo os lobos tentando nos ouvir não seriam capazes, não quando estávamos aqui isolados, longe da multidão.

— Não pensei quando falei aquilo — ela sussurrou. — Escapuliu.

— Não deixe a repreensão de Elias te incomodar. — Acariciei seu nariz. — Ele tem uma reputação a proteger, assim como eu. É por isso que os outros provavelmente acham que estou te repreendendo agora. — Segurei seu rosto, observando seu olhar, e notei a confusão em suas profundezas azuis.

Certo. Porque ela não entendia nossa sociedade ou nossas regras.

Passei o polegar sobre sua boca, seguindo o movimento com meus olhos.

— Metamorfos estão no topo da cadeia alimentar — expliquei em um sussurro. — Somos poderosos e superiores aos humanos. E não estou dizendo isso para ser cruel, é apenas um fato da vida. Portanto, a maioria vê sua transformação como um presente pelo qual eles acham que você deveria ser grata, pois elevou seu status.

Ela engoliu em seco, mordiscando o lábio inferior.

— E você? Acha que eu deveria ser grata?

— Sim — respondi, recusando-me a me conter. — Sem o nosso presente, você estaria vivendo naquela caverna ou morta. Certamente você pode ver os benefícios de se juntar ao nosso mundo.

Fiz um gesto com o queixo para o salão de baile à luz de velas, indicando várias notas de ouro caras e o bufê de comida gourmet esperando para ser devorado no centro do salão. Alguns já estavam comendo, tendo se acomodado nas mesas redondas ao redor do espaço do evento. Outros seguravam pratos e mordiscavam canapés. Todos usavam trajes formais e a maioria segurava bebidas.

— É uma vida de prazeres — continuei em voz baixa. — Uma com a qual a maioria dos humanos só pode sonhar, porque até mesmo os território mortais vivem na pobreza, assim como sua caverna.

— Existem territórios humanos? — ela murmurou, arregalando os olhos.

— Sim. Não na Europa, mas em outras áreas do mundo. Não sei muito a respeito, pois não negociamos com eles, apenas com outros lobos. Mas assim como existem outros territórios sobrenaturais, também existem os mortais. Todos fizeram o que tinham que fazer para sobreviver à Infecção. Escolhemos nos esconder atrás de nossa ciência, daí a cúpula sobre nossas cabeças.

— Mas os lobos já são imunes.

— Lobos do X-Clan, sim, mas nem todos são. — Olhei para o grupo de ômegas do Território das Terras Sombrias. — Lobos Ash não são. Portanto, sempre existe a possibilidade de que um dia o vírus sofra uma mutação e comece a nos impactar. É por isso que gastamos tanto tempo e energia pesquisando medidas de proteção. Por que estamos constantemente aprimorando a tecnologia em um mundo onde ela não é mais apreciada do jeito que era antes.

— Antes da Infecção — ela concluiu, com compreensão brilhando em seus olhos. — Já vi fotos de coisas em revistas, parecidas com seus monitores e relógios, mas não tão...

— Modernos — ofereci, sabendo que sua familiaridade com nossos recursos seria limitada. — Sim. Aprimoramos a tecnologia ao longo dos anos, encontramos maneiras de desenvolver nossa própria eletricidade usando recursos naturais recorrentes, e vivemos como fazíamos há cem anos, apenas em um ambiente mais limpo e seguro.

— Enquanto o resto do mundo sofre.

Dei de ombros.

— Como eu disse, não vemos os humanos como nossos iguais. Nunca vimos. Mas permitimos que eles vivam em nossas terras e cavernas, quando poderíamos facilmente expulsá-los. E os recursos que eles acessam nas montanhas, os frutos que crescem na primavera e que são colhidos durante o ano, existem porque garantimos que a terra seja fértil. Nunca os convidaremos para viver sob nossa cúpula, mas facilitamos a vida da forma que podemos.

Passei os dedos por seu cabelo, colocando-o atrás da orelha enquanto ela curvava os lábios para o lado. Seus pensamentos estavam claros em seu rosto.

— Você acha que eu poderia fazer mais, mas o que não está considerando são todos os lobos aos meus cuidados. Existem centenas de nós que vivem nesta cúpula, todos exigindo recursos próprios e por períodos de tempo muito mais longos que o ser humano médio. Como eu disse, vivemos muito tempo. — Soltei seu cabelo e apoiei a mão em seu ventre. — E também temos que pensar em nossos filhos.

Ela baixou o olhar para a minha mão e seu rosto ruborizou.

— Nossos filhos.

— Sim. *Nossos* filhos. — Apoiei a testa na dela, fechei os olhos e inspirei, satisfeito. — Você será uma mãe linda, Katriana.

— Ander...

Um gritinho interrompeu nosso momento, quando Riley se lançou sobre nós sem qualquer consideração pela nossa conversa. Jonas deu um olhar de desculpas em minha direção enquanto sua companheira envolvia Katriana em um abraço.

— Estavca tão preocupada — ela disse, segurando minha fêmea em seus braços. Seu cabelo tingido de azul brilhava sob a luz, combinando com o vestido que usava. — Você está linda — ela continuou. — E está cheirosa. — Essa última parte foi dita com um leve olhar na minha direção.

Sim. Eu ainda estava na corda-bamba com a doutora.

— Vamos andar pela sala e cumprimentar quem você ainda não conheceu. — Riley entrelaçou o braço no de Katriana, mas Jonas se interpôs em seu caminho com uma sobrancelha arqueada.

Sem palavras.

Mas meu tenente raramente precisava delas.

— O que foi? — sua ômega questionou. — Vocês dois estão aqui. Ficaremos bem. Além disso, alguém manteve minha nova amiga trancada por muito tempo e quero exibi-la. — O olhar de Riley continha um claro desafio enquanto ela olhava de forma incisiva para mim.

Estalei a mandíbula, um lado meu querendo estrangular a ômega por seu claro desrespeito. Mas a maneira como Jonas a observava me disse que ele teria uma conversa dura com ela mais tarde, então deixei isso de lado e me concentrei em Katriana.

Ela parecia um pouco atordoada e incerta, e olhou para mim em busca de respostas.

— Você quer caminhar pela sala com a Riley? — perguntei baixinho, roçando os dedos em sua bochecha. — Eu não estarei longe.

Ela umedeceu o lábio inferior e assentiu devagar.

— Sim. Por mim, tudo bem.

Riley sorriu para minha companheira e a puxou para longe.

— Ela ainda precisa beber alguma coisa, Riley — falei em um tom que não admitia discussão.

A mulher mal-humorada me deu um olhar de advertência por cima do ombro, mas dirigiu minha pretendida para o bar.

Soltei um suspiro e balancei a cabeça.

— Sua companheira é terrível. — E se ela não tivesse ajudado Katriana nos últimos meses, eu teria exigido que ela fosse colocada em seu lugar. Publicamente. Mas no momento, eu devia à ômega malcriada, então estava disposto a deixar seu comportamento passar. Por agora.

— Não se preocupe. Vou repreendê-la mais tarde. — Jonas olhou fixamente para sua fêmea, observando os quadris balançarem enquanto ela caminhava.

— Algo me diz que ela vai gostar dessa reprimenda — murmurei, notando o olhar atrevido que ela deu a seu companheiro.

— Ah, vai — ele concordou, olhando para mim com os olhos azuis claro da cor do gelo. Apropriado, considerando suas origens islandesas. — As coisas entre você e a Kat parecem melhores.

— Um pouco — concordei. *Mas não estamos nem perto de onde quero*, acrescentei para mim mesmo enquanto ela olhava para mim com um copo de água na mão. Seu olhar demonstrava que ela buscava de aprovação. Dei a ela um sorriso tranquilizador. Katriana não retribuiu e se voltou para Riley.

Sim. Não era mesmo onde eu queria que estivéssemos.

— Você e a Riley tiveram um começo difícil — eu disse, olhando para Jonas. — Como resolveu isso?

Ele riu.

— *Início difícil* é brando demais. Nós literalmente derrubamos um avião.

— Mas vocês se resolveram — pressionei.

— Sim... — Ele passou os dedos por suas mechas loiras enquanto considerava sua companheira. — A Riley precisava de um propósito além de ser ômega. Ela temia que sua genética a definisse, e foi por isso que ela se disfarçou de beta por muito tempo. Eu tinha que provar que via mais nela que a necessidade de acasalar.

— Foi por isso que você me procurou — respondi, me lembrando do dia em que nos conhecemos. — Você queria que eu lhe desse um emprego.

— Sim. — Ele voltou seu foco para mim. — A Riley nunca seria feliz descalça e grávida. Ela não é como a Daciana ou as Lobas Ash, que foram criadas para serem submissas. Ela é mais como a sua futura companheira.

Eu li nas entrelinhas dessa declaração.

Ele estava me dizendo indiretamente para dar um propósito a Katriana fora do quarto.

— Provar a ela que valorizo mais que só seu corpo vai me ajudar a conquistá-la — traduzi em voz alta.

— É assim que funciona com a maioria das mulheres — Jonas respondeu, sorrindo. — Até com as ômegas Ash. Mas nossas mulheres precisam ainda mais. A Riley fica mais feliz quando está nos laboratórios. Eu nunca tiraria isso dela.

Portanto, descubra o que a Katriana quer fazer e ela ficará satisfeita, pensei.

— Obrigado pelo conselho.

— Na verdade, você nem precisava — Jonas comentou, batendo no meu ombro. — Você já começou por esse caminho ao colocas as necessidades dela acima das suas. Apenas continue com o que você está fazendo.

Curvei os lábios, achando graça. Isso foi o máximo que ele me disse em uma conversa, e nem foi uma discussão tão longa.

— Quem diria que você poderia ser tão falante? —

provoquei.

Ele grunhiu.

— Você perguntou. Eu respondi.

— Vou ter que perguntar com mais frequência.

Ele me deu um olhar que combinava com sua resposta de uma só palavra.

— Não.

— Pode deixar. — Mas nós dois sabíamos que eu o faria se precisasse de conselhos. A questão era que, normalmente, eu não precisava. Outra anomalia com relação a Katriana: ela me deixava incerto sobre como seguir em frente, algo que nunca havia acontecido comigo antes.

Liderei este território desde o início sem vacilar. No entanto, essa pequena ruiva me fez questionar tudo. E eu estava adorando a nova experiência.

— Quer pegar... — A pergunta de Jonas foi interrompida por um ganido do outro lado da sala.

Tonic e Darren tinham encurralado uma das novas ômegas. A linguagem corporal deles gritava dominância e necessidade desenfreada.

— Merda. — Embora eu suspeitasse que algo assim pudesse acontecer, tinha esperança de que tudo corresse bem.

— Ainda bem que você estabeleceu protocolos — Jonas comentou, se movendo ao meu lado enquanto eu ia direto para os dois machos. Eles rosnaram, o som reverberou pela sala e resultou em vários gemidos das ômegas não acasaladas, todas respondendo ao chamado de um alfa.

— Idiotas — murmurei, pronto para dar uma lição nos dois, quando *senti* Katriana reclamar. Virei a cabeça em sua direção, encontrando-a bloqueada por Enzo e Artur. *Puta merda.*

ANDER

Riley praticamente voou para os braços de Jonas, em pânico.

— O Enzo me empurrou para longe. Eu não sabia o que...

Eu já estava me movendo, deixando a questão no canto em favor de outra mais perigosa ocorrendo perto da entrada da sala. Tonic e Darren eram uma distração. Essa era outra razão pela qual Enzo nunca lideraria: ele não tinha cabeça para estratégia.

— Vamos — Elias disse ao passar por mim, indo na direção dos dois idiotas que cercavam a pobre ômega. Ele sabia o que fazer. Discutimos isso por horas antes da festa, nos preparando para todos os resultados possíveis.

Vários Alfas já haviam assumido posições defensivas, protegendo as ômegas que estavam na sala. Isso criou uma energia palpável de autoridade que fez com que muitas das mulheres submissas caíssem de joelhos gemendo baixo. A umidade delas permeava o ar enquanto rosnados soavam daqueles com menos controle.

As travessuras de Enzo despertaram uma situação potencialmente violenta que resultaria em cio e confusão irracional pelo salão.

Felizmente, eu já tinha contramedidas para lidar com essa situação.

Por mais que quisesse bater nele, isso só aumentaria a atmosfera violenta e provavelmente faria com que alguns dos meus alfas bem-intencionados se entregassem às suas tendências animais. As ômegas eram incapazes de resistir ao chamado de um alfa, e era por isso que cabia a nós garantir que nos controlássemos.

Mas, uma vez que um alfa se perdesse, ele não poderia recuar.

Abri caminho entre Enzo e Artur, sem dar a mínima se os machucasse no processo, e puxei Katriana para meus braços. Ao contrário de muitas das ômegas, ela não estava trêmula de desejo, mas com uma chama vibrante de fúria.

— Eles disseram...

— Não me diga — sussurrei. Se ela repetisse as palavras e eu as achasse tão ofensivas quanto esperava que fossem, perderia a cabeça e os mataria.

E então o caos se instalaria.

Eu era o alfa supremo na sala. Todos me procuravam em busca de orientação e, se eu começasse uma briga, eles também o fariam.

E as ômegas pagariam o pato.

Katriana olhou furiosa para mim, então franziu a testa para o que quer que ela tenha visto em meu rosto. Ela assentiu e segurou minha bochecha.

— Estou bem.

— Claro que está — Enzo rosnou. — Não tocamos em você.

— Recomendo que você se afaste e vá embora, Enzo — eu disse no tom mais baixo que pude, endurecendo minha postura com letalidade. — Leve o Artur com você.

— Não fizemos nada de errado — o idiota

argumentou. — Você organizou este evento para as alfas encontrarem as ômegas disponíveis, e essa ainda está.

Me virei lentamente, colocando Katriana atrás de mim.

— É por isso que você nunca vai liderar este território — informei, meus olhos capturando os dele em um olhar alfa destinado a dominar. — Você não pensa antes de agir ou falar.

Ele sustentou meu olhar, em postura de desafio.

Eu me aproximei, permitindo que ele visse como eu o destruiria completamente com esse humor.

Não haveria volta.

Nem segundas chances.

Eu o mataria e minhas ações seriam justificadas por causa do caos que seu plano estúpido havia causado nesta mesma sala.

Os rosnados e ganidos se acalmaram ao nosso redor enquanto todos se concentravam na agressividade que ameaçava se liberar do Alfa do Território: eu.

— Se você começar, eu termino — alertei Enzo. — Assim como fiz nas duas últimas vezes que você tentou me remover. Só que desta vez, não vou dar outra chance. Entendeu?

— Tire-os daqui — Elias gritou, chamando alfas fortes o suficiente para conter seus impulsos de conduzir as ômegas para fora da sala.

Peguei Enzo pelo pescoço antes que ele pudesse olhar para seus lacaios e terminar o que havia começado. Seu rosnado fez minha mão vibrar. Mas o som não saiu, porque esmaguei suas cordas vocais.

— Eu sei o que você está fazendo — falei. — Mas estou sempre vários passos à sua frente. Por que você acha que permiti que os alfas acasalados comparecessem esta noite?

Eu sabia que podia confiar neles para permanecer no controle. Apenas Burje, Elias e Jonas trouxeram suas companheiras. Burje porque ele e Alyona eram velhos amigos e eu queria que conhecessem minha Katriana. Elias, porque Daciana era uma Loba Ash e pensei que sua presença poderia confortar suas colegas ômegas. E Jonas, porque eu sabia que Riley poderia cuidar de si mesma. Todos os outros compareceram sem suas companheiras, apenas no caso de precisarem intervir para levar uma ômega sob proteção.

— Faça as contas — eu o encorajei. — Você sabe que tenho muitos machos aqui para lidar com a situação.

Havia vinte e dois machos acasalados em meu território.

Vinte deles estavam na festa. Os outros dois estavam com as ômegas acasaladas, cercados por betas por precaução. Todos os alfas levavam muito a sério a segurança de suas companheiras e, com as novas adições, as tensões eram altas entre os alfas no Território Andorra. Os impulsos competitivos eram uma coisa engraçada.

Enzo segurou meu braço, rasgando meu traje com as unhas enquanto lutava contra meu aperto.

Semicerrei os olhos.

— Desista de seu desafio e eu te liberto.

Ele me olhou por tempo suficiente para expressar seu ódio profundo, então lentamente desviou o olhar.

Eu o apertei um pouco mais para que soubesse que o sentimento era mútuo antes de empurrá-lo para longe, apenas no caso de ele pensar em me enganar e me atacar.

Mas ele não o fez.

Ele se inclinou, com os cotovelos nos joelhos enquanto ofegava uma série de palavrões.

— Um dia desses você vai cair, Cain — Arthur comentou. — E mal posso esperar para ver isso acontecer.

Sorri para o velho cretino.

— Certo. Vou me certificar de acenar para você na descida. — Cruzei os braços. — Agora saia da minha frente antes que eu tome essa declaração como o desafio que nós dois sabemos que é.

Ele se irritou, mas com inteligência, pegou seu amigo e saiu.

O resto da sala estava parcialmente vazio, todos as ômegas haviam partido.

— Elas estão seguras — Elias confirmou do meio da sala, com o lábio sangrando por qualquer briga que perdi no canto.

Um punhado de alfas mais jovens estava inconsciente.

O resto estava parado, com as mãos nos bolsos e expressões irritadas.

Bem, todos menos um. Mad, que eu tinha me esquecido que viria hoje à noite com Caspian, ficou de lado com uma expressão curiosa. Muito diferente de sua impassibilidade habitual.

Ele, sem dúvida, iria relatar os acontecimentos desta noite para Dušan. Provavelmente, foi por isso que ele concordou em ficar depois que a última ômega chegou hoje cedo, apenas para supervisionar o encontro e a recepção desta noite.

Ainda bem que lidamos com isso, ou poderia ter impactado nossa futura parceria de negócios.

Soltei um suspiro e passei os dedos pelo meu cabelo.

— Certo. Isso não saiu do jeito que eu pretendia — informei a todos, sem me preocupar em comentar sobre o plano de contingência que coloquei em prática. Todos já sabiam, graças a Elias e à rápida ação para desfazer o incidente pela equipe.

Vários alfas grunhiram em concordância, mas um deu um passo à frente.

Samuel.

— Talvez não, mas você provou um ponto — ele disse, me surpreendendo. Samuel normalmente votava no time de Enzo em reuniões e foi veementemente contra esse acordo com os Lobos Ash. — As ômegas são compatíveis.

— A genética já provou isso — Elias apontou. — Ou você precisa ver minha companheira novamente? — A oferta era para ser um tapa retórico na cara porque seu tom confirmava que ele não traria Daciana para qualquer lugar perto desta sala.

Samuel o dispensou.

— Uma coisa é observar um acasalamento entre outro alfa e sua ômega. Outra, bem diferente, é sentir a atração.

Ah, então uma das fêmeas o intrigou. Interessante. Eu teria que descobrir qual. Embora o alfa e eu não concordássemos com frequência, eu estaria disposto a trabalhar com ele, se isso significasse tê-lo do meu lado pelo menos uma vez.

— Algum outro comentário? — perguntei ao grupo. Como oitenta por cento do conselho estava diante de mim, parecia um bom momento para abordar outras questões. Mas a maioria parecia apenas aborrecida por terem estragado a noite.

— Como você planeja atribuir prioridade de acasalamento? — Samuel perguntou, arqueando uma sobrancelha.

— Não farei isso. As ômegas é que farão. — Essa proclamação cresceu como um estrondo retumbante da multidão que fez Katriana se agarrar ao meu paletó e pressionar o corpo ao meu. Estendi um braço para segurá-la, não me importando nem um pouco se parecia estranho, enquanto eu continuava a me dirigir ao conselho. — Vamos fazer isso da maneira antiga: cortejando. Se quiser que uma ômega o escolha para o ciclo de calor, sugiro que comece a cortejá-la.

Isso fazia parte do acordo que fiz com Dušan. Ele queria que suas ômegas fossem tratados com justiça. Eu concordei.

E a sobrancelha arqueada de Mad agora me disse que ele estava realmente muito curioso para ver se eu planejava aderir a esse requisito.

— Não ajam com tanta surpresa — Elias retrucou quando os alfas do X-Clan ficaram ainda mais agitados. — O Ander disse a vocês que isso fazia parte do acordo. E nós votamos para isso acontecer.

— Mas as ômegas já estão aqui — Rajan protestou do fundo da sala. — Por que temos que seguir as regras dos Lobos Ash quando já temos nossa parte no carregamento?

Você quer dizer, além do fato de que um de seus tenentes está nesta sala ouvindo esta conversa agora? Eu queria rosnar para ele. *Pense antes de falar, idiota.*

Em vez disso, respirei fundo e respondi:

— Porque, se não o fizermos, não haverá remessas futuras. — Deixei que minhas palavras assentassem antes de acrescentar: — Se vocês gostaram das ofertas desta noite e quiserem ômegas, sugiro que façam da maneira que deve ser feito. Para manter nosso parceiro comercial apaziguado.

Isso me rendeu uma rodada de belo silêncio. Belo porque significava que eles queriam mais ômegas. O que implicava que meu arranjo, o mesmo pelo qual eles estavam discutindo por meses, tinha funcionado.

Do outro lado da sala, os lábios de Elias se curvaram, seu olhar me dizendo que ele havia chegado à mesma conclusão.

Finalmente encontrei uma maneira de apaziguar as feras do Território Andorra.

— Tudo bem — Samuel falou depois de vários instantes. — Vamos ao cortejo.

Vários dos machos concordaram, e a fêmea atrás de mim relaxou visivelmente.

— E quanto a sua ômega? — Rajan perguntou, dando um passo à frente. — Temos permissão para cortejá-la, já que ela não está acasalada?

E lá se foi o breve momento de serenidade que havia preenchido a sala.

KAT

Tudo congelou. Meu coração. Ander. A sala. Até meus pulmões.

Podemos cortejá-la, já que ela é não é acasalada?

Enzo e seu amigo letal me contaram tudo sobre a ideia deles de corte. Embora eu suspeitasse que não combinava com a interpretação de Ander da palavra, já que ele disse que as ômegas escolheriam seus companheiros, os dois alfas arruinaram completamente minha compreensão do termo.

— *Em nossa época, uma ômega em idade reprodutiva seria montada por uma sala de alfas como esta, e a semente que criasse raízes primeiro ganharia a chance de reivindicar seu prêmio.*

— *Humm, sim. Mas parece que o Ander já venceu por essa definição* — o outro homem comentou, levando a mão ao meu abdômen. — *No entanto, ele não a reivindicou. Isso significa que podemos tentar novamente depois que o bebê nascer?*

— *Por que esperar tanto? Ela perderia a criança durante um cio com o grupo certo de Alfas.*

— *Com certeza.* — O homem subiu seu toque, alcançado meus seios com a confiança de um macho que sabia que poderia fazer qualquer coisa que quisesse comigo e venceria se eu tentasse lutar contra ele. Quase gritei, mas um berro do outro lado da sala capturou meu foco.

Seguido pelos rosnados e o brilho faminto nos olhos de Enzo e de seu amigo.

Me acalmei de novo, pensando nas palavras deles e em como eles olhavam para mim: como uma propriedade, não uma pessoa.

Riley tinha me avisado que havia aqueles que poderiam querer me tirar de Ander. Eu não tinha dúvidas de que aqueles dois estavam na lista que ela mencionou. E a forma como eles a empurraram para longe, como se a médica não fosse nada além de um mosquito no caminho?

Fiz careta e enterrei a cabeça nas costas de Ander. Seu braço permaneceu em volta de mim, me segurando. Mas parecia que meu movimento havia desbloqueado sua capacidade de falar.

— Não — ele disse em um tom tão dominante que fez meus joelhos tremerem. A vontade de me curvar a ele com essa única palavra me dominou, até que absorvi o que ele acabou de dizer.

Não. Não o quê? Foi em resposta ao meu toque?

— Eu a estou cortejando — ele acrescentou, fazendo com que meus lábios se abrissem.

O quê?

— Mas, de acordo com suas próprias regras, todos devem cortejar as ômegas disponíveis, que é o caso dela. — A voz combinava com aquela de momentos atrás, que perguntou se os alfas poderiam me cortejar. Eu não sabia seu nome ou como ele era. Mas seu tom foi o suficiente para eu saber que também não queria conhecê-lo.

— Katriana não é uma ômega disponível — Ander respondeu, seu corpo vibrando contra o meu. — Ela é minha.

— Ainda não — a voz pressionou. — Ela não foi reivindicada.

— Ele está certo — outro falou. — Ela pode estar

carregando seu bebê, Ander, mas não é sua. Está livre para ser cortejada.

— Supondo que você queira desafiar o alfa do nosso território, com certeza. — Elias falou. Reconheci seu sotaque baixo.

— Não recomendaria que fizessem isso — alguém falou, a voz rouca e profunda.

A conversa ecoou por toda a sala, com machos divididos sobre se deveriam ter a chance de me cortejar ou não, e também sobre quem exigia respeito pelos desejos de Ander.

Agarrei seu paletó, tremendo.

Não quero que eles me cortejem, pensei. *Eu... eu não quero nada disso*.

Só, talvez, Ander.

Não, não havia talvez sobre isso. Eu o *queria*. Talvez porque seu filho crescia dentro de mim. Ou porque eu não conhecia mais ninguém. Ou ainda fosse tão simples quanto o fato de minha loba reconhecer o dele. Eu não poderia dizer, mas sabia com certeza que Ander era o único homem para mim.

— É justo que todos nós tenhamos a chance de pelo menos conhecê-la para testar nossa compatibilidade.

— No meu clã natal, um alfa reconheceu sua companheira e a tomou. Fim.

— Por que devemos permitir que ele escolha a ninhada enquanto nós ficamos com restos?

— Ele já vai ter seu filho. Por que precisa dela também?

— O que você faria, Lobo Ash?

— Quem se importa?

— Chame de curiosidade. Lobo Ash?

Houve uma pausa antes de uma voz baixa responder:

— Acredito que esta discussão é entre você e seu

bando. O que o Território das Terras Sombrias faria ou não nesta situação é irrelevante.

— Para onde foi seu beta? — Ander perguntou, com uma nota perigosa à espreita em seu tom.

— Você sabe como são os betas, Cain. Ele fugiu no segundo em que sentiu a crescente agressão na sala.

— Não mude de assunto — um dos alfas rebateu. — Você não pode reivindicar a ômega para si, não quando espera que cortejemos as outras.

— Sim, Cain. Você não pode nos impor regras sem aplicá-las a você também.

— Vocês estão se ouvindo? — Elias interveio, sua voz familiar ecoando por toda a sala. — Estão agindo como crianças.

— Diz o alfa recém-acasalado.

— Elias está certo — outro disse, com a voz rouca como a de quem não recomendava ninguém desafiar Ander. Suspeitei que pudesse ser Burje, mas não o tinha ouvido falar o suficiente para ter certeza. — Vocês conseguem ver como deixaram a pobre garota assustada? Estão falando dela como se ela não tivesse escolha.

— Ela não tem — alguém rosnou. — Ômegas se submetem. Ou você se esqueceu disso, Burje?

— Aposto que ele deixa Alyona dominá-lo — foi uma das respostas murmuradas.

Risadas irromperam e zombarias se seguiram, até que um rosnado acalmou a todos.

Um rosnado que fez minhas coxas se apertarem com a autoridade absoluta do som.

Ah, Ander...

— *Chega* — meu Alfa exigiu, e senti sua raiva vibrar de minhas mãos para o meu peito.

Choraminguei atrás dele enquanto a umidade ameaçava a sair do meu núcleo. *Agora não. Agora não!*

— Vamos fazer uma votação — aquela voz atrevida disse, com um desafio direto em seu tom. — Já que você é a favor da diplomacia e tudo mais.

— Não há nada para votar — Ander respondeu. — Katriana é minha. Ela carrega meu filho. Vou reivindicá-la quando for a hora certa.

— Ah, mas ela te escolheu? — uma nova voz zombou, tão profunda que fez com que todos os pelos dos meus braços se arrepiassem. — Não foi isso que ele disse, que as ômegas escolheriam?

Ander ficou rígido.

— É assim que vocês demonstram gratidão por quase um século de liderança? Depois de trabalhar incansavelmente para fornecer a vocês uma nova leva de ômegas?

O silêncio encontrou sua proclamação.

— Fascinante — ele respondeu, me soltando. — Querem que a minha ômega me escolha publicamente em vez de confiar no meu tratamento para com ela. — As palavras foram ditas em um tom leve que não combinava com a tensão que permeava seu corpo. — Devo considerar isso como um insulto ou permitir porque vocês perderam a cabeça com o cheiro da boceta de ômegas férteis?

Vacilei com suas palavras duras. Mas também as compreendi.

A hierarquia era muito importante para os lobos, e o bando havia acabado de confrontar seu líder por não confiar em sua palavra. Ander estava zangado com razão. E senti que não era apenas a falta de fé que o irritava, mas também a ameaça muito real que pairava no ar.

Ele não queria que me cortejassem, porque eu já era dele.

Foi o que ele provou esta noite, tanto no elevador quanto

nesta sala. Ele nem olhou para outra ômega, mantendo os olhos em mim a noite toda. Mesmo agora, senti sua reivindicação enquanto seu lobo rondava sob a superfície da pele, esperando até que seu comandante o chamasse para buscar justiça para aqueles que ousassem desafiá-lo.

— Tudo isso pode ser resolvido com algumas palavras da sua pretendida — uma voz rouca disse. — Basta que ela declare sua escolha ao bando, e podemos acabar com essa tolice.

— Então você também não aceita minha palavra? — Ander perguntou, com uma nota subjacente de espanto me atingindo bem no estômago. Essa sugestão vinha de alguém em quem meu alfa confiava. Um amigo.

Percebi o quanto essa demonstração de desconfiança devia incomodá-lo.

Quase cem anos de liderança, e eles não acreditavam que ele havia me tratado com justiça.

Talvez no começo eu tivesse concordado com eles. Ele havia me tomado em um momento de fraqueza, mas eu o quis. Sim, meu corpo reagiu sem o consentimento da minha mente. No entanto, estaria mentindo se dissesse que não queria que fosse assim. Isso serviria como uma forma de usar contra ele mais tarde.

Exceto que ele me destruiu antes que eu tivesse a chance de reagir.

Disse que eu não era sua companheira.

E isso doeu mais que qualquer outra coisa que ele pudesse ter feito para mim, porque eu já o havia escolhido naquele ponto. Só não tinha percebido.

Minha metade lobo era muito mais simples que meu lado humano. Ela viu o que queria e foi atrás enquanto minha mente humana analisava cada situação.

Mas eu o reconheci como meu companheiro desde o

começo, quando meu corpo quis se submeter antes mesmo que eu entendesse o que eu estava fazendo.

— O que eu penso não tem nada a ver com isso — a voz rude finalmente respondeu. — Os outros na sala precisam de segurança. Dê isso a eles e podemos seguir nosso caminho.

— Colocando minha companheira pretendida no foco e perguntando qual sua escolha — Ander traduziu. — Algo que você nunca forçaria outro alfa a fazer, especialmente alguém na minha posição.

Fiz uma careta. Embora eu entendesse o insulto implícito da situação, não seria muito difícil para mim falar em seu nome para acalmar toda a confusão, exatamente como o estranho havia sugerido.

Mas talvez fosse o princípio da questão que impedia Ander de concordar.

Ou ele está preocupado que eu não o escolha.

O pensamento me atingiu, fazendo com que meus lábios se abrissem em choque.

Ah, meu Deus. Era exatamente por isso que ele continuava com a discussão. Ele achava que eu ia rejeitá-lo.

A conversa do elevador voltou. Eu não parava de dizer não enquanto ele professava que não havia escolha, que eu já pertencia a ele.

Meus protestos não tinham nada a ver com suas declarações, mas com o fato de que ele ainda não havia me reivindicado, tornando as palavras falsas.

No entanto, ele acabou de dizer a esta sala inteira de incontáveis machos alfa que eu era sua pretendida. Tinha me tomado fisicamente antes de entrar aqui, garantindo que todos sentissem nosso cheiro um no outro. Suas intenções não poderiam ser mais óbvias. Eu só não as havia reconhecido.

Era minha aceitação de seu desejo de acasalar comigo que permanecia obscura.

— Você está protelando — um deles acusou.

— Não estou protelando — ele retrucou. Mas eu vi através da mentira. — Estou furioso com este conselho minando meu poder. *De novo*. Sou o alfa deste território por um motivo, e se quiserem me tirar dessa posição, podem tentar. Mas não serei questionado dessa maneira.

Meus joelhos vacilaram quando senti Ander ainda mais irritado. Sua fúria era palpável e exigia submissão.

Não, eu disse, forçando minhas pernas se manterem firmes. *Não*.

Eu não poderia me curvar. Não poderia me ajoelhar. Não quando ele precisava de mim. Não quando eu tinha algo a dizer.

Soltando-o, dei um passo instável para trás, ouvindo o salto alto bater de forma ruidosa contra o chão de mármore. Me encolhi quando Ander se virou, me permitindo ver todos os machos Alfa além dele.

Pelo menos sessenta.

Eu sabia que havia mais sob a cúpula com base no que Riley havia explicado sobre os números. Talvez apenas uma parte deles tivesse permissão para comparecer aos eventos desta noite. Teria que perguntar a Ander mais tarde. Junto com cerca de três mil outras perguntas que se agitavam em minha mente.

Engolindo em seco, encontrei seu olhar ardente.

— Você está bem? — ele perguntou em voz baixa, com um tom muito mais gentil do que o que ele usava para se dirigir a seus alfas.

— Não — admiti. — Não estou. — Limpei a garganta, tentando encontrar minha voz e as palavras que precisava dizer.

Seria fácil retribuir sua declaração insensível agora.

Você não é meu companheiro. Algumas semanas atrás, talvez eu fizesse isso, só para que ele pudesse sentir como era. Mas vendo a preocupação irradiando de seus olhos, e não apenas por causa da minha admissão de não estar bem, eu sabia que essas palavras iriam machucá-lo ainda mais do que me machucaram.

Porque eu o estaria prejudicando na frente de seus colegas alfas.

Sem mencionar, denunciá-lo publicamente, algo que ele não tinha feito comigo. Na verdade, ele fez exatamente o oposto esta noite.

Então endireitei a coluna para me dirigir aos homens na sala enquanto fazia o meu melhor para ignorar seus olhares acalorados.

Limpei a garganta e respirei fundo para garantir que minha voz fosse ouvida.

— Eu escolho Ander Cain.

KAT

Minha declaração foi clara para todos na sala, mas apenas um alfa precisava de minhas palavras.

Aquele que estava diante de mim com uma expressão chocada que confirmou todas as minhas suspeitas. Ele pensou que eu não iria reivindicá-lo como havia feito comigo. O que também me disse algo muito importante a seu respeito: ele não sentia que me merecia.

Talvez não, depois de tudo o que fez. No entanto, estar neste novo mundo me deu a oportunidade de recomeçar. De me recriar. De me tornar quem eu quisesse dentro dos parâmetros estabelecidos por este território.

Sua alcateia podia ter forçado meu destino.

Mas eu determinaria meu futuro e como me encaixaria no mundo do X-Clan.

E eu escolhia Ander Cain.

Nenhum outro homem nesta sala me excitava tanto quanto ele, algo que se tornou extremamente óbvio quando todos começaram a rosnar.

Nenhum deles me afetou, não até que Ander emitiu um som semelhante.

Apenas um olhar para ele fez minhas pernas se juntarem enquanto uma nova onda de excitação ameaçava se derramar entre minhas coxas.

No entanto, era mais que apenas luxúria.

Alguma conexão estranha que minha metade humana não conseguia definir. Mas minha loba entendia. Era uma união de almas que me tornou para sempre dele, não importava o custo.

Ele me segurou, me puxando para um beijo que me marcou até a alma. Passei os braços ao redor dele enquanto meus pés saíam do chão, suas mãos em meus quadris. Ele me carregou para fora da sala, deixando os lobos para trás sem dizer uma palavra.

Ou minha declaração foi suficiente para silenciá-los ou ele simplesmente não se importava. Talvez as duas coisas.

Sua língua encontrou a minha.

Sua boca era uma carícia sussurrante.

Suas mãos queimavam a pele da minha cintura.

Fechei os olhos e me entreguei a ele por completo. Tudo o que eu sentia por dentro – dor, adoração, medo, confusão – se tornou dele quando nossas bocas se juntaram em uma paixão ardente que superou todas as nossas outras interações.

Porque essa tinha *espírito*.

Nossos lobos estavam se comunicando em um nível totalmente novo, não baseado no desejo, mas em algo muito mais intenso.

Ele me *absorveu*, levando o peso de todo o meu tormento dos últimos meses e substituindo a dor por carícias calmantes destinadas a curar. Eu podia senti-lo me recompor, uma fratura de cada vez.

Ele está tocando minha alma.

Uma sensação tão inebriante, que eu nem conseguia discernir como realidade da imaginação. Seja qual fosse a causa, pulei de cabeça, aceitando tudo o que ele poderia dar e muito mais.

— Coloque suas pernas em volta de mim — ele disse,

me equilibrando contra a parede enquanto apertava um botão para o elevador.

Meu vestido se amontoou em volta da cintura, me expondo a qualquer um que estivesse por perto. *Deixe-os ver*, pensei. *Deixe-os ver o que esse alfa faz comigo.*

Porque eu estava úmida para ele, minha excitação cobria a frente de sua calça enquanto eu encaixava meu núcleo diretamente sobre o comprimento endurecido. *Meu.*

O elevador chegou. Senti minhas costas sendo empurradas de uma parede para a outra enquanto ele de alguma forma digitava o código para nos levar até seu quarto.

Mordi seu lábio inferior de leve.

Ander rosnou em resposta, me fazendo arquear contra ele, meu corpo respondendo ao seu chamado.

— Ander...

— Preciso te comer, Katriana — ele gemeu, aproximando a boca do meu ouvido. — Te ouvir gritar meu nome e te fazer gozar no meu pau antes de te dar o nó com tanta profundidade que você vai me sentir por dias.

Estremeci com o pensamento, sentindo a antecipação pulsar em minhas veias.

— Sim.

— Vai doer, baby.

— Eu sei.

— Mas vai ser bom também — ele prometeu.

— Eu sei — repeti.

O mundo mudou ao nosso redor quando o elevador se abriu e ele me carregou para sua cobertura, batendo a porta atrás de nós.

Ele passou os lábios e a língua pelo meu pescoço.

Seu aperto aumentou e afrouxou.

Seu pênis se esticou contra o zíper.

Tanto calor. Vivacidade. Prazer. No entanto, muitas roupas.

Eu já estava rasgando seu terno antes de minha mente entender. Sua risada de diversão provocou o ponto sensível entre minhas pernas.

Ele me jogou no centro da cama, rondando sobre mim com o paletó parcialmente tirado e a camisa torta.

— Segure a cabeceira da cama — ele me disse. — E não solte a menos que eu lhe dê permissão.

Curvei os lábios em um rosnado, meus dedos não aprovando a ordem. No entanto, obedeci, envolvendo-os ao redor do metal lustroso atrás de mim.

— Boa ômega — ele elogiou, colocando a palma da mão em meu pescoço antes de arrastá-la para o decote em V do meu vestido.

— Katriana — resmunguei. Se ele fizesse aquela coisa toda de "ômega" durante o sexo de novo, eu o mataria.

Ele curvou a boca para o lado.

— Katriana — ele concordou. Em seguida, agarrou meu vestido e o rasgou bem no meio.

Estremeci de surpresa, ficando completamente nua debaixo dele enquanto a seda se abria ao meu redor. Ele desafivelou e removeu meus sapatos em seguida, fazendo uma pausa para observar cada centímetro do meu corpo exposto.

— Linda — Ander murmurou antes de se curvar para tomar um dos meus mamilos rijos entre os dentes. Quase larguei a cabeceira da cama, mas o brilho de advertência em seus olhos me deteve.

Seu nome escapou de meus lábios e meu núcleo pulsou com a necessidade, enquanto minhas paredes úmidas se contraíam.

Eu ansiava por fricção.

Necessitava *dele*.

Seu pênis.

Seus impulsos profundos e viciantes.

Desta vez, gemi seu nome, tremendo contra sua boca habilidosa enquanto ele voltava a atenção para o meu outro seio.

— Você me escolheu — ele comentou baixinho, suas íris douradas encontrando as minhas.

— Nunca houve escolha — respondi, arqueando os quadris. — Nós dois sabemos disso.

Ele me observou por um momento, e o calor de sua respiração provocou meu mamilo úmido.

— Você não queria escolha. Não de verdade.

— Talvez — concordei. — Ou talvez você tenha tornado a escolha inevitável, economizando o tempo que eu levaria para chegar à mesma conclusão.

— Que fomos feitos um para o outro — ele traduziu antes de sugar o mamilo.

— Siiim — sibilei.

Puta merda, estava mais excitante que o normal.

Porque pela primeira vez, minhas partes lupina e humana estavam alinhadas e casadas em sua decisão.

— Minha loba te reconhece — falei, assentindo. — Não faz sentido, mas sinto a verdade dentro de mim.

— Almas gêmeas — ele murmurou, lambendo meu seio antes de lamber um caminho úmido para o lugar que eu mais o desejava. — Somos almas gêmeas, Katriana — ele disse contra o meu clitóris.

— Sim, sim — ofeguei. Nunca acreditei em tal coisa, principalmente porque nunca contemplei a ideia disso. Por que faria isso quando esperava morrer jovem? Romance não era uma novidade que eu pudesse apreciar, então optei por não considerá-lo.

No entanto, o Território Andorra me ofereceu uma experiência totalmente nova, que eu reneguei por aborrecimento. Queria construir meu próprio destino, não deixá-lo cair em meu colo. No entanto, dada a opção, eu seria louca de rejeitar isso tudo: a imortalidade, um companheiro forte, filhos, um mundo onde eu não vivesse com medo e me perguntando qual dia seria o meu último.

Uma comparação sombria, mas a minha realidade.

Ander Cain era minha alma gêmea.

Foi por isso que ele viveu tanto tempo sem tomar uma ômega? Tinha que ser mais que apenas a escassez, pois ele existia antes do Território Andorra se forma. Ele estava esperando por mim todo esse tempo?

Ele roçou os dentes por minha intimidade, penetrando a língua em mim e me levando até a lua. Só que ele me soltou um segundo depois para ficar de joelhos.

Abri a boca para protestar, mas seus dedos me silenciaram. Senti a garganta ficar seca enquanto ele desatava a gravata e desabotoava a camisa para revelar os planos de seu peito. Os pelinhos ao longo de seu abdômen inferior provocavam meus instintos, me fazendo quase soltar a cabeceira da cama novamente. Queria passar a língua sobre ele, memorizar cada saliência muscular de seu estômago antes de me aventurar mais abaixo.

— Você parece com fome — ele disse, com um sorriso em sua voz.

— Estou — admiti. — Mas não de comida.

Ele inclinou a cabeça para o lado.

— Eu te alimentei no elevador, gatinha. Você não pode precisar de mais já. A menos que minha oferta não tenha sido suficiente?

— Não foi. — Me contorci quando sua camisa, paletó e gravata caíram no chão. — Caramba, preciso que você me coma, Ander.

Sua mão parou no cinto.

— Mesmo? Você me quer dentro dessa boceta linda, baby?

— É melhor que seja a dor que você mencionou — falei, apertando as coxas juntas em busca da fricção necessária. — *Porque você está me matando.*

Le pousou as duas mãos em meus joelhos, separando-os para me expor, por inteira, ao seu olhar.

— Não se mova.

Rosnei em resposta, sentindo o fogo queimar em meu sangue e se contorcer em minha barriga. Minha excitação permeou o ar, a umidade jorrando de mim em boas-vindas, implorando para que ele fizesse seu trabalho.

— Ander.

— Katriana. — Ele apenas ficou sentado lá, observando como cada pelo em meus braços e pernas se arrepiava. — Você está muito molhada.

Não me diga, eu queria gritar. Mas um gemido me escapou em vez disso.

— Eu te amo assim — ele disse, voltando para sua tarefa – *finalmente* – de tirar o cinto. — Molhada. Carente. Extremamente desafiadora. Me diga o quanto você quer soltar a cabeceira e gozar agora, Katriana.

— Não vai funcionar — admiti, cerrando os dentes. — Não está bom o suficiente.

Ele riu.

— Tem razão. Só iria te atormentar mais. — Ele se inclinou para beijar meu ponto sensível, lambendo a protuberância inchada e me fazendo vibrar quase violentamente em resposta. — Uma gatinha tão boa — ele sussurrou. — Humm, quero que você ronrone para mim.

Estava prestes a dizer a ele que não podia quando ele provou que eu estava errada, agarrando meu clitóris e chupando com tanta força que me fez gozar. O grito que soltei fez doer meus ouvidos, mas empalideceu em comparação com a agonia que dividia meu abdômen em dois.

Apesar do êxtase espiralando em minha barriga, o orgasmo não me satisfez nem um pouco. Na verdade, me deixou muito mais excitada, muito mais necessitada.

— Ander — gritei, com os olhos cheios de lágrimas.

Meus dedos doíam de segurar a cabeceira da cama, minhas coxas tremiam com a contenção necessária para mantê-las abertas.

Puta merda, doía.

Muito mesmo.

Se ele não me comesse logo, eu seria destruída. Morreria. Me aniquilaria sem ele.

Um soluço rasgou meu peito, o prazer-dor ainda vibrando em minha boceta, procurando a intrusão que eu precisava.

— Ander, por favor.

— Shhh, estou aqui — ele sussurrou, cobrindo minha boca com a sua enquanto me penetrava com precisão infalível. Eu nem tinha sentido ele terminar de se despir, muito perdida nas sensações que assaltavam meu ser.

Mas, ah, era bom. Certo. Incrível. Cada avanço, a maneira como ele me atingiu cada vez mais fundo, tocando aquele ponto dentro de mim que evocava estrelas em meus olhos.

E seus lábios. Perfeitos. Deliciosos. Hipnotizantes.

Ele penetrou minha boca com sua língua, me dominando em todos os sentidos. Choraminguei, precisando tocá-lo, e de alguma forma ele sabia.

— Passe os braços em volta de mim, baby — ele pediu baixinho, lambendo meu lábio inferior antes de me penetrar profundamente para roubar meu ar.

Agarrei-o com mais força que na cabeceira da cama,

segurando-o com toda a minha força enquanto ele aumentava o ritmo a uma velocidade brutal.

Mais, mais, mais, minha loba ecoava. Ela queria que ele me mordesse. Que afundasse seus caninos em minha carne e me reivindicasse do jeito que deveria ter feito meses atrás.

Mas ele continuou a me beijar, seu corpo possuindo o meu de uma maneira completamente diferente. Ele não me deu tempo para reclamar, ou o espaço que eu precisava para contemplar isso, porque cada estocada de seus quadris contra os meus me levava a um estado orgástico que ameaçava destruir meu conceito de realidade.

Eu ofegava.

Agarrada em suas costas.

Gritei seu nome.

Me tornei selvagem.

E ele manteve o controle total, nos guiando ao êxtase em sua própria velocidade.

Eu implorei. Ele me deu. Eu tremi. Ele penetrou. Suspirei em frustração. Ele gemeu em antecipação.

Dar e receber.

Entrar e sair.

Mais forte e mais rápido.

Seu nó crescendo.

Aí, pensei, desmoronando em uma onda de euforia que apagou o mundo, me deixando sem fôlego enquanto ele alcançava o clímax arrebatador comigo.

Alguma parte de mim percebeu que esse tipo de transa teria matado um mortal, ou pelo menos deixado a pessoa com muita dor.

Mas dei boas-vindas ao latejar, contente com a pontada de sua violência. Isso me fez sentir viva. Controlada. Completamente possuída pelo meu alfa. *Reivindicada*.

— Você não me mordeu — consegui murmurar

enquanto seu sêmen ainda se derramava em mim com seu nó pulsando.

— Ainda não — ele sussurrou, acariciando meu pescoço. — Mas eu vou.

— Quando? — exigi, provocando uma risada dele.

— Em breve — ele prometeu. — Quero te mostrar uma coisa primeiro.

Fiz uma careta.

O que ele poderia querer me mostrar?

— O que é?

— Você vai ver — Ander respondeu, mordiscando meu pulso. — Confie em mim.

ANDER

MEU PULSO VIBROU quando entreguei outro travesseiro a Katriana. Ao ver o nome de Elias, apertei ignorar e me concentrei em minha companheira pretendida.

Ela entrou em modo de aninhamento cerca de quatro horas atrás. Quando tentei ajudar, ela me empurrou com um grunhido. Então mudei de tática e comecei a entregar coisas de todo o apartamento para ela, incluindo a almofada do sofá.

Que ela jogou no chão com uma carranca.

Tudo bem...

Voltei ao armário, procurei mais camisas na roupa suja e as ofereci.

Ela as cheirou, pegou uma com um suspiro e adicionou à sua obra-prima. A maneira como ela andava me dizia que queria mais, então fui em busca de roupas de cama, entregando tudo o que pude encontrar.

Então comecei com roupas limpas e desliguei a chamada do dispositivo em meu pulso quando vibrou novamente. O que quer que Elias precisasse, ele poderia esperar. O ninho de Katriana era muito mais importante. Isso significava que ela se sentia viva novamente, curada, e eu pretendia estar ao lado dela em cada passo do caminho.

Ela arrancou uma calça jeans das minhas mãos,

traçando o tecido com reverência. Dobrando-a, ela a colocou no criado-mudo, depois pegou a camisa de algodão que eu tinha colocado sobre meu braço e a adicionou à sua criação.

Com as mãos nos quadris nus, ela inclinou a cabeça para o lado e respirou profundamente com satisfação. Fiquei parado, esperando. Ela levou uma das mãos ao abdômen, e o gesto protetor aqueceu meu coração.

— Sim — ela sussurrou. — Sim, assim está bom.

Ela se deitou em seu ninho, se contorcendo para encontrar o local perfeito, em seguida olhou para mim com expectativa.

Sim, eu não ia recusar aquele convite flagrante da minha ômega nua.

Me juntei a ela sem dizer uma palavra, olhando em seus olhos enquanto ela me observava com a loba em seu olhar. Segurou minha bochecha e traçou meu lábio inferior com o polegar.

— Obrigada por ajudar.

— Você fez a maior parte do trabalho. — Envolvi a palma em seu pescoço. — Eu só forneci o material.

— É estranho — ela sussurrou. — O instinto de fazer uma toca, quero dizer.

— As ômegas se sentem protegidas quando fazem *tocas* — expliquei baixinho, usando seu termo. — E as fêmeas grávidas se tornam muito protetoras de seus ninhos nos últimos estágios da gravidez.

— Mesmo?

Assenti.

— Sim. E você vai ficar ainda mais feroz quando o bebê nascer. Aposto que nem vai me deixar segurar nosso filho sem discutir. — Sorri com o pensamento, puxando-a para um beijo lento que rapidamente esquentou quando sua língua penetrou em minha boca.

Ouvi-la dizer a todos, duas noites atrás, que ela me escolhia liberou algo lá no fundo. Eu queria reivindicá-la mais do que nunca, mas também precisava que fosse certo.

O que me deu uma ideia.

Uma que eu executaria assim que batizássemos este novo ninho.

Me movi sobre ela, me encaixando entre suas coxas já úmidas. Nenhuma chamada de acasalamento era necessária. Katriana estava sempre pronta para mim.

Ela gemeu quando a penetrei por completo, estabelecendo um ritmo lânguido com meus quadris. Queria saboreá-la. Devorá-la. Memorizar cada gemido. E fazer tudo de novo só para ver como eu poderia mudar suas reações.

Penetração rápida a fazia ofegar.

Movimentos lentos e rasos resultavam em lamentos por mais.

Estocadas severas provocavam suspiros e xingamentos ligados ao meu nome.

E quando segurei sua bunda e inclinei seus quadris para cima, para me receber ainda mais fundo, ela gritou.

Humm, essa era a minha resposta favorita. Não dor, mas prazer.

Capturei sua boca, beijando-a com reverência, enquanto estocava dentro dela.

— Ander, Ander, Ander — ela cantou contra meus lábios. Eu sabia o que ela desejava e lhe dei, porque eu também ansiava por isso. O clímax arrebatador, nossa paixão unida fluindo de nós dois, enquanto meu nó se agarrava a ela. Ela me apertou até secar, nosso ninho enfim batizado quando terminamos, deixando-nos gratificados e suspirando debaixo dos lençóis.

Rolei, trazendo-a para cima de mim para relaxar com

a cabeça contra o meu peito enquanto o aroma do sexo nos envolvia em uma nuvem inebriante de êxtase.

— Talvez eu nunca mais me mova — ela refletiu, desenhando padrões preguiçosos em minha pele. — Então, espero que você esteja confortável.

— Vamos precisar comer em algum momento.

Ela estendeu a mão entre nós, passando um dedo entre sua intimidade e trazendo a mistura de nossas ereções para seus lábios.

— Puta merda, Katriana — gemi enquanto ela sugava a umidade de sua pele. Meu pau reagiu, fazendo meu estado semiereto se alongar rapidamente para uma ereção completa mais uma vez. — Você vai me matar, mulher.

Ela curou os lábios.

— Ainda bem que lobos não morrem facilmente. — Ela rastejou para cima, montando em meus quadris e se inclinando para introduzir um pouco daquele sabor exótico em minha boca.

Só que um cheiro intruso me fez puxá-la para baixo de mim enquanto um grunhido de advertência saiu da minha boca.

— Você tem sorte de eu te valorizar como meu Segundo, Elias.

Ele bufou.

— Você não está respondendo ao seu comunicador.

Afastei o cobertor para ser capaz de olhar para ele na porta.

— Porque estou ocupado, idiota.

— E eu também estava quando o Jonas veio bater na minha porta. Aparentemente, você também o está ignorando. — A irritação em seu tom rivalizava com a minha. — Sabe que eu não te incomodaria se não fosse importante.

— O que é? — exigi.

— Alguém invadiu os armários de armazenamento e roubou uma dúzia de frascos de soro X-Clan.

Certo, isso era o suficiente para me livrar dos meus pensamentos protetores. Saí de cima de Katriana e me sentei enquanto ela se enroscava em minha perna, se escondendo debaixo dos cobertores.

— Pelo olhar em seu rosto, você já sabe quem fez isso — comentei, notando as linhas tensas de sua boca.

Ele assentiu.

— As câmeras de segurança mostraram Caspian invadindo na noite da festa.

— Merda — murmurei, esfregando a mão sobre o rosto. — Eu sabia que havia algo de errado com sua ausência e Mad ter ficado para trás. — Simplesmente não parecia certo. — Até comentei sobre isso.

— Sim, eu sei. Mas todos estavam muito focados em sua intenção de pensar direito — Elias respondeu. — Deveria tê-lo visto depois você que saiu com ela. — Ele balançou a cabeça. — A única parte boa foi que Samuel finalmente caiu em si. Ele disse aos alfas que cortejar era o caminho certo, que isso era necessário caso desejemos adquirir mais ômegas.

— Uma breve vitória apenas para ser manchada pela tolice de Caspian. — Suspirei, balançando a cabeça. — Só posso adivinhar o que o Enzo e o Artur estão dizendo agora.

— Eles querem sangue.

— Claro que sim. De que outra forma eles considerariam lidar com a situação? — Os brutos não tinham capacidade de criar estratégias e pensar fora da caixa. — Deixe-me adivinhar, ele quer conduzir um ataque aéreo aos Lobos Ash?

— Não. Querem matar todas as ômegas porque estão convencidos de que são todas espiãs.

Meu corpo inteiro ficou frio.

— *O quê?*

— Agora você entende porque interrompi seu momento de nidificação?

— Por que você não começou com essa informação? — exigi, deixando o conforto da cama, e segui em direção ao meu banheiro para pegar um roupão. Elias tinha me visto nu inúmeras vezes. Vida de metamorfo e tudo mais. Mas eu precisava vestir algo antes de começar a fazer ligações.

— Escondi todas elas atrás de uma parede de alfas confiáveis — Elias comentou, encostado no batente da porta, a imagem da tranquilidade.

— E a Daciana?

— Está com eles, tentando acalmar as garotas. Um dos idiotas do Enzo tentou tomar a ordem de matar em suas próprias mãos e pegou a ômega mais nova, Narcisa. Samuel, de todas as pessoas, foi até eles e cortou a garganta do outro Alfa.

— Quem era?

— Tonic.

Balancei a cabeça.

— Me diga que ele está morto.

— Não. — Os lábios de Elias estalaram no final. — Foi um ferimento superficial que o derrubou. Mas eu o tranquei na masmorra, aguardando sua ordem.

— Não é de admirar que você não tenha parado de ligar.

— E eu teria subido aqui mais cedo para te arrastar se não estivesse ocupado lidando com o caos que se desenrolava em seu território.

— É por isso que você é meu Segundo — eu disse em voz alta enquanto reconhecia que devia muito a ele.

— De fato, eu sou. — Ele arqueou uma sobrancelha. — Então, por onde você quer começar?

— Preciso falar com Dušan — respondi, voltando a ligar o comunicador do relógio. — Roubar nosso soro não faz sentido. Se ele o quisesse, teria solicitado como parte de acordo. E o Lobo Ash nunca mencionou nossa capacidade de criar lobos do X-Clan.

Fui em direção à porta, então me lembrei da ômega que acabei de deixar nos lençóis e me virei para espiar nosso ninho.

— Precisa de alguma coisa, gatinha? Comida? Água? Um banho? — Eu poderia fazer qualquer dessas coisas para ela enquanto falava com Dušan.

Ela esticou os braços sobre a cabeça, exibindo sua forma atlética.

— Quanto tempo você vai ficar fora?

— Não vou sair. — Me inclinei para beijá-la no nariz. — Posso ligar para o alfa do Território das Terras Sombrias daqui.

— Oh. — Ela franziu a testa. — Mas e as ômegas?

— Confio que o Elias está mantendo-as em segurança — eu disse, olhando para o meu Segundo. Seu aceno de resposta confirmou minha suspeita. Ele não deixaria sua companheira desprotegida em algum lugar se não confiasse nos homens que colocou no comando. — Assim que eu falar com Dušan, falarei com os outros. Isso vai acabar rapidamente.

Porque eu sabia no meu íntimo que Dušan não tinha feito isso.

Enzo e Artur estavam apenas procurando maneiras de impedir meu sucesso, e tirar as ômegas da equação conseguiria isso.

Mas o que eles não consideraram foi o desentendimento com os alfas que queriam as lobas ômegas Ash. Eu estava disposto a apostar que mais do meu conselho queria aquelas fêmeas vivas ao invés de mortas por algo que não fizeram. Sem mencionar quanto trabalho foi necessário para adquiri-las.

— Um pouco de suco, talvez? — Katriana perguntou.

Dei a ela um sorriso.

— Volto já.

Elias me seguiu até a sala de estar e a cozinha, com um sorriso de orelha a orelha.

— Diga o que quer — falei, abrindo a geladeira. O suco de laranja estava na segunda prateleira ao lado de um prato de carnes e queijos recém-cortados. Peguei os dois e os coloquei no balcão antes de pegar um copo.

— A domesticação te cai bem, Ander. — Ele apoiou o quadril contra a parede, balançando as sobrancelhas.

Eu zombei.

— Você pode fazer melhor que isso.

— Não, não posso, porque estou tão perdido para a Daciana quanto você para a Katriana. — Ele sorriu um pouco. — É uma sensação boa, não é?

Terminei de servir o copo de suco e considerei suas palavras.

— Sim — admiti. — Sim, é boa mesmo. — Depois de guardar a garrafa, enviei uma mensagem a Dušan para avisá-lo sobre minha necessidade de falar com ele. — Fique aqui — eu disse a Elias. — Volto já.

Katriana estava sentada na cama quando voltei, com o lençol puxado até o peito. Coloquei a bandeja e o suco na mesinha de cabeceira e me inclinei para beijar o topo de sua cabeça.

— Isso não vai demorar muito. Que tal você comer e tomar banho, então talvez possamos dar uma corrida?

Meu lobo estava ansioso por uma desculpa para sair e se espreguiçar. Principalmente porque eu queria dar uma lição em dois certos alfas e um pouco de exercício ajudaria nisso. Também me permitiria cumprir o plano que tinha em mente sobre nosso acasalamento.

Ela ainda não tinha me visto na forma de lobo, nem tínhamos nos ligado adequadamente.

Assim que isso se resolvesse, eu a reivindicaria.

E poderíamos passar a noite transando debaixo das estrelas.

— Uma corrida? — ela repetiu, arregalando os olhos. — Tipo, lá fora?

Eu ri.

— Sim, gatinha. Lá fora.

— Ao ar livre?

— Para onde mais iríamos? — perguntei, me divertindo com suas perguntas até que me dei conta de *por que* ela estava perguntando. — Ah. Porque você não foi autorizada a sair. — Merda. Eu era um idiota. — Nós vamos mudar isso — prometi a ela, mais solene agora. — Vamos correr hoje à noite. Lá fora. Na neve. Juntos. Combinado?

Toda a sua expressão se iluminou.

— Sério? Como lobos?

— Sim.

Ela largou o lençol e ficou de joelhos para passar os braços em volta do meu pescoço no momento em que meu pulso vibrava com a resposta de Dušan. Eu a puxei para um beijo rápido, adorando o jeito que ela sorriu tão animada para mim.

— Me deixe resolver isso, então podemos ir. Mas coma primeiro. Você vai precisar de força para a transformação.

Ela assentiu com entusiasmo.

— Certo. Sim. Eu vou comer.

Dei um beijo em seus lábios.

— Bom. Estarei na sala com Elias, então saia quando

estiver pronta. Não se esqueça das roupas novas no armário. E use botas. Teríamos que caminhar até a borda do território em forma humana, então poderíamos nos transformar e sair para uma corrida real.

Meu lobo vibrou sob minha pele, ansioso pela liberdade. Fazia semanas desde que eu mudei, mais do que nunca. Mas permanecer aqui com minha pretendida superou minhas próprias necessidades. Agora que ela parecia estar se sentindo melhor, eu poderia apresentá-la a como as coisas seriam entre nós daqui para frente.

Começando com um passeio noturno pela encosta da montanha.

Depois de lidar com Dušan.

Deixando-a, voltei para Elias, que havia se sentado em uma das cadeiras reclináveis.

— Isso tem cheiro de novo — ele comentou.

— Sim. A Katriana destruiu a antiga.

Ele riu.

— Verdade. Me esqueci disso.

— Não, você não esqueceu — acusei, me sentando na frente dele. — É por isso que você mencionou o novo cheiro, que nós dois sabemos que nem é mais novo, considerando que o troquei quase três meses atrás.

Ele piscou para mim.

— É por isso que você é o Alfa do Território, Cain. Você sempre vê através de mim.

— Sim, sim. — Selecionei o nome de Dušan no dispositivo e apertei *ligar*. — Vamos acabar logo com isso.

KAT

CURVEI os lábios para o lado. *Preciso cortar o cabelo*. O comprimento atingia o meio das minhas costas, fazendo com que as mechas ruivas se emaranhassem com muita facilidade. Mas não consegui encontrar tesoura ou faca no banheiro de Ander. Ele tinha que mantê-las em algum lugar, já que seus fios pretos estavam sempre cortados.

Deixando o cabelo solto para secar depois do banho, comecei a procurar em minhas roupas novas algo apropriado para vestir. Ele encheu metade de seu armário com roupas só para mim.

Jeans. Suéteres. Botas. Camisas de manga comprida. Calças. Vestidos. Tudo de tamanhos variados destinados a acomodar meus estágios de gravidez.

Minhas bochechas esquentaram com esse pensamento enquanto eu pegava uma calça jeans e suéter preto. Não costumava usar roupas íntimas – as roupas eram escassas – então ignorei a gaveta de calcinhas e sutiãs. Algo me dizia que eu não seria fã dessas peças. No entanto, peguei meias para usar com as botas.

Estava amarrando-as quando ouvi a voz de Ander.

— Lobos do Território Andorra, boa noite. Como devem ter ouvido, passamos recentemente por uma violação em nossa segurança quando um dos Lobos Ash visitantes roubou doze frascos de soro X-Clan. Após uma longa discussão com o alfa do Território das Terras Sombrias, acredito que o problema será resolvido com rapidez e eficiência. Ele me garantiu que este não foi um ato coordenado sob sua liderança, mas por um lobo desonesto, que será punido de acordo.

Saí do armário, procurando por ele, franzindo a testa.

— Como você está fazendo isso? — sussurrei, olhando ao redor do banheiro vazio. Ele também não estava no quarto.

— Alguns de vocês pediram por vingança da maneira mais inaceitável. As lobas ômegas Ash são oficialmente parte do Território Andorra e estão sob minha proteção. Qualquer um que for encontrado tentando ferir ou matar uma das mulheres será tratado e levado à justiça sob toda a extensão de nossa lei.

Olhei para a sala de estar e o encontrei sentado à mesa da sala de jantar com Elias em frente a ele. O último passou o dedo sobre os lábios, indicando para eu ficar quieta enquanto Ander olhava para mim com um olhar caloroso antes de focar novamente em uma tela translúcida.

— Este assunto não está em debate, nem será abordado pelo Conselho Alfa. As negociações com o Território das Terras Sombrias exigem certo respeito e fé, e estou optando por aceitar a promessa verbal de Dušan de corrigir a situação de sua parte. Roubar de nós não foi certo. Ele reconhece isso e pediu desculpas em nome de seus irmãos. Manterei todos informados sobre a situação conforme eu descobrir mais. Por enquanto, observem que qualquer violência dentro do nosso território não será tolerada. — Ele olhou para a tela com um olhar tão feroz que os pelos dos meus braços se arrepiaram.

Ah, eu jamais queria ser o alvo dessa expressão.

Provavelmente me deixaria de joelhos em um segundo. Caramba, ele nem estava olhando para mim e eu queria me curvar.

Este era o Alfa do Território Andorra. O homem em quem todos confiavam para liderar. E ele tinha acabado de emitir um decreto. Alguém teria que ser tolo para desobedecê-lo.

— Aproveitem o resto da noite — concluiu e selecionou um botão antes de se recostar na cadeira. Ele arqueou uma sobrancelha para Elias. — Satisfeito?

— Não é a mim que você precisa perguntar, Cain. — Ele se afastou da mesa e ficou em toda a sua altura – uma que rivalizava com a de Ander. — Vou manter guardas vigiando as ômegas. Não confio em Enzo e Artur, ou em seus asseclas, para obedecer ao seu comando.

Ander assentiu.

— Isso só aumenta nossa necessidade de ver as fêmeas acasaladas. Elas estarão em perigo até que tenham um alfa para protegê-las.

— Vou falar com os machos que manifestaram interesse, ver como nossas ômegas estão se sentindo também. Já que você insiste nos princípios da corte e tudo mais. — Ele piscou para mim com essas palavras e foi em direção ao hall de entrada. — Aproveite sua corrida. Vou cuidar de tudo.

— Você é um bom Segundo — Ander gritou por cima do ombro.

— Eu sei. — Foi a resposta, pouco antes de a porta bater.

Ander riu e moveu algumas telas antes de apertar algum botão que fez com que todas desaparecessem no ar. Ele voltou a se concentrar em mim com um brilho faminto, as íris douradas analisando meu corpo.

— Você está linda, futura companheira — ele

murmurou, se levantou, veio em minha direção, e enrolou o dedo em uma das minhas mechas úmidas de cabelo. — Preciso encontrar um chapéu para você.

— E uma tesoura — disse a ele. — Quero cortar o cabelo.

Ele puxou a mecha, curvando os lábios.

— Posso te ajudar com isso depois da nossa corrida, se você quiser.

— Sério?

Ele me puxou para um beijo, seus lábios quentes contra os meus.

— Claro.

— Gostaria disso.

— Eu também. — Ele acariciou minha bochecha antes de me soltar. — Deixe-me vestir algo mais apropriado que este roupão e iremos.

— Tudo bem. — Eu me ocupei examinando a mesa enquanto ele se trocava. Não havia nada de único nisso. Apenas madeira. Sem botões. Sem painéis ocultos sofisticados. Apenas uma mesa de jantar padrão. — Então, como as telas aparecem? — me perguntei em voz alta, procurando na cadeira em seguida.

— Meu relógio — Ander respondeu, já tendo retornado usando jeans e suéter cinza justo. Reconheci a calça como a que coloquei no criado-mudo. Ele deve ter pegado um suéter de lã do armário, assim como os sapatos e as meias.

Ele estendeu o pulso, me mostrando o dispositivo.

— Parece um relógio antiquado, mas um clique neste botão aqui — ele pressionou o polegar contra o lado direito do mostrador do relógio — e aparece uma tela que escaneia minhas retinas para ativação. Agora, tenho acesso completo a todos os sistemas, assim como no *tablet* ou no computador do escritório. — Ele girou as imagens no ar ao nosso redor, me mostrando várias telas.

— E você usou isso para falar com todos no Território Andorra?

Ele assentiu.

— Sim. A cidade inteira está conectada via tecnologia. Cada casa, cada cômodo, tem uma frequência que posso modificar em caso de emergência. Não costumo usá-la, mas considerei o nível de ameaça contra nossas ômegas digno de uma transmissão pública. — Ander fechou todas as telas com um movimento do pulso e apoiou a palma da mão na parte inferior das minhas costas, me empurrando em direção ao corredor principal que levava à porta.

— Você acha que isso vai detê-los? — perguntei antes de sairmos.

— Não. — Ele apertou os lábios. — Mas meus homens vão.

— E então o que acontece?

— Vou lidar com um problema que está ocorrendo há muito tempo — ele respondeu, abrindo a porta da frente.

— Enzo e o lobo letal — adivinhei, parando ao lado do elevador.

— Lobo letal — ele repetiu, selecionando um botão no teclado. — Ah, você quer dizer Artur. Suponho que ele seja o mais mortal dos dois, mas o Enzo tem a boca maior. Ele está tentando tomar minha posição há décadas. Nunca ganha.

— E o Artur?

— Ele não tentou me desafiar. — Ander me guiou para dentro do elevador quando as portas se abriram, então apertou uma série de botões. — Quatro. Um. Sete. Três. Arroba ou sinal de libra. Isso te leva ao andar de baixo.

Pisquei para ele.

— O quê?

— Esse é o código, caso você queira sair para tomar ar fresco no futuro. Ou pode ir até o telhado. Há uma pequena área de estar lá em cima, mas é muito frio no inverno. Vai melhorar em um ou dois meses quando chegarmos à primavera. — As ripas de metal deslizaram para o lado, para revelar uma grande área com piso de mármore enquanto ele falava. — Por aqui, gatinha.

— Você está me mostrando como sair — murmurei, olhando para ele. — Achei que não tinha permissão.

— Eu disse para você não tentar *escapar* de novo — ele esclareceu. — Mas você não é prisioneira, Katriana. Eu deveria ter deixado isso claro. Também deveria ter te levado para correr há muito tempo, e por isso, peço desculpas. Há muitas coisas que não consegui explicar, e isso acaba agora.

Dois guardas se curvaram quando nos aproximamos da saída. Eles abriram as portas de vidro com um floreio, enquanto Ander os agradecia pelo nome. Mal o ouvi, meu foco na neve que caía sobre as calçadas e na brisa fresca se infiltrando em meus pulmões.

Ar. Inspirei profundamente, fechando os olhos em contentamento enquanto os elementos giravam ao meu redor. Ah, como eu sentia falta dos sabores e aromas frescos do mundo exterior.

Girei na calçada, as botas me ajudando a manter a tração na leve camada de flocos brancos. Alguém devia ter escavado recentemente, porque a neve nas árvores e arbustos próximos tinha cerca de trinta centímetros de altura. Não mais. Quase chegava aos meus joelhos.

Mergulhei as mãos na delícia gelada e permiti que congelasse minha pele enquanto Ander enfiava um chapéu sobre minha cabeça. Assustada, olhei para ele.

— De onde veio?

— Eu o guardei no bolso de trás com isso. — Ele me entregou um par de luvas.

— E você? — perguntei, permitindo que ele deslizasse a lã sobre meus dedos e mãos.

— Pelos — ele murmurou, piscando.

Fiz uma careta para ele.

— Eu também tenho.

— Tem mesmo — ele concordou. — Que tal segurar minha mão para mantê-la aquecida enquanto caminhamos, depois nós dois vamos trocar de roupa para algo mais quente. — Ele entrelaçou os dedos nos meus e me puxou para o seu lado. — Há muito mais neve nas montanhas. Vamos brincar.

O calor me envolveu por dentro.

— Eu gosto dessa ideia.

— Bom. — Ele passou a mão oposta na calça jeans e começou a caminhar pela calçada.

Mantive seu ritmo acelerado, observando a paisagem enquanto nos aventurávamos pelo coração do Território Andorra.

Todos os elementos invernais brilhavam sob a lua, a maioria das luzes da cidade apagadas ou em penumbra. Ou talvez fossem as janelas que bloqueavam os brilhos luminescentes lá dentro. De qualquer maneira, estava uma bela noite com neve, luar e vários tipos de abetos se misturando entre os edifícios.

— É realmente lindo aqui — admiti, vendo sua casa pela primeira vez. Vislumbres do território estavam disponíveis do lado de fora, mas testemunhar a magia da rua proporcionou uma experiência muito diferente.

— É — ele concordou. — Mas minha vista favorita é das montanhas. — Ele acenou com o queixo em direção a um dos cumes fora da cúpula. Eu nunca havia escalado aquele, mas estava familiarizada com o local, porque acordava com essa vista todos os dias da minha caverna.

— É para lá que estamos indo? — perguntei, maravilhada.

— Sim. — Seu lobo parecia sorrir para mim através de seus olhos dourados. — Você disse que estava pronta para uma corrida.

— Sim, mas pensei que você queria dizer dentro da cúpula.

— Qual seria a graça nisso? — ele perguntou, me guiando por um caminho estreito entre os prédios. Abria para um pátio e, além dele, uma parede de vidro. — Tem áreas lá dentro que a gente pode correr, se você preferir. Mas a maioria de nós se aventura na floresta ao redor.

Isso é seguro? eu queria perguntar. Então percebi o quanto isso soava ridículo. O que um lobo do X-Clan poderia ter a temer? Eles eram os predadores de ponta nesta área, talvez até no mundo inteiro. Os humanos eram fracos demais para lutar, e os metamorfos eram imunes aos infectados. Por que não vagar livremente?

A única ameaça que eu conseguia pensar eram os Lobos Ash, e eles viviam muito longe para ser um problema.

— Tudo bem? — Ander perguntou, parando no meio do campo para me estudar.

— Sim. Sim, está mais do que bem. — A ideia de correr nas montanhas realmente me excitou. — Mas posso precisar de alguma ajuda com, ah, transformação. — Eu não tinha me transformado desde antes...

Espere...

Levei a mão à barriga e encontrei seu olhar divertido.

— Posso me transformar durante a gravidez?

Sua diversão desapareceu, e seus lábios se curvaram nos cantos.

— Eu realmente falhei com você, não é?

— O quê? — Olhei para baixo. — Eu só quis dizer...

Ele segurou meu queixo para guiar meu foco de volta para ele.

— Você não sabe nada sobre ser uma loba do X-Clan, e eu te deixei vivendo sozinha por semanas sem qualquer explicação. Se alguém deve ficar chateado com isso, sou eu. Fiz muitas suposições sobre o seu conhecimento por causa do seu pai.

— Meu pai? — repeti, franzindo a testa. — Mas eu não conheci meu pai.

— Sim, mas sua mãe o conheceu.

— Acho que ela não o conhecia bem. — Mordi a bochecha, considerando como expressar isso. — Ela nunca falou muito sobre ele, além de alegar que ele se importava comigo. Mas suspeito que ele nunca soube que eu existia. Acho que ele partiu ou morreu antes que ela pudesse contar que estava grávida.

Suas palavras sempre pareceram ser o tipo de coisa que uma mãe dizia ao filho curioso, sem querer causar mal ou ferir sentimentos. Mas à medida que eu crescia, ela raramente o mencionava. Se ele se importasse tanto comigo, ela teria continuado com o mantra para garantir que eu acreditasse nela, não desistido.

— É um mundo cruel lá fora — acrescentei com um dar de ombros. — Ela não deveria nem esperar ser capaz de me levar até o fim. — Não porque não me quisesse, apenas por causa da mão que o destino nos deu.

— Então você não tinha ideia de que seu pai era um lobo? — ele perguntou.

Olhei boquiaberta para ele.

— *O quê?*

— Vou interpretar isso como um não — ele murmurou, passando os dedos pelos cabelos. — Merda, pensei que você soubesse. É por isso que você é ômega. Bem, essa é a nossa teoria, de qualquer maneira. A genética dele desencadeou algo na sua que a predispôs à submissão.

Minha boca se moveu, mas não consegui pronunciar nada. Não que eu soubesse o que dizer.

Meu pai era um lobo?

— Também explica como você sobreviveu por tanto tempo — ele continuou em voz baixa. — Você era parte loba. Com a nossa intervenção, evoluiu para uma ômega X-Clan completa. — Ele segurou minha bochecha. — Este não era o local que eu teria escolhido para esta conversa. Se quiser voltar para conversar mais, podemos correr outra noite.

— N-não — gaguejei, piscando depressa. — E-eu quero correr. — Não. Eu *precisava* correr. Fazer algo diferente de ficar aqui, paralisada, incapaz de processar. Desligar meu cérebro. Escapar da insanidade que se agarrava aos meus pensamentos. — Por favor — sussurrei. — Vamos correr.

Ele assentiu. Sua mão na minha era tudo o que me impulsionava para frente.

Meu pai era um lobo.

Minha mãe sabia?

Para onde ele foi?

Ele está no Território Andorra agora? Continua vivo? Eu o conheceria?

As perguntas ecoavam ao mesmo tempo, movendo as pernas no piloto automático para seguir Ander pela neve. Parecia que apenas alguns segundos haviam se passado quando ele parou, a cúpula pelo menos oitocentos metros atrás de nós.

— Tem certeza disso, Katriana? — ele perguntou

baixinho, roçando os nós dos dedos em meu queixo. — Você parece em estado de choque.

— Sim, você acabou de me dizer que meu pai era um lobo. — Como ele esperava que eu reagisse? Com arco-íris e sorrisos? Quase ri com a ideia.

— Pensei que você soubesse — ele murmurou.

— Como eu saberia algo assim? — questionei, minha voz saindo em um tom mais alto que eu pretendia.

— Tem razão — ele respondeu, balançando a cabeça. — Fiz todas as suposições sobre o quanto você entendeu com base nesse detalhe, sem nunca te perguntar. Sinto muito, Katriana. Não estou me tornando um companheiro muito digno. — Ele baixou a sobrancelha e afastou a mão do meu rosto. — Preciso fazer as pazes com você. E acho que sei como.

Fiz uma careta para ele.

— Como?

— Te ensinando tudo o que você precisa saber sobre ser loba. — Ele tirou o suéter, deixando-o cair no chão gelado. — Dispa-se. Vamos começar com como se transformar.

ANDER

Katriana estava gloriosamente nua diante de mim, com os braços em volta de seu corpo trêmulo.

— Não está dando certo.

Sim, eu percebi. A maioria dos lobos nascia assim, a capacidade de se transformar era uma parte inata de nosso estado mental. Mas Katriana parecia incapaz de invocar sua loba, apesar de a besta estar rondando.

Eu a circulei, sentindo meus pés descalços protestarem a cada passo contra a terra nevada. Mas minha pretendida tinha meu foco total.

— Posso chamar sua loba, mas se você lutar comigo, vai doer.

— Tem que s-ser m-melhor que isso. — Ela acenou para onde estava, em cima do meu suéter, com as pernas travadas juntas para se manter aquecida.

Nossa genética nos ajudava a combater o frio melhor que um humano, mas sem nosso pelo, sentíamos muito os elementos gelados.

— Quando eu fizer isso, você vai começar a mudança, independentemente de estar pronta ou não — avisei.

— V-vai ser como forçar a t-transformação?

Assenti.

Sim.

— C-como?

— Com um rosnado — respondi, parando na frente dela. — As ômegas são construídos para satisfazer os desejos de um alfa. Isso me permite controlar sua forma. Se eu quiser você como loba, posso chamar essa parte de sua natureza, e posso facilmente torná-la humano de novo.

— O-oh — ela balbuciou, o som perdido no bater de seus dentes.

Eu me aproximei, segurei seu pescoço e puxei-a para meus braços. Ela poderia ter cada grama do meu calor se isso a ajudasse a parar de tremer.

Aproximei os lábios em seu ouvido e acrescentei em voz baixa:

— E se eu quiser você molhada e pronta para receber meu pau, posso fazer isso também. Mesmo agora, na neve.

— Você fez isso.

Assenti.

— Sim. A chamada de acasalamento é a mais natural. Mas também tenho a capacidade de ajudar a provocar sua transformação. Talvez ajude você a descobrir onde sua conexão está escondida.

— S-sim — ela disse, acariciando meu peito. — Me a-ajude.

Beijei o topo de sua cabeça e fechei os olhos.

— Prometo só fazer isso quando você pedir — falei. — Para você se transformar, quero dizer. — A chamada de acasalamento eu usaria nela porque nós dois gostaríamos da recompensa disso.

Passei os braços ao redor dela e permiti que meu lobo viesse à tona, nossos pensamentos se uniram para criar um rosnado baixo em meu peito. Katriana estremeceu em resposta, e um som suave escapou de seus lábios enquanto eu aprofundava a vibração, exigindo que seu lado animal saísse para brincar.

Ela gemeu e seu corpo começou a tremer.

— Eu... eu a sinto...

— Siga o chamado, baby — sussurrei, soltando-a. — Deixe sua loba assumir. Ela vai te guiar durante a transformação.

Dei um passo para trás, observando Katriana se ajoelhar, seus membros já se transformando. Um lindo sorriso apareceu em seu rosto, seguido por um suspiro quando ela cedeu.

Fazia muito tempo desde sua última transformação, algo pelo qual me culpava. Eu deveria tê-la orientado desde o início.

Soltando um suspiro, empurrei a culpa para o lado. Eu poderia chafurdar nisso ou fazer algo a respeito, e sempre fui do tipo proativo. Nós recuperaríamos o tempo perdido e eu mostraria a Katriana tudo o que ela precisava saber sobre nossa vida.

Ela soltou um gemido baixo quando as fases finais de sua transformação se estabeleceram, o que fez o pelo vermelho surgir em cada centímetro de sua pele pálida. Passei os dedos, apreciando a maciez. Ela se inclinou ao meu toque e um leve resmungo de aprovação seguiu minha carícia.

— Você é linda, Katriana — falei baixinho, me agachando ao seu lado, e permiti que meu lobo tivesse rédea solta. Ele praticamente saltou da minha pele, quase um século de prática me permitia me transformar com facilidade.

Ainda doía em partes. Isso nunca deixaria de acontecer. Mas aprendi a atenuar a dor na juventude. Era principalmente minha mandíbula que doía com a forma como se reestruturava para formar meu focinho.

O resto era fácil.

Apenas uma reestruturação do bipedalismo para quatro patas.

Sacudi meu pelo preto, me espreguicei e senti as juntas estalarem por falta de uso. Os lobos deveriam se transformar algumas vezes por semana, no mínimo, o que significava que Katriana devia sentir dores ainda mais fortes do que eu. Ou talvez não, considerando que ela passou a maior parte de sua vida na forma humana. Talvez fosse o contrário para ela.

Depois de estender as pernas traseiras mais uma vez, me virei para encarar minha companheira e encontrei seus olhos azuis fixos em meu corpo. A admiração cintilava em seu olhar, agradando imensamente meu lobo.

Sim, eu era muito maior que ela. Mais forte também. Daí meu status de alfa.

Eu a cutuquei com o focinho e inclinei a cabeça para o lado, indicando que queria que ela me seguisse.

Ela deu um uivo baixo adorável que traduzi como permissão para prosseguir. Subi a montanha em um ritmo vagaroso, sentindo sua presença perto de minhas patas traseiras e usando isso como um medidor do quanto pressioná-la. Seu tamanho menor sugeria que ela não seria capaz de se mover tão rápido quanto eu, mas tive a sensação de que ela poderia acompanhar o que importava.

Katriana provou que eu estava certo ao aumentar sua velocidade para igualar a minha ao longo do caminho, praticamente correndo ao meu lado perto do final, quando me movi para uma corrida a toda velocidade. Ela deve ter encarado isso como o desafio porque começou a correr comigo, se movendo em um ritmo incrível para alguém tão novo... até que ela caiu em um monte de neve.

Parei e voltei para ajudá-la, agarrando sua nuca com os dentes, e a puxei de volta para o caminho mais seguro.

Ela rosnou – seu jeito de fazer beicinho – e eu lambi

seu focinho, dizendo que estava tudo bem. Acontecia com todos nós. E honestamente, fiquei surpreso com sua agilidade, já que ela não passou muito tempo nesta forma. Ela seria uma loba e tanto quando se acostumasse mais.

Com um movimento de cabeça, eu a guiei em direção à beira da montanha, querendo mostrar a vista. Observei para garantir que ela permanecesse no caminho desta vez, preferindo não perder minha futura companheira no penhasco.

Se ela percebeu, não reagiu. Em vez disso, se manteve ao meu lado e se acomodou junto a mim quando me sentei no meu lugar favorito.

Seu pelo ficou arrepiado quando ela seguiu meu foco para o vale. Não estávamos nem perto do ponto mais alto, mas estávamos altos o suficiente para contemplar a cena noturna de tirar o fôlego pintada diante de nós sob a lua.

Era para lá que eu ia quando precisava ficar sozinho para pensar. Nunca permiti que alguém se juntasse a mim. Mas parecia certo ter Katriana ao meu lado. Sua presença acalmava meu lobo. Me inclinei para puxar sua orelha carinhosamente, depois lambi o lado de seu rosto. Ela bufou em resposta, então fiz de novo. Em seguida, imobilizou-a quando ela tentou se esquivar.

Soltando um rosnado baixo de advertência, eu a segurei com uma pata enorme contra sua nuca e a lambi uma última vez. Em seguida, acariciei seu pescoço.

Ela resmungou um pouco, mas senti a maneira como seu corpo relaxou sob minhas atenções. A parte humana dela não entendia, mas sua loba sim. Até que ela retribuiu o carinho com algumas lambidas antes de se aconchegar em mim com um suspiro.

Ficamos assim por um tempo com as estrelas cintilando no alto, até que um raio de luz começou a surgir no horizonte. Depois de soltar um bocejo preguiçoso, cutuquei-a com o focinho para indicar que deveríamos voltar. Ela rolou de costas em protesto, e eu mordi sua garganta de leve.

Por mais que eu quisesse ficar aqui o dia todo, este não era o lugar ideal para reivindicá-la. Seria necessário nos transformar de volta, e minha pobre companheira iria congelar. Então, encontraríamos outro lugar na montanha, onde ela pudesse ficar com suas roupas. Ou talvez fizéssemos uma fogueira para nos aquecer.

Independentemente disso, seria em algum lugar aqui, onde poderíamos ficar apenas com nossos lobos e a natureza.

Ela finalmente se levantou, se alongando de maneira semelhante a mim. Então me seguiu pelo caminho em um ritmo mais lento, nenhum de nós querendo deixar o ar livre para trás. Nossos lobos ansiavam por ar fresco. Foi algo que acidentalmente escondi dela por muito tempo.

Uma vez que estávamos perto de nossas roupas, me transformei de volta para minha forma humana e sorri para ela.

— Acho que deveríamos fazer isso todas as noites.

Ela ofegou em concordância, então se sentou para me observar enquanto eu vestia a calça jeans.

— Você vai ter que se transformar de volta — eu a provoquei.

Ela inclinou a cabeça para o lado, fazendo uma adorável expressão de confusão.

— Sei que você pode me entender, gatinha.

Ela rosnou como se para me lembrar de seu status de loba.

Eu sorri.

— Ainda é uma gatinha para mim, baby.

Com um som determinado, ela iniciou a

transformação sozinha, fazendo meu coração inchar de orgulho. Parecia insultá-la...

Meus sentidos se aguçaram, cortando meus pensamentos e levando meu foco para o nosso entorno. Algo não cheirava bem. Funguei, sentindo a causa.

— Pare — exigi, me referindo a sua transformação à forma humana.

Mas é claro que ela não conseguiu interromper. Ela era muito jovem e inexperiente. Tudo o que faria era machucá-la.

Engoli o rosnado crescendo em meu peito, incapaz de usá-lo nela. Não quando eu sabia que isso só pioraria nossa situação.

Teríamos que fazer isso de outra maneira.

— Se apresse — sussurrei, ganhando uma bufada.

Ela ainda não havia percebido o perigo que se aproximava. Dado seu status, eu poderia entender. Amarrei os sapatos rapidamente e mantive a atenção em cada canto.

Eles estão nos cercando, percebi, captando os traços sutis do vento. *Sete. Não, oito.*

— Assim que você terminar, preciso que corra — falei em voz tão baixa quanto pude. — Pegue seu suéter, sapatos e vá.

Ela estava quase de volta, o suficiente para eu ver a confusão gravada em suas feições.

Mas não conseguia me concentrar nela.

Não agora.

Não com os machos que se aproximavam.

— Ander...

— Shh. — Minha forma de lobo ouvia melhor que a humana, mas eu ainda podia ouvir as botas esmagando a neve. O toque sutil de tecido e pele. Alguns estavam em duas pernas, outros em quatro.

Rolei o pescoço, me preparando para uma luta. Só havia uma razão para eles me cercarem: me derrubarem como uma unidade.

Porque Enzo não era forte o suficiente sozinho.

Katriana vestiu o suéter e tropeçou ao pegar as botas.

Segurei seu cotovelo, preparado para firmá-la quando um estalo ecoou no ar.

Mal registrei seu grito, senti meu estômago de repente pegar fogo quando caí de joelhos em surpresa.

Nove, pensei entorpecido. *Eram nove.*

Um deles ficou para trás com um rifle de precisão.

Jogada inteligente, reconheci, piscando surpreso com o sangue saindo do meu abdômen.

Tudo aconteceu rápido, mas processei cada movimento em câmera lenta. A forma como Katriana caiu ao meu lado, a palma da mão pressionando a minha pele. Minha inspiração aguda doeu muito mais do que deveria. Um xingamento ao vento. Rosnados. A aceleração dos passos sobre a neve.

Balancei a cabeça, tentando me concentrar.

Katriana precisava correr. Sair daqui. Chamar Elias.

Então senti seus dedos em meu pulso, levantando minha mão e apertando o botão que mostrei a ela apenas algumas horas antes.

— Funcione, caramba, funcione!

Pisquei, confuso enquanto as telas voavam para cima.

— Entre em contato com Elias — ela exigiu. — Agora, Ander!

Não. As telas não eram a maneira de alertar meu Segundo. Também não queria que os idiotas que se aproximavam de nós tivessem acesso a elas.

Eu as fechei com uma inclinação treinada do meu pulso, então passei o polegar ao longo do painel oculto na lateral da minha pulseira. Um zumbido sutil me disse que o alarme havia sido enviado. Cabia a Elias responder.

E eu não me importava em depender dos outros.

— Calce os sapatos — falei. — Corra. — Eu não poderia lutar com ela aqui. Precisava dela segura. De volta à sede.

Mas era tarde demais.

Em um momento, estávamos sozinhos.

E no seguinte, havia oito metamorfos do X-Clan formando um círculo ao nosso redor.

Com Enzo e Artur na frente, com expressões vitoriosas.

— Parece que vou assistir à sua queda — Artur refletiu. — E acho que vamos começar pegando sua linda companheira.

KAT

CORRA! alguma parte de mim gritou. Mas não consegui. Minhas pernas se recusaram a se mover. Minha expiração congelou no ar diante de mim e meu sangue, em minhas veias.

Oito machos. Todos armados.

Meu único protetor foi atingido.

E eu estava na neve apenas com um suéter.

Mesmo se pudesse correr, não teria chance. Esses machos eram mais fortes e rápidos, e eu suspeitava que eles queriam me perseguir. Os dois em forma de lobo estariam em cima de mim em poucos passos, provavelmente me ferindo.

Não. Fugir não funcionaria.

Eu só tinha uma opção aqui: lutar. Mas precisava ser inteligente, jogar as cartas direito. E rezar para que Ander se recuperasse do ferimento de bala.

Ele me disse que lobos eram difíceis de matar, e presumi que eles se curavam mais rápido que os humanos. A questão era, quanto mais rápido?

— Tente — ele disse, respondendo à ameaça de Artur. Saiu rouco. Ele estava com a palma da mão pressionada na ferida em seu abdômen enquanto permanecia firme de joelhos. O calor de seu corpo se derramava em minhas pernas expostas, me descongelando do meu estado paralisado.

Enzo engatilhou a arma e apontou para a cabeça de Ander.

— Ah, vamos fazer mais do que tentar.

Os lábios de Ander se curvaram em um sorriso provocador.

— Aperte o gatilho e você nunca será o Alfa do Território.

— Não é ele que quer o cargo — Artur disse, colocando a mão sobre a arma de Enzo. — Eu vou desafiar você. Depois que terminarmos de destruir sua ômega. — Ele olhou para Enzo. — Não atire na cabeça dele. Preciso dele vivo e alerta o suficiente para assistir. Mas se ele tentar lutar, atire nas pernas ou na virilha.

Os lábios de Enzo se curvaram.

— Com prazer.

Ander trincou a mandíbula.

— Nunca te tomei por covarde, Artur. Oito contra um dificilmente é uma maneira de provar que você possui o poder de governar.

— Vamos ver como você se sente depois que eu terminar com a sua companheira, está bem? — Seus frios olhos negros focaram em mim, e a energia cresceu ao seu redor enquanto ele mantinha o olhar no meu, exigindo que eu me submetesse.

Ele também fez isso comigo na festa, testou minha espinha dorsal e coragem com alguns avanços sutis.

Eu me recusava a me ajoelhar para ele.

Mas poderia dar uma ideia de medo, induzi-lo a um sentimento de superioridade.

Se havia uma coisa que eu sabia sobre os homens, era seu hábito frequente de subestimar meu tamanho e conhecimento. Ele tinha uma arma presa ao quadril, algo que eu sabia usar, graças à minha mãe, e uma faca na bota, se a maneira como a calça jeans caía nos tornozelos servisse de indicação.

Seus amigos em forma humana estavam todos vestidos de um jeito semelhante.

Se eu pudesse roubar pelo menos uma de suas armas, estaria em uma posição muito melhor.

— Toque nela, e vou te matar. — Ander pronunciou as palavras em voz baixa, e seu corpo vibrou com intensidade ao lado do meu. Ele não estava agindo como um homem que tinha acabado de levar um tiro.

— Ah, pretendo fazer muito mais que tocá-la — Artur disse, dando um passo em minha direção. — Vou reivindicá-la como minha. Assim que lidar com a sua criança crescendo dentro dela.

Meu sangue gelou novamente.

— Não — rosnei, a palavra saiu de meus lábios por instinto. Coloquei mão protetora sobre minha barriga e encarei o alfa. — Não se atreva.

Ele arqueou as sobrancelhas quando alguns dos outros homens riram.

— Nossa, mas você é mal-humorada. Não é de se admirar que o Ander tenha gostado de você. — Ele desviou o olhar para Enzo. — Vou gostar de acabar com essa desobediência.

Enzo assentiu, olhando de soslaio para mim enquanto apontava a arma para Ander.

— Bem, você sabe como as ômegas podem ficar destruídas após a perda de um filho. Será fácil moldá-la na versão adequada a partir daí.

Artur sorriu.

— Sim.

Ander investiu, mas foi abordado por trás por dois machos e um lobo, e outro estalo atravessou o ar, fazendo-o uivar de dor. Enzo o acertou no rosto e uma briga começou, manchando o chão de sangue.

Merda! Não esperava que ele fizesse isso. Eu precisava pensar rápido, usar a distração para...

Mãos em volta do meu pescoço me fizeram gritar, mas o som não saiu quando a palma da mão cortou minha via aérea. Um corpo duro me atingiu nas costas, outro na minha frente, com rosnados me fazendo vibrar por inteiro.

Não eram rosnados cruéis.

Mas a chamada de acasalamento.

Ah, Deus, não...

Meu corpo começou a esquentar e minha loba se encolheu em um canto enquanto a umidade começava a permear o ar.

Não!

Eu me recusava a deixá-los fazer isso comigo. *Pense, caramba, pense!* Fui capaz de lutar contra Ander no começo. Eu certamente poderia frustrar esses monstros agora.

Ah, mas eles estavam rosnando de forma muito mais agressiva. Ele não tinha feito um som tão profundo, e meu corpo reagiu a ele independentemente do instinto de acasalamento.

— Katriana! — ele gritou.

Mas não conseguia vê-lo.

Não conseguia pensar além daquele rosnado.

Pare, pare, pare!

— Deveria ter reivindicado sua companheira — alguém disse, e a voz penetrou na nuvem de confusão que se espalhava pela minha mente. — Assim ela não estaria implorando para que um novo alfa a comesse.

Senti lábios em meu pescoço. Lábios que não deveriam estar ali.

Um rosnado que era muito profundo. *Não era de Ander.*

O calor pressionou minha barriga e meu suéter foi retirado.

Macho quente.

Homem carente.

Não é o homem certo.

Mais rosnados... um que eu reconheci. Estendi a mão, precisando dele.

— Vamos cuidar bem dela para você, Ander. Não se preocupe. Ela vai gozar, mesmo enquanto a fizermos sangrar por dentro.

Rosnados encheram o ar.

Um uivo de dor.

O meu se juntou ao coro.

Porque eu não queria isso. Eu sabia, no fundo, que nada disso estava certo. Ander havia me avisado que ômegas não resistiam ao chamado de um alfa, e agora eu sabia o que ele queria dizer. Me senti cair de quatro. Meu corpo parecia uma marionete em uma corda enquanto minha mente se rebelava a cada passo do caminho.

Isso não estava certo.

Este não era o meu destino.

Não foi assim que escolhi sobreviver.

Me submeter a Ander foi natural. Isso, o homem atrás de mim, não era.

Ele empurrou para frente e eu rolei, sentindo as costas baterem no chão gelado.

— Não! — gritei, me arrastando para o mais longe possível da nuvem inebriante até que minhas costas bateram na perna de outro homem.

Eles me cercaram.

Estavam rindo.

Gargalhando.

Aproveitando meu tormento.

Ficando excitados a cada segundo.

Registrei todos eles em um olhar, minha mente focando apenas o suficiente para captar a cena de Ander sendo segurado por quatro homens. Os outros vinham em minha direção. Dois sem calças.

Enzo e Artur.

Eles pareciam estar se divertindo e um pouco enlouquecidos, e as ereções me indicavam exatamente o que tinham em mente enquanto mais rosnados ecoavam no ar. Nenhum deles era certo. Nenhum deles era *meu*.

Esses animais queriam me *machucar*. Matar *meu* filho.

Isso não ia acontecer.

Não sem lutar.

Eles poderiam ir a merda.

Minha loba desistiu, sua necessidade de se submeter me manteve de joelhos. Mas a humana em mim dominava agora. Aquela que aguentou muita coisa ao longo dos anos para permitir que isso acontecesse.

Eu não era uma ômega comum, mas uma construída.

E eu morreria antes de deixá-los tocar na vida que crescia dentro de mim.

Os pelos dos meus braços se arrepiaram e minha alma ganhou vida sob minha pele.

— Não vou me submeter — sibilei, me forçando a agachar, preparada para lutar até meu último suspiro. — Vocês vão ter que me matar primeiro.

Enzo acariciou seu pênis com o olhar brilhando.

— Ah, acabar com você vai ser uma verdadeira delícia, ruivinha.

Artur não parecia achar tanta graça, seu rosnado se intensificou.

Eu sorri.

— Qual é o problema, alfa? — provoquei, inclinando a cabeça. — Tendo problemas de desempenho? — Eu o estudei, observando enquanto os quatro se aproximavam de todos os ângulos. — Certamente diz muito que você tenha que rosnar para deixar uma garota no clima. Tudo o que Ander precisa fazer é olhar para mim para molhar minhas coxas.

Artur rosnou.

— Agarre-a e segure-a. Se é uma transa seca que ela quer, é o que vai conseguir. Seu sorriso era mau. — Além disso, sempre gostei de sangue como lubrificante.

Pulei para o lado quando os dois capangas tentaram me agarrar.

Então passei uma perna por baixo da outra de uma maneira que ele não esperava. Sua arma saiu voando, e eu me joguei para pegá-la.

Mas um braço passou em volta da minha cintura.

Merda! Me contorci, tentando chutá-lo para longe, mas seu aperto só aumentou.

E então Artur estava colado em mim, e deu um soco em meu rosto com tanta força que eu vi estrelas.

Ander fez um som que me lembrou de um assassinato, me puxando de volta para os arredores alguns segundos dolorosos depois.

Artur segurou meu queixo, apertando com tanta força que jurei ter ouvido o osso estalar.

— Vou comer cada buraco, várias vezes, e depois vou morder sua boceta para reivindicá-la como minha. E isso será apenas um aperitivo para o nosso futuro juntos. Todo mundo nessa merda de território está morrendo de vontade de ter uma boceta ômega, e eu sou o tipo de homem que compartilha. É por isso que convidei Enzo para me ajudar a acabar com você.

Suas palavras deveriam ter provocado medo em meu coração.

Mas tudo o que pude fazer foi rir com humor.

— Que tipo de alfa compartilha? — perguntei.

Isso me rendeu outro soco no queixo.

Desta vez senti gosto de sangue.

E cuspi na cara dele.

Ele me agarrou pela garganta, apertando até que pontos pretos brotassem em minha visão.

— Eu vou te *possuir*, sua vadia.

Não, pensei. *Não. Porque eu não sou sua.*

Minhas costas bateram na neve e um corpo pesado desabou sobre o meu enquanto mãos agarravam meus ombros para me segurar. Lutei para compreender quem estava onde, pois minha consciência oscilava.

Até que uma palma em minha barriga começou a pressionar ao mesmo tempo em que minhas coxas se abriram.

O fogo lambeu minha coluna, indo diretamente para o meu cérebro e me jogando de volta à realidade.

Artur observava sua mão com fascinação maníaca enquanto se posicionava entre minhas coxas. Seu amigo de cabelos castanhos estava acima da minha cabeça, observando com um sorriso afiado.

Nenhum dos dois se concentrou no meu rosto.

Nem prestaram atenção às minhas mãos livres. Segurar meus ombros apenas manteve meu tronco imóvel. Não meus braços.

E havia uma arma posicionada no quadril bem ao lado da minha cabeça.

Não pensei. Reagi, pegando a pistola e mirando no monstro entre minhas coxas.

Dois tiros em seu peito o fizeram voar para trás enquanto o cara acima de mim se moveu muito devagar para me impedir de atirar em sua cabeça.

Gritos soaram ao meu redor, mas meu impulso de predador havia começado.

Mirei.

Atirei.

Não pensei duas vezes.

Até a arma ficar sem munição.

Então pulei sobre uma das minhas vítimas, agarrei uma lâmina e comecei a abrir caminho através dos idiotas no chão enquanto o caos se desenrolava ao meu redor.

Sangue.

Estômago.

Cérebros.

Me diverti com a violência. Gritei obscenidades. Jurei assassinato. Vi um mar de carnificina.

Segurava o cabelo de Artur enquanto movia a lâmina em seu pescoço, serrando sua pele com selvageria. Ander disse que era preciso muito para matar um lobo, que exigia que o coração parasse de bater por muito tempo.

Bem, vamos ver se você sobrevive a isso.

Eu queria Artur *morto.*

Acabado.

Destruído!

Ele tentou tirar meu filho de mim.

Tentou me *estuprar.*

Machucou meu companheiro.

Minha família.

A mim.

Não mais. Eu queria sua morte, seu sangue e sua vida em minhas mãos. E rosnei em triunfo quando terminei a tarefa, jogando a cabeça na neve com um rosnado que veio da minha loba ferida.

Alguém disse meu nome.

Ignorei, passando para a próxima vítima: aquele que me segurou e assistiu com fascínio mórbido. Bem, ele não parecia tão animado agora, não com a adaga cravada em sua garganta.

Uma energia macabra pairou sobre mim, conduzindo

283

minhas ações, acalmando meu espírito enquanto ele também perdia a cabeça.

Mas quando passei para a vítima número três, me vi envolta em braços fortes.

Rosnei.

Disputei.

Ataquei.

No entanto, meu novo agressor roubou a lâmina de meus dedos e colocou minha mão em sua cabeça. Puxei seu cabelo e gritei, com raiva e consumida pela necessidade de vingança. Uma vibração calorosa foi a única resposta, uma que me fez parar.

Eu gostava desse som.

Era suave.

Como um ronronar.

Meu.

Pressionei o rosto no cheiro familiar que me rodeava, lambi a pele sob minha boca e passei os lábios para cima até uma garganta masculina. Humm, esta eu não queria cortar. Em vez disso, saboreei, me deleitando com o macho familiar.

Meu macho.

Eu o mordi. Acariciei. Subi nele. Envolvi os braços nele e o beijei.

Ele rosnou em minha boca, enroscando os dedos em meu cabelo enquanto ele me pressionava contra algo espinhoso. *Tronco de árvore*, alguma parte da minha mente registrou. *Sim, sim.*

Eu o agarrei.

Nós dois estávamos cobertos de sangue, gelo e coisas não mencionáveis. Mas eu não me importava.

— Meu — murmurei, arqueando para ele. — Meu. Meu.

— Seu — ele concordou, pressionando os quadris

vestidos de jeans no espaço macio entre minhas coxas.

Desci as mãos, querendo remover a barreira, quando novos aromas fizeram cócegas em meu nariz. Meus braços se apertaram ao redor dele enquanto eu olhava em volta buscando algum intruso.

— Puta merda — uma voz masculina murmurou.

Elias.

Eu pisquei. *O que aconteceu?*

Não, eu sabia o que tinha acontecido.

Matei muitos lobos.

Mas como?

Espere... Ander! Passei as mãos imediatamente sobre ele por um motivo diferente, procurando por suas feridas enquanto o terror me agarrava pela garganta.

— Você está bem?

Ele riu contra meu pescoço, mordiscando meu pulso.

— Sim, baby. Eu vou me curar.

— Não é engraçado! — gritei, tentando empurrá-lo para trás o suficiente para olhar para o abdômen onde ele havia levado o tiro.

E, ah, meu Deus, havia mais feridas.

Pelo menos três que eu podia ver.

— Por que é que você está de pé? — questionei, tentando me soltar de seus braços. — Você precisa de um médico. Precisamos da Riley!

— Estou bem — ele respondeu, envolvendo a palma da mão em meu pescoço. — Olhe para mim. — Eu não podia. Estava muito ocupada tentando ver a extensão total do dano. Ele me apertou. — Katriana. Olhe para mim.

O rosnado exigente em seu tom fez meu olhar voar para cima.

As íris douradas estavam presas nas minhas, me lembrando do sol em um dia quente.

— Estou bem — ele prometeu, então pressionou a

protuberância contra minha feminilidade sensível. — Se eu não estivesse, não estaria pronto para te comer agora.

— Oh. — Umedeci os lábios. — Mas eles atiraram em você.

— Sim, e doeu pra cacete. Mas eu te disse, lobos são difíceis de matar. Especialmente alguém tão poderoso quanto eu. Por que você acha que ele precisava de quatro alfas para me segurar?

— Odeio acabar com o momento, mas que merda é essa? — Elias exigiu, vindo para o nosso lado. — Por que parece que alguém enfiou uma faca de manteiga na garganta do Artur?

— Katriana o decapitou — Ander respondeu sem afastar o olhar. — E foi um dos mais belos atos de violência que já testemunhei.

— E os outros? — Elias perguntou.

Ander soltou meu pescoço para acariciar meu queixo dolorido.

— Uma colaboração violenta entre mim, Katriana, e algum atirador desconhecido nas colinas.

— Fui eu — uma voz profunda anunciou com um grunhido. Me virei em direção à voz bem a tempo de ver um alfa ruivo derrubar outro macho no chão. — Bem, depois que derrubei esse idiota. — Ele chutou o corpo em direção a Ander, então largou um rifle ao lado dele. — Ele estava usando isso para ajudar à distância. Decidi assumir a arma depois que quebrei seu pescoço.

Pisquei para ele.

Sua voz era familiar. Ele esteve na festa na outra noite, perguntando sobre cortejar. Não era aquele que queria me cortejar, mas as outras ômegas.

— Samuel — Ander disse, a surpresa era evidente em seu tom e sua expressão. — Você atirou no Enzo.

— Claro — ele admitiu. — E no Darren também. —

Ele chutou o cara a seus pés. — Mas esse idiota só está com o pescoço quebrado. Achei que poderia precisar dele como testemunha para corroborar minha história. — Ele deu de ombros. — Mas acho que uma vez que você perceba minha relação com a garota, pode ser um ponto discutível.

Isso fez com que eu e Ander franzíssemos a testa.

Mas foi Elias quem falou.

— Que relação?

Samuel olhou ao nosso redor para onde o Segundo de Ander estava parado na neve com os braços cruzados, os olhos semicerrados.

— Bem, ela é minha sobrinha.

ANDER

— Sua o quê? — exigi, sentindo o choque me tomar.

— Minha sobrinha — ele respondeu. — Ela é filha da minha irmã.

Katriana congelou em meus braços, com os lábios abertos.

— E você só está me contando isso agora?

— Não percebi até a outra noite, já que foi a primeira vez que vi sua futura companheira. Mas a reconheci imediatamente. E então você estava um pouco ocupado depois desse ponto. — Ele enfiou as mãos nos bolsos. — No entanto, entreguei um relatório a Ceres. Ele está analisando amostras de sangue para provar o que já sei. Mas ela é definitivamente a filha de Marianna.

— Esse é o nome da minha mãe — ela sussurrou.

— Não sabia que você tinha uma irmã — Elias falou, ecoando meus pensamentos. — Ela era uma beta?

— Não. — E eu sabia antes que ele continuasse exatamente que tipo de loba sua irmã era. A verdade espreitava em seus olhos. — Ela era uma ômega.

— Você escondeu uma ômega do conselho. — Mudei meu domínio sobre Katriana, quando senti seu corpo começar a tremer contra o meu. — Ela precisa de um casaco.

288

Elias me entregou o seu antes mesmo de eu terminar, e eu o enrolei nos ombros dela antes de ajudá-la a se levantar. Nossas roupas estavam arruinadas e as botas dela em algum lugar sob a carnificina.

— Devemos continuar esta discussão em algum lugar mais quente — avisei, olhando ao redor. Vários outros lobos chegaram com Elias, todos em posição de sentido com expressões imperturbáveis.

Passei os dedos pelo meu cabelo, soltando um suspiro.

Eles precisavam que eu entrasse no modo alfa, desse uma explicação ou ordem, qualquer coisa para ajudá-los a se sentirem seguros com relação ao banho de sangue no chão.

O território inteiro já devia estar ciente do que aconteceu aqui também.

Ótimo. Nada como começar o dia em grande estilo, coberto de sangue e feridas de bala. A porra do meu estômago doía com a cura necessária. Minha coxa latejava por causa do tiro que Enzo me deu durante meu ataque inicial. Meu coração batia forte por minha futura companheira e pelo que ela quase passou. E meu lobo queria se enfurecer no local do massacre para garantir que ninguém sobrevivesse.

— Minha mãe era uma loba? — Katriana sussurrou, olhando para Samuel. — Não o meu pai?

— Seu pai era humano — ele respondeu. — Sua mãe tinha a intenção de tentar acasalar com ele, na verdade. Só que ele não sobreviveu à viagem para Andorra.

— A viagem? — repeti.

— Marianna nunca fez parte do Território Andorra. Ela viveu sozinha após o surto de infectados, preferindo a companhia humana aos lobos. Quando ela se apaixonou, me procurou para se juntar a nós, com a esperança de que você permitisse que ela transformasse seu pretendente em um Lobo do X-Clan. Só que ele morreu antes que ela tivesse a chance.

Significando que ele não esteve escondendo uma ômega, apenas retendo detalhes sobre o status de sua irmã.

— E quando ela chegou?

— Criei supressores no laboratório para ajudá-la a mascarar seu cheiro — ele admitiu. Como um dos meus pesquisadores mais talentosos, essa tarefa não teria sido difícil para ele. E não era como se eu patrulhasse o paradeiro dos lobos nas montanhas. — Eu sabia o que aconteceria com ela e a filha caso fossem descobertas. Alguém teria forçado o vínculo de acasalamento em Marianna e...

— Sua filho provavelmente teria sido morta pelo alfa que a tomasse — terminei para ele. Porque o bebê era produto de uma ômega com outro macho. Um macho *humano*. O insulto por si só justificaria a morte da criança.

Ele assentiu em reconhecimento.

— Vou aceitar o castigo por escondê-la, mas nunca vou me desculpar por isso.

Elias e eu trocamos um longo olhar. Ele sabia que eu não poderia dar um veredicto sobre esta informação agora. Não depois de tudo que aconteceu hoje. Havia muitos outros assuntos urgentes.

— Como isso é possível? — Katriana perguntou, chamando minha atenção de volta para minha primeira prioridade: aquecer minha companheira trêmula. — Ômegas requerem um alfa para acasalar, certo?

— Sim, ômegas requerem um alfa para o vínculo de acasalamento. E precisam de um alfa durante o cio para ajudá-las no estro, ou o processo é muito doloroso — expliquei em voz baixa. — Mas uma ômega pode procriar com outros, ainda que a criança tenha muito menos probabilidade de sobreviver.

— E humanos podem ser predispostos aos nossos marcadores genéticos — Samuel acrescentou. — O qual, pelo que sua mãe me disse, seu pai possuía todas as inclinações de um alfa. Se ele tivesse recebido o soro do X-Clan, provavelmente teria se transformado em um lobo alfa.

Katriana balançou a cabeça, sua negação era palpável.

— Mas a minha mãe morreu. Isso não pode estar certo.

— Sua mãe foi baleada na cabeça por um dos humanos idiotas naquela caverna — Samuel disse em voz baixa. — Ela poderia ter sobrevivido se não tivesse suprimido sua natureza lupina todos esses anos. Mas ela não podia correr o risco de ser pega na forma animal.

— Suprimir nossos lobos nos torna inerentemente mais fracos — concordei, beijando o topo de sua cabeça. — Faz sentido.

— P-por que ela não me contou nada disso? — ela sussurrou, mais para si mesma que para nós, mas Samuel respondeu de qualquer maneira.

— Não posso responder por ela. Mas sei que você era o seu mundo. Ela arriscou tudo para ficar em Andorra porque sabia que você estaria mais segura aqui.

— Como eu poderia estar segura aqui? — ela questionou. — Vivi em uma caverna onde quase morri de fome inúmeras vezes. Fui sequestrada por lobos. Transformada à força. Engravidada. Quase estuprada por esses idiotas. E agora estou coberta de sangue, congelando, e você está dizendo que eu estava segura? — Ela começou a rir. Só que as risadas se transformaram em soluços e eu a puxei em meus braços para consolá-la.

— Discutiremos isso mais tarde — falei, olhando de forma incisiva para Samuel. — Espero por você em meu escritório.

Ele concordou com um aceno de cabeça silencioso, seu rosto não revelando nada.

— O que quer fazer com os corpos? — Elias me perguntou, apontando para o campo.

Considerei as opções, observando os dois machos que respiravam. Um deles era Darren, que aparentemente tinha como hobby atirar à distância.

O outro era Walton, um alfa novato nomeado para o conselho.

Permitir que eles vivessem seria, na verdade, um destino pior que a morte. Eles não teriam para onde fugir, seriam forçados a existir como bandidos.

Adequado, na minha opinião.

— Um minuto — eu disse, respondendo à pergunta pendente de Elias sobre os corpos.

Beijei Katriana na têmpora, puxei-a para o meu lado enquanto me movia pelo campo em busca das cabeças de que precisava.

A de Enzo ainda estava preso ao seu corpo.

Artur, nem tanto.

— Você vai ficar bem se eu te soltar por um minuto, gatinha? — perguntei baixinho. Ela estava fungando, mas não chorando de verdade, seu choque parecendo ter se transformado em uma emoção mais fria enquanto ela olhava para os restos mortais de Artur.

Katriana assentiu em silêncio, depois observou enquanto eu puxava a faca de um dos cadáveres e serrava o pescoço de Enzo da mesma forma que ela havia feito com Artur.

Quando terminei, agarrei-o pelos cabelos e fui buscar a cabeça do amigo. Só que não estava onde eu o tinha visto alguns minutos atrás. Porque Katriana o pegou.

Ela encontrou meu olhar com um determinado.

— Me diga que posso queimá-lo.

Humm, gostei muito desse lado dela. Curvei os lábios em aprovação.

— Podemos incendiar todo o campo, se você quiser.

— O campo, não. Apenas os corpos.

Assenti.

— Apenas os corpos. — Meu olhar se desviou para o meu Segundo e sua expressão indicou que ele já sabia o que eu queria.

— Vocês ouviram seu Alfa — ele disse, dirigindo-se ao exército ainda silencioso que trouxe consigo. — Peguem os restos mortais e leve-os para a praça central. Hora do churrasco.

— Mas deixe Darren e Walton. Eles serão excomungados e podem descobrir como sobreviver por conta própria. E sabe de uma coisa? Tonic pode compartilhar o mesmo destino. Mande-o embora. Deixe-o ajudar seus amigos. — Como ele não fazia parte dessa pequena reunião alegre, presumi que ainda estivesse preso.

— Considere feito — Elias respondeu.

— Bom. — Comecei a seguir em direção a cúpula com Katriana ao meu lado.

Ela não disse nada sobre a neve sob nossos pés.

Nem estremeceu.

Senti sua determinação crescer a cada passo, sua raiva alimentava seus movimentos. Minha mulher mal-humorada finalmente voltou. Eu só queria que tivesse sido em circunstâncias melhores.

Um guarda nos recebeu na entrada, o macho curvou-se tanto que pensei que ele beijaria a neve.

Ele deve ter percebido nossa agressividade.

A violência.

A raiva.

A necessidade muito real de colocar meu pessoal em seu lugar para evitar que isso acontecesse novamente.

Minha fúria crescia a cada passo, alimentada pela própria emoção de Katriana.

Eles ameaçaram nosso filho. Seu corpo. Minha reivindicação. Minha liderança. E eu não podia permitir que isso acontecesse sem algum tipo de consequência.

O Território Andorra se curvaria diante de seu Alfa. Eles me implorariam para ficar. Iriam respeitar minha posição.

Uma multidão havia se reunido na praça, Elias havia feito o anúncio de uma reunião de emergência do território.

Muitos dos lobos ofegaram com a minha chegada, notando o sangue seco cobrindo meu corpo e as pernas expostas de Katriana.

Parecia que havíamos sobrevivido ao inferno.

Eu ainda tinha duas feridas cicatrizando no torso.

O cabelo de Katriana estava uma bagunça.

E nós dois carregávamos as cabeças dos dois machos responsáveis.

Joguei a que estava comigo no centro da praça, onde um pequeno rio fluindo à nossa esquerda abafou o som do crânio de Enzo batendo no paralelepípedo. Katriana jogou os restos mortais de Artur com um pouco mais de força, seu rosto ricocheteou no chão com o impacto e fez com que vários espectadores saltassem para trás.

— Há mais alguém? — questionei, garantindo que minha voz chegasse à multidão, ecoando nos prédios residenciais ao redor. Eles tinham cinco ou seis andares de altura, formando uma câmara de som razoável para uma demonstração como esta.

Apenas o fluxo sutil de água corrente ao longo do lado da praça me respondeu.

Então os outros corpos começaram a chegar.

Um a um, os homens de Elias despejaram os restos mortais em uma pilha digna de uma fogueira.

Não acendi. Ainda não. Porque eu queria ter certeza de que ninguém mais queria reagir.

Encarei a todos ao nosso redor, sem perder um único par de olhos enquanto forçava a multidão a se ajoelhar sob uma onda de poder que irradiou do meu peito em um som profundo e gutural. Era o tipo de rosnado que exigia submissão de todos, independentemente da posição.

— Este é o meu território — eu disse, furioso por alguém ter pensado em me desafiar dessa forma. — Se não quiserem se submeter ao meu comando, falem agora e saiam.

Mais silêncio.

Mais lobos se ajoelhando.

Até Elias se ajoelhou com a onda da minha energia. Fosse como um sinal de respeito ou porque eu estava realmente emitindo tanto domínio. Talvez uma mistura dos dois.

Não importava.

Eu ansiava por obediência. Precisava do reconhecimento da minha posição no topo. Exigia o *respeito* deles.

Rosnei novamente para dar ênfase, e minha fúria desencadeou através da multidão. Meu povo ousou tentar tomar meu futuro herdeiro. Minha companheira pretendida. Minha posição.

Como eles ousam questionar minha regra, meu lobo rosnou. *Depois de tudo que eu dei.*

Os gemidos ecoavam na multidão, o som era música para os meus ouvidos.

Até que ouvi isso da única mulher que nunca queria ouvir gemer fora do quarto.

Minha companheira pretendida.

Katriana caiu de joelhos sob minha explosão de domínio. Seus ombros tremiam enquanto ela se abaixava até sua testa atingir o chão.

Não, meu lobo rosnou. *Essa não era a posição certa. Não para a minha companheira.*

Me agachei diante dela, passando os dedos por suas mechas vermelho-escuras e, em seguida, gentilmente a levantei.

— Não, Katriana — sussurrei, forçando seu olhar cheio de lágrimas a encontrar o meu. — Você nunca deve se curvar para mim aqui. — No quarto, sim. Na frente do território, não. — Levante-se, linda. Por favor.

Ela piscou, engolindo em seco.

Dei um puxão sutil, ajudando-a a ficar de pé e a coloquei em meus braços enquanto todos os outros permaneciam em uma posição subserviente ao nosso redor.

— Você é minha companheira — disse a ela, segurando seu rosto. — Sua posição é ao meu lado.

Seus lábios se entreabriram e eu sabia o que ela estava pensando. Podia ver isso em seu olhar. *Dúvida.*

Reagi antes mesmo que ela pudesse falar as palavras, usando meu aperto em seu cabelo para puxar sua cabeça para o lado, e afundei os dentes em seu pescoço.

Reivindicando-a.

Marcando-a como minha para todos verem.

Mas o mais importante, para ela sentir.

Ela ofegou contra mim e segurou meus ombros enquanto nosso vínculo se encaixava, finalizando nosso acasalamento.

Como uma flecha do meu coração para o dela, nos prendendo juntos por toda a vida. Marcando sua alma com meu nome, e a minha com o dela.

Nunca me senti mais completo.

Mais vivo.

Mais preenchido.

E quando o sangue dela tocou minha língua, a ambrosia me encheu por dentro.

Minha companheira.

Minha Katriana.

Minha vida.

Minha.

KAT

Lágrimas escorreram de meus olhos, não de dor, mas de alegria.

Ander Cain finalmente me reivindicou.

Me marcou como sua.

Na frente de todo o território.

E agora, tudo que eu queria era arrastá-lo de volta para o quarto e recompensá-lo com meu corpo muito disposto.

Ele finalmente me soltou com um grunhido, só que não lhe dei chance de falar antes de puxar sua cabeça e reivindicar sua boca. Provei meu sangue, e uma parte violenta de mim desejou provar sua essência também.

Então mordi seu lábio inferior com força, fazendo-o rosnar de encontro a mim.

E então ele gemeu enquanto eu chupava a ferida, levando-o em minha boca e engolindo seu sangue delicioso.

— Puta merda — ele murmurou, me levantando. Envolvi as pernas em torno dele, precisando dele. Agora.

A fogueira podia esperar.

Caramba, eles poderiam queimar os corpos sem mim.

Tudo o que eu queria – *exigia* – era que meu companheiro me reivindicasse em todos os sentidos.

— Me tome — exige. — Me marque.

Senti uma parede contra minhas costas.

Alguma lateral de um prédio que eu nem havia notado. Nem o senti andar. Mas ele nos tirou do pátio e nos levou a um beco, me escondendo em algum canto.

Eles ainda estavam lá. *Senti* a presença, a admiração, a curiosidade avassaladora em observar um alfa reivindicar sua ômega.

Isso deveria ter me incomodado. Exigido privacidade.

Ah, eu deveria ter feito um monte de coisas.

Dito outras coisas.

Gritado.

Disputado.

Hum, não. Este era o lugar onde eu precisava estar, com meu companheiro.

Arranquei o botão da calça jeans.

Rasguei o zíper.

E esfreguei minha umidade seu pau.

— Você é perfeita pra cacete — Ander murmurou, me penetrando com uma estocada dura. — É tudo que eu poderia ter sonhado.

— Mais forte — exigi, apertando os calcanhares em sua bunda firme. — Me faça sua, Ander Cain.

Estávamos imundos.

Furiosos.

Nervosos.

Coberto com os restos de nossos inimigos.

Animalescos.

Acasalados.

E eu queria cada centímetro dele dentro de mim, me penetrando até que eu gritasse.

Seus lábios cobriram os meus e nossas essências se misturaram em nossas bocas enquanto sua língua lutava pelo domínio. Lutei, fazendo-o se esforçar para isso, precisando que ele forçasse minha submissão da melhor maneira.

Ele me queria ao seu lado.

Eu queria estar lá.

Mas exigi sua proteção, sua força, sua supremacia absoluta. Ele me deu tudo que eu queria, com as mãos nos meus quadris, me segurando com força enquanto me comia intensamente. Eu o mordi. Ele me mordeu. Eu o lambi. Ele me lambeu. Eu gritei. Ele rosnou. Arranhei as unhas em suas costas, e ele me estocou com mais força contra a parede.

Violento.

Punitivo.

Incrível.

Ofeguei, gritando, e o abracei com uma ferocidade que ninguém tinha chance de afastar. Nem mesmo ele.

— Você é meu — sussurrei, maravilhada, arqueando contra ele. — Meu Alfa.

— Minha ômega.

— Meu companheiro.

— Meu amor — ele respondeu com reverência, descendo os lábios pelo meu pescoço até o lugar que ele tinha me mordido para lamber a ferida. — Eu te amo, Katriana Cardona.

Cinco palavras.

Selando meu coração ao destino que finalmente aceitei.

— Eu também te amo, Ander Cain — eu disse, tomando sua boca mais uma vez enquanto seu ritmo diminuía para um tipo diferente de transa.

Calma.

Suave.

Adoração.

Meus olhos começaram a lacrimejar e meu coração

batia rapidamente no meu peito. O que começou como uma intensa necessidade de reivindicar se transformou em uma dança emocional, nossas almas se unindo em matrimônio enquanto nossos corpos se moviam como um.

Isso era amor.

Nossos lobos se acasalando para o resto da vida.

Ninguém jamais seria capaz de ficar entre nós.

E trabalharíamos para sempre como uma equipe, para criar nossos filhos, liderar e sermos quem precisássemos ser: juntos.

Ander lambeu um caminho até minha orelha, e sua respiração provocou um arrepio na minha espinha.

— Você é minha, Katriana. — Seu nó explodiu para fora, se fixando em meu canal interno enquanto ele gozava dentro de mim em um gemido baixo destinado apenas aos meus ouvidos.

— E você é meu — respondi, chegando ao clímax e estremecendo em êxtase.

Meu corpo se aqueceu todo, mal registrando a neve que caía ao nosso redor. Não foi até que ele se mexeu que senti os arranhões nas minhas costas contra o prédio – onde ele me fez sangrar, assim como eu pedi.

Só que não foi doloroso.

Apenas nós.

Nosso jeito de estarmos juntos.

Tudo neste mundo aconteceu por uma razão, e agora eu entendia meu destino. Minha razão de ser.

Eu era uma parte loba transformada em um todo, e minha existência estava ligada a um homem que precisava de mim em seu mundo para ajudá-lo a liderar. Não para me submeter. Nem para rastejar a seus pés. Mas para atuar como parceira de uma maneira única.

— Eu quero aprender mais sobre o seu mundo — sussurrei. — Como tudo funciona.

— Você quer me ajudar a sobreviver — ele supôs.

Assenti.

— Assim como você me ajudou.

Ele roçou os lábios contra os meus.

— Você já o faz, mais do que imagina. — Ele me beijou de novo, agora mais devagar, com seu nó ainda pulsando dentro de mim. — Você me dá um propósito, Katriana. Não percebi o que estava faltando até conhecer você.

Sua língua deslizou em minha boca, se movendo com a minha enquanto nossos corpos se acalmavam e seu nó lentamente me liberava.

Ander aconchegou a cabeça no meu pescoço, acariciando sua marca.

— Isso dói?

Balancei a cabeça.

— Não tanto quanto você se recusando a me reivindicar.

Ele se encolheu.

— Eu deveria ter te mordido no dia em que te conheci. Soube imediatamente que você era minha. Foi por isso que te levei para minha toca.

— Estou feliz que você não fez isso — admiti, passando as mãos para cima e para baixo em suas costas enquanto ele me segurava sem esforço contra a parede. — Significou mais para mim agora. Hoje. Como uma recompensa por tudo que passamos. A forma de o destino de garantir que nós dois merecêssemos isso. — Parecia ridículo, mas o brilho em seu olhar me dizia que ele entendia.

— Vamos comemorar com uma fogueira? — ele perguntou, apoiando a testa na minha.

— Assistir nossos inimigos queimarem? — Porque eram *nossos* inimigos, não apenas dele. Qualquer um que ameaçava meu companheiro me ameaçava. Para sempre. Nós éramos uma equipe.

Ele assentiu.

— Sim.

De alguma forma, eu sabia que sua resposta não era apenas à minha pergunta, mas também aos meus pensamentos. Ele não conseguia exatamente ler minha mente, assim como eu não conseguia ler a dele. No entanto, eu o sentia dentro de mim. Suas emoções vibravam ao longo de uma corda invisível que prendia nossos corações para bater em sincronia. Sentir sua adoração e energia protetora era a sensação mais gratificante. Assim como seu domínio. Sua necessidade inata de me adorar. Seu calor.

Me aninhei nele com um suspiro, contente.

— Aonde quer que você vá, eu vou.

— Você pode correr de vez em quando — ele respondeu, sorrindo contra o meu cabelo antes de beijar o topo da minha cabeça. — Eu não me importaria de te perseguir. Apenas esteja preparado para as consequências.

— Consequências como você me comer?

— Claro — ele respondeu, saindo de mim e me firmando em meus pés antes de fechar o zíper. Como eu havia arrancado o botão, foi o melhor que ele pôde fazer. O que o deixou sexy com a calça jeans pendurada em seus quadris. Sem sapatos. Se seus pés estavam gelados, ele não comentou. Suspeitei que seu lobo o mantinha regulado.

Ele entrelaçou nossos dedos e levou minha mão até seus lábios, pressionando um beijo em meu pulso.

— Fogueira ou chuveiro?

— Fogueira — respondi. — Preciso ver os cretinos queimarem.

Ele sorriu, irradiando aprovação.

— Eu também.

— Mas depois, podemos tomar banho. Talvez você possa finalmente me mostrar como usar o chuveiro corretamente.

Ele arqueou a sobrancelha.

— Você não sabe como usar o chuveiro?

— Você não notou as poças depois que passei um tempo no banheiro?

— Achei que você estava sendo implicante.

Eu bufei.

— Não. O chuveiro e eu não somos amigos. Eu cresci usando lagos, lembra?

Ele me observou por um longo momento, então inclinou a cabeça para trás e riu, um som que eu não costumava ouvir dele. Era cheio de alegria, admiração e pura diversão.

— Ah, Katriana. A vida que vamos compartilhar juntos.

Ele me ergueu em seus braços, me carregando como os noivos levavam suas noivas naquelas revistas que minha mãe guardava.

Meu coração deu uma pontada com a memória.

Ela era uma loba.

Mas eu nunca soube.

Isso me fez pensar que outros segredos ela guardava e se algum dia eu os descobriria. Talvez não devesse saber.

Ou talvez esse fosse o destino que ela sempre planejou para mim.

Acasalada com um macho alfa. Protegida. Apaixonada. E, finalmente, criando minha própria família.

Não era uma vida ruim.

Não, pensei enquanto Elias apontava uma tocha para a pilha de cadáveres. *Não, eu chegaria ao ponto de chamar essa vida de incrível.*

Relaxei contra Ander.

Sorrindo.

Enquanto observava os restos mortais de nossos inimigos arderem em chamas.

Vida longa ao Território Andorra, pensei. *E lembrem-se, se sacanearem a mim ou meu companheiro, vamos destruí-lo. Fim.*

EPÍLOGO

ANDER

Um ano depois

— Como estão as coisas no Território das Terras Sombrias? — perguntei, relaxando na cadeira do *home office*.

Katriana me ajudou a transformar um dos muitos quartos não utilizados em um espaço de reunião que me serviu melhor que a mesa da sala de jantar. Eu não precisava de um antes, mas suas necessidades sexuais durante o segundo e terceiro trimestre da gravidez tornaram quase impossível deixar a cobertura.

Ela estava melhor agora que nosso filho havia nascido. Mas eu gostava de mantê-los por perto, então escolhi ficar aqui.

Dušan sorriu.

— As coisas melhoraram desde que lidei com a questão do soro.

Sim, ele levou algum tempo para resolver tudo. Não pedi detalhes, mas entendi que envolviam sua nova companheira e a suscetibilidade dos Lobos Ash ao vírus que criou os Infectados.

Era a principal diferença genética entre nós: os Lobos do X-Clan não eram afetados pelos infectados. Mas os

Lobos Ash poderiam contrair a doença, o que criou um híbrido bastante letal. Daí a razão pela qual colocamos certas medidas para proteger as Lobas Ash que acasalaram com membros do Território Andorra. Fazia parte dos requisitos de Dušan. Não que precisássemos. Teríamos protegido as fêmeas de qualquer maneira.

— Estou feliz que isso tenha sido resolvido — respondi, me referindo à questão do soro. — Espero que isso signifique outro acordo comercial em nosso futuro.

— É exatamente por isso que liguei. Bem, isso e para perguntar o que está acontecendo no Território de Inverno.

Eu grunhi.

— Uma confusão do caramba. — Meu pai ligou outro dia para me dar um resumo da situação.

— Estamos ouvindo rumores sobre uma revolução — Dušan disse, encostado em uma árvore e passando os dedos pelos cabelos escuros. — Parece que a infame Rainha dos Espelhos está ocupada.

— Ela não está sempre? — perguntei. O Território de Inverno no Círculo Polar Ártico era um notório círculo beta com apenas um alfa – uma fêmea – e seus três machos ômega consortes. Ela se recusava a acasalar com qualquer um deles, forçando-os a disputar sua atenção.

Uma mulher vil e dura.

Muitos a odiavam, principalmente porque ela mantinha os premiados machos ômegas, que eram ainda mais raros que as fêmeas em nosso mundo. Na verdade, as fêmeas alfa eram tão raras quanto. Daí seu suposto status real.

— Estou torcendo para que o Território Nórdico os derrube — o Alfa do Território das Terras Sombrias admitiu. — Se certifique de passar a mensagem ao seu pai.

— Ou você mesmo pode contar, já que também abriu acordos comerciais com ele — sugeri.

O alfa curvou os lábios.

— Então ele te contou.

— Como você já notou, ele é meu pai — respondi, igualando sua diversão. — Um dia desses, você vai parar de tentar jogar comigo.

Dušan sorriu.

— Sim, talvez. Mas não tão cedo.

— Claro que não. Isso seria chato. — Arqueei uma sobrancelha. — Agora me diga o que você quer negociar.

Todos os traços de brincadeira desapareceram em sua máscara séria quando entramos em uma discussão sobre o que seu Território precisava e o que ele estava disposto a oferecer em troca. Não dei a mínima, ouvindo seus termos e anotando o que eu gostava ou não em cada um. Quando ele terminou, assenti.

— Vou levar ao meu conselho e entrarei em contato.

Ele soltou um suspiro, um vislumbre de respeito brilhando em seu olhar.

— Bom. Gosto disso em você, Cain. Você luta pela diplomacia em um mundo onde os ditadores podem facilmente governar.

— Caso em questão, Território de Inverno — respondi.

— Exatamente.

— Entrarei em contato em breve — prometi, sentindo um movimento na porta.

Dušan desligou da maneira usual, sem se despedir, assim que minha companheira entrou com nosso filho colado ao quadril. Ele estava com os dedos em volta do cabelo ruivo dela, puxando da maneira que parecia favorecê-lo.

Tal pai, tal filho.

Eu também gostava de puxar o cabelo de minha companheira.

Apenas de uma forma ligeiramente diferente.

Seus cabelos ruivos brilhavam na luz enquanto as íris douradas observavam ao redor do meu escritório e seu pequeno nariz se contorcia. Ele provavelmente se perguntou que voz ouviu com a audição aprimorada e estava farejando qualquer coisa estranha.

— Tudo bem com o Dušan? — Katriana perguntou, seu rosto brilhando com calor maternal. Ela ficou muito bem com a maternidade. Mal podia esperar para dar a ela outro bebê. Mas sabia que ela queria esperar pelo menos um ou dois anos.

O que significava ser cuidadoso durante seu ciclo de cio.

Algo que eu não gostava. E ela também não.

— Ander? — ela perguntou, me dando um sorriso conhecedor.

— Dušan e seu pessoal estão bem — respondi. — Suspeito que ele encontrou uma maneira de combater os infectados, mas ele não confirmou. Espero pela segurança de seu Território que ele o tenha.

— Eu também — ela murmurou. — Não tinha ideia de que os Lobos Ash não eram imunes.

— Eu tinha ouvido rumores, mas nosso comércio no ano passado confirmou quando ele me disse para colocar medidas de segurança para as ômegas. — Dei de ombros. — Espero que ele transmita tudo o que aprendeu aos nossos cientistas para que possamos proteger melhor as lobas.

Katriana assentiu.

— Sim, também espero. — Ela mordiscou o lábio inferior, me considerando por um segundo. — Samuel ligou. Pediu para vir mais tarde para o jantar.

— De novo? — O alfa parecia amar meu filho tanto quanto eu. Suponho que ele sentia uma espécie de obrigação familiar, por ser o tio distante de Katriana.

Ela não tinha superado ainda que a mãe era uma loba e nunca mencionou isso. Eu não poderia culpá-la. Caramba, eu não tinha exatamente perdoado Samuel por não ter me contado isso como o Alfa do Território. Ele alegou não ter percebido até a reunião daquela noite, e foi por isso que apoiou minha opinião sobre o cortejo. Pensei que ele estava interessado em alguma ômega, mas não. Era com sua sobrinha que ele se importava.

Que maneira fodida de mostrar isso.

— Sei que ele não é a sua pessoa favorita, mas ele se dá bem com o Quim — ela murmurou, beijando nosso filho na cabeça. Ele murmurou, adorando a atenção de sua mãe. — Não é, garotinho? — ela perguntou a ele. — Você ama seu Tio Sammy, não é?

Eu sorri.

— Espero que ele o chame assim quando aprender a falar. — Porque Samuel iria odiar.

— Ah, já está acontecendo isso — ela respondeu. — Confie em mim.

— Já disse hoje o quanto te amo?

— Humm, só duas vezes — ela respondeu, encostada na porta. — E você não tentou me dar um nó em cerca de seis horas, então posso precisar de algum convencimento em breve.

Curvei os lábios.

— Mesmo? — Eu me afastei da mesa para ir em sua direção. — Que tal algum convencimento agora?

— Seu filho pode ter algo a dizer sobre isso.

— Vamos dar-lhe uma mamadeira e colocá-lo na cama.

— Sim, porque funcionou muito bem da última vez — ela brincou.

Apertei-a contra a porta, me inclinando para beijá-la, para grande aborrecimento de Quim, que soltou um grunhido de desagrado que me fez rir.

— Nosso pequeno alfa já está testando os limites de seu pai. — Toquei no nariz do pequeno, sorrindo para ele. — Boa sorte, lobinho.

Ele tentou morder meu dedo, outro daqueles ruídos vindo dele.

— Tão protetor com sua mãe — comentei, orgulhoso. — Você será um bom alfa algum dia.

— E eu vou estar cercada de testosterona — Katriana murmurou.

— Podemos tentar uma garota da próxima vez — ofereci.

— Nem pense nisso — ela retrucou, apontando o dedo para mim. — Não estou pronta. E você me deve pelo menos um ano de orgasmos primeiro.

Ri abertamente.

— Apenas um ano?

— Eu pediria por uma década, mas nós dois sabemos que você vai exigir outro bebê antes disso.

— Com certeza — concordei, seguindo-a enquanto ela começava a seguir o corredor em direção ao nosso quarto. Eu conhecia aquela caminhada. O balanço de seus quadris. A intenção de seu cheiro. Ela ia me dar o que eu queria, desde que nosso pequeno Quim aceitasse tirar uma soneca.

E era melhor.

Porque, como minha companheira havia dito, eu devia a ela um ano de orgasmos.

Não, eu devia muito mais.

Uma vida de prazer. Com um pouco de dor. E todo um mundo de felicidade.

Observei com astuta reverência enquanto ela colocava o bebê em seu ninho no canto do nosso quarto, e meu coração se encheu de adoração pelos dois.

Minha existência estava completa.

Meu mundo era uma obra de perfeição.

Quim se acalmou enquanto Katriana cantarolava, sua própria versão de um ronronar levando-o para seus sonhos, assim como o meu fazia com ela.

Mas quando ela se virou, eu sabia que dormir era a última atividade em sua mente.

— Me leve para a cama, companheiro — ela exigiu.

Sorri, envolvendo a mão em volta de seu pescoço.

— Isso soou muito como um comando, ômega. O que devo fazer quanto a isso?

— Me lembrar quem é meu alfa? — ela sugeriu, piscando para mim com inocência.

— Humm, isso eu posso fazer — respondi, tomando sua boca em um beijo punitivo antes de puxar seu vestido para cima. — Agora deite-se nesse colchão e abra as pernas para mim. — Ela deu um passo para trás, mas eu a segurei pela cintura, puxando-a para mim mais uma vez. — Katriana?

Ela engoliu em seco, seus olhos assumindo aquela aparência atordoada que eu amava.

— Sim?

— É melhor você estar molhada para mim — eu disse, mordiscando seu lábio inferior. Em seguida, soltei-a com uma palmada em sua bunda.

Ela se arrastou até a cama e olhou por cima do ombro.

— Ander?

Arqueei uma sobrancelha, convidando-a a falar.

— Estou sempre molhada para você — ela disse, sorrindo enquanto eu gemia.

Minha fêmea.

Bem, se era assim que ela queria jogar, era exatamente isso que faríamos. Porque eu vivia e respirava por esta mulher.

Minha companheira.

Minha eternidade.

Minha parceira para toda a vida.

Tirei as roupas, observando enquanto ela abria as pernas do jeito que pedi, sua umidade cobrindo as coxas macias.

Minha, pensei, dando um passo em direção a ela. *Para sempre minha.*

∼

Obrigada por ler!

Se você ainda não está pronto para deixar o Território Andorra, pode ler mais sobre Daciana e Elias em *X-Clan: O experimento*.

Não conseguia parar de pensar em Daciana e Elias depois de escrever Território Andorra, então continuei escrevendo. A história que eles me contaram se transformou em uma linda novela que eu sempre vou amar.

X-Clan: O Experimento

Daciana

Sou uma oferta. Um teste. Um peão em um acordo do qual sei pouco.

Vá para o Território Andorra.

Permita que eles a experimentem.

Mate um lobo alfa do X-Clan.

Espere o melhor.

Essas são as ordens que recebi. Meu destino. Minha existência atual. Não há para onde correr e a lua é um relógio que não posso ignorar. Um desses alfas vai me reivindicar, presumindo que nossa genética seja compatível. E se não, bem, esse é um destino pior que a morte.

Tique-taque.

Faça uma escolha.

Seu futuro depende disso.

Elias

A linda lobinha loira já viu muita dor em sua juventude.

Isso me faz querer recuperá-la.

Adorá-la.

Mostrar a ela que pode haver coisas boas neste mundo.

Mas nosso futuro está envolvido em um experimento.

Ou ela é compatível ou não. A lua determinará nosso destino, ou talvez meu lobo interior decida por nós. Porque a cada momento que passa, fica mais difícil não reivindicar a mulher que sei no meu coração que é minha.

Corra, corra, pequena.

E não olhe para trás.

Pois se eu te pegar,

Eu só posso morder.

Nota: Esta é uma novela independente, com personagens do Território Andorra, livro um da Série X-Clan. Possui elementos do Omegaverso e apresenta um final feliz.

O Universo X-Clan continua com *A flecha de Winter*...

O verdadeiro amor é um mito.

Um truque.

Uma forma de subjugar a mocinha e tirar tudo dela.

Winter Snow

Meu "verdadeiro amor" conspirou com minha madrasta para me matar e roubar meu trono.

Mas eles falharam.

Me escondi e aprimorei minha vingança. Não sou mais a jovem que eles conheceram. Estou indo atrás deles. E do meu reino também.

Quem precisa de anões quando se tem lobos?

Quem precisa de lâminas quando se tem flechas?

Meu nome era *Snow*. Agora me chamam de *Flecha de Winter*. Porque estou aqui para destruir todos eles.

Kazek Flor

Não sou um príncipe, sou um alfa. E pego o que eu quero, quando quero. Então, quando encontrei uma princesa ômega morrendo na floresta, eu a peguei e a fiz minha.

Vou treiná-la. Encorajá-la. Ajudá-la a buscar a vingança que lhe é devida. Então, juntos, vamos derrubar o Território de Inverno e a perversa Rainha dos Espelhos.

Corram rápido, lobinhos.

A ex-princesa de vocês está prestes a subir ao seu lado.

E temos sede do seu sangue.

Nota da autora: Esta é uma releitura de Branca de Neve, baseada no universo do Ômegaverso X-Clan.

AGRADECIMENTOS

Toda essa ideia não existiria sem Erin Bedford e o Projeto Zombie 2099. Sou muito grata por ter sido incluída e por ter gostado de trabalhar com os outros autores nesta coleção. Quem diria que o apocalipse poderia ser tão divertido?

Como sempre, tenho uma dívida de gratidão com meu marido por todo o apoio e amor, e por garantir que eu coma quando tenho um prazo. Obrigada por ser um parceiro de vida. Eu te amo.

Este livro não teria sido possível sem minha equipe alfa/beta: Katie, Allison, Jean e Diane. Muito obrigada a todos por lerem e me ajudarem a manter Ander na linha.

Obrigada, Bethany, por corrigir todas as minhas vírgulas. Eu ainda as odeio e todas as regras que ditam a colocação delas. Um dia desses, vou ler as regras do manual de estilos da CMOS. Ou talvez eu deixe isso para você. ;) Obrigada por tudo!

Louise & Diane: Vocês me mantêm à tona quando eu mais preciso. Não posso agradecer o suficiente por toda a ajuda de vocês e por comandarem meu mundo enquanto eu o deixo para brincar com as vozes. Vocês duas significam muito para mim!

Chas & Kathy: Obrigada por toda a assistência no que se refere a relações públicas e por organizarem minha vida. Vocês me ajudam de inúmeras maneiras, e eu sou eternamente grata.

Famous Owls: Obrigada por serem uma parte tão

importante da minha equipe e por sempre me fazerem sorrir. Vocês todos arrasam!

Agradecimentos especiais à minha equipe ARC e à Enticing Journey Book Promotions pelo apoio neste projeto.

E aos leitores: obrigada por dar uma chance a Ander e Kat. É um mundo novo, que sempre é assustador para mim compartilhar, mas estou amando as vozes internas. Mal posso esperar para brincar com Kazek e Winter.

Até a próxima.

Beijos.

Lexi C. Foss é uma escritora perdida no mundo do TI. Ela mora em Chapel Hill, na North Carolina, com o marido e seus filhos de pelos. Quando não está escrevendo, está ocupada riscando itens da sua lista de viagem. Muitos dos lugares que visitou podem ser vistos em seus textos, incluindo o mundo mítico de Hydria, que é baseado em Hydra nas ilhas gregas. Ela é peculiar, consome café demais e adora nadar.

https://www.lexicfoss.com/Inicio

MAIS LIVROS DE LEXI C. FOSS

Série Aliança de Sangue

Inocência Perdida

Liberdade Perdida

Resistência Perdida

Rebeldia Perdida

Realeza Perdida

Crueldade Perdida

Universo da Aliança de Sangue

Desejo

Dia de Sangue

Rainha dos Elementos

Livro Um

Livro Dois

Livro Três

O Próximo Reinado

Rainha dos Vampiros

Livro Um

Livro Dois

Livro Três

Livro Quatro